KB230615

바닷가
뮤지엄
도시

세토우치
예술제에서
해안 도시의
살 길을
찾다

바닷가
뮤지엄
도시

세토우치
예술제에서
해안 도시의
살 길을
찾다

펴낸날 | 2026년 2월 28일

지은이 | 제종길·고은정·이응철·박진한
편집 | 정미영
디자인 | 권경은, Jipeong
마케팅 | 홍석근

펴낸곳 | 도서출판 평사리 Common Life Books
출판신고 | 제313-2004-172 (2004년 7월 1일)
주소 | 경기도 고양시 덕양구 중앙로558번길 16-16, 7층
전화 | 02-706-1970 팩스 | 02-706-1971
전자우편 | commonlifebooks@gmail.com

ISBN 979-11-6023-363-6 (03810)

바닷가 뮤지엄 도시

세토우치 예술제에서 해안 도시의 살 길을 찾다

제종길·고은정·이응철·박진한 지음

평사리
Common Life Books

머리말

바닷가 도시는 어떻게 살아가야 할까?

바다에 접한 도시와 섬들은 저출생과 고령화, 산업 쇠퇴로 인한 인구 감소라는 구조적 위기와 동시에 해양·기후 변화라는 전 지구적 위기를 함께 떠안고 있다. 해안 도시 안산 역시 예외가 아니다. 수도권의 계획도시이자 산업 도시로 성장했지만, 서울로의 경제·문화 집중과 획일화 속에서 지역 고유의 문화는 희미해지고 도시의 활력은 점차 약해졌다. 무엇을 해야 할까?

나는 문화에서 답을 찾고자 했다. 문화는 넓고 유연하다. 때로는 자극적이고 파격적이며, 상상을 넘어서는 힘을 지닌다. 동시에 쇠락한 산업 도시의 이미지를 부드럽게 전환시키는 힘도 있다. 우리 도시에 덧씌워진 부정적 이미지를 순화하고 새로운 미래를 설계하기 위해서는 '숲의 도시'라는 비전만으로는 부족하다고 느꼈다.

안산의 도약 방안을 담아 집필하던 『제3의 도약』에서는 재정과 산업, 인구 문제 등 시급한 현안이 너무 많아 문화 이야기를 충분히 펼치지 못했다. 문화가 살아야 경제가 숨 쉬고, 도시가 활기를 얻어야 시민의 삶도 나아진다는 확신이 있었지만, 우선순위의 벽은 높았다. 그렇다고 문화와 예술을 별도의 주제로 새롭게 기획하기엔 시간이 여의치 않았다.

그러던 중, 인터넷 미디어 '플래닛03'에 네 명의 저자가 연재했던 「세토우치 트리엔날레에 가자」를 묶어 책으로 내자는 제안을 하게 되었다. 모두가 흔쾌히 동의했다. 세토우치 트리엔날레는 혼슈와 시코쿠 사이의 바다, 세토나이카이(瀨戸内海)의 12개 섬과 인근 도시·마을에서 3년마다 열리는 국제예술제이다. '바다의 복원'을 주제로 삼아 예술을 통해 지역을 다시 호흡하게 만들었다. 한때 쇠락했던 섬들이 예술을 매개로 세계의 주목을 받게 되었고, 경제와 공동체에 새로운 숨결이 불어넣어졌다.

나는 2012년경 일본 어딘가에 '해양 문화 도시'가 주목받고 있다는 소문을 들었다. 그러나 정확한 정보는 찾기 어려웠다. 지금 생각해보면 '나오시마'라는 이름만 알았어도 쉽게 닿을 수 있었을 것이다. 그것이 3년마다 열리는 예술제라는 사실도, 여러 섬에서 동시에 펼쳐지는 프로젝트라는 점도 당시에는 알지 못했다. 2014년 시장이 된 이후에야 세토나이카이와 나오시마를 중심으로 한 예술제의 실체를 제대로 이해하게 되었다. 2017년 시즈오카 출장길에 반나절 시간을 내어 처음 나오시마를 찾았다. 그 짧은 방문이 시작이었다. 이후 다섯 차례 더 방문했지만 아직도 보지 못한 곳이 많다. 그럼에도 예술제가 만들어 낸 변화의 방향성과 의미는 어느 정도 체감할 수 있었다.

이 책은 그 기록이다. 동시에 한국 독자들에게 상대적으로 덜 알려진 섬들을 소개하는 안내서이기도 하다. 해양학자인 나의 시선으로는 특히 '바다의 복원'이 어떻게 실현되었는지가 궁금했다. 예술이 실제로 바다를 되살렸는가. 솔직히 말하면, 생태적 복원의 성과는 아직 판단이 유보된다. 더 정확하게 이야기하면 뚜렷한 성과가 없다. 섬엔 인구도 늘지 않았다. 그러나 예술적·사회적 성공은 분명했다.

그 힘이 너무 커서 단순한 방문기로는 설명하기 어려웠다. 그래서 이 해설서를 쓰게 되었다.

이 책은 다소 어설플지 모른다. 그러나 기록장이며, 안내서이고, 동시에 분석과 주장을 담은 해설서이다. 무엇보다도 예술제를 추진해 온 방식, 그리고 미술관과 뮤지엄을 세워 온 기업인·건축가·예술가들의 집요한 노력과 헌신에 대한 존경을 담고 있다. 바닷가에서 문화 예술을 통해 새로운 가능성을 모색하려는 도시와 단체들에게 이 기록이 작은 단서가 되기를 바란다.

연재에서 출간까지 수고해 주신 '플래닛03' 편집 책임자이자 출판사 대표인 홍석근 사장께 깊이 감사드린다. 또한 이 글을 열렬히 지지해 주신 박성미 총괄께도 고마움을 전한다. 추천사를 써 주신 이재정 전 경기도교육감님과 구자승 상명대학교 명예교수님, 배기동 한양대학교 명예교수님께도 진심으로 감사드린다.

바닷가 도시는 아직 끝나지 않았다. 이 책이 또 하나의 시작이 되기를 바란다.

지은이 대표 제종길

추천사

바다를 품은 도시의 미래

오늘 우리는 한 권의 책을 통해, 도시의 미래를 다시 설계하는 하나의 '지도'를 선물 받았습니다. 『바닷가 뮤지엄 도시』는 단순한 예술 기행서가 아닙니다. 이 책은 산업화와 인구 감소, 환경 훼손이라는 복합 위기를 겪어 온 해안 도시가 어떻게 문화와 예술을 통해 스스로를 다시 일으켜 세울 수 있는지를 보여 주는 치밀한 기록입니다.

저는 이 책을 읽으며 김구 선생께서 「나의 소원」에서 남기신 문장을 떠올렸습니다. "나는 우리나라가 세계에서 가장 아름다운 나라가 되기를 원한다. 가장 부강한 나라가 되기를 원하는 것이 아니라, 가장 높은 문화의 힘을 가진 나라가 되기를 원한다."

저자는 예술이 도시에서 무엇을 '보여 줄 수 있는가?'를 말하기보다, 예술이 도시의 생태와 공동체를 위해 무엇을 '책임질 수 있는가?'를 묻습니다. 특히 세토우치 트리엔날레를 단순한 축제로 보지 않고, 뮤지엄을 중심으로 한 장기적 공간 전략, 지역 경제와 연동된 지속가능한 모델, 그리고 무엇보다 바다의 생태 회복과 연결된 실천적 실험으로 분석한 대목은 이 책의 가장 큰 미덕입니다.

책의 여러 장에서 저자가 밝힌 것처럼, 예술제의 목적은 예술 자체에 머무르지 않습니다. 지역이 안고 있는 사회적 문제를 완화하고, 축제가 끝난 뒤에도 남는 경제적·문화적 자산을 축적하는 데까지 나아갑니다. 그러나 동시에 저자는 분명히 말합니다. 바다가 회복되지 않는 한, 그 어떤 문화 전략도 완성될 수 없다고.

사라진 문어를 다시 돌아오게 하는 일과 예술제를 연결하는 저자의 시선은, 그가 왜 '학자적 통찰을 가진 행정가'로 평가받는지를 보여 줍니다. 그는 예술이라는 결과물보다, 그것을 지탱하는 사람들(주민 고에비타이)과 환경이라는 토대를 더 중요하게 바라봅니다.

안산은 바다를 품은 도시입니다. 시화호와 대부도라는 자산을 가진 도시 역시, 산업의 기억을 넘어 문화와 생태가 공존하는 도시로 나아가야 합니다. 이 책은 바로 그 길을 모색하는 데 있어 하나의 방향타가 되어 줄 것입니다.

『바닷가 뮤지엄 도시』는 어느 한 지역의 성공담을 넘어, 우리가 도시를 어떤 태도로 설계해야 하는지를 묻는 성찰의 기록입니다. 저는 이 책을 기꺼이, 그리고 자신 있게 여러분께 추천합니다.

이재정 전 경기도교육감

추천사

바다 도시 안산의 아름다운 미래를 꿈꾸는 사람, 제종길

제종길 박사는 생태학자이자, 안산의 미래를 누구보다 오래 고민해 온 실천가이다. 안산의 바람과 바다, 그리고 사람들과 안산 스토리가 뼛속 깊이 새겨져 있는 사람이다. 안산의 내일을 누구보다 앞서 걱정해 온 그가, 새로운 시대의 문턱에서 안산의 미래를 아름답게 그려 가기 위해 공부하고 있음을 이 책을 통해 다시 한번 알게 되었다. 바다 도시이자 산업 도시 안산의 미래를 고민하며, 2010년부터 세토우치 트리엔날레가 열리고 있는 나오시마를 비롯한 예술섬들을 직접 답사하고, 손수 사진을 찍어 정리한 원고를 읽으면서 그가 꿈꾸는 미래 안산의 모습을 엿볼 수 있었다. 예술로 변화한 섬의 풍경에 감동하는 그의 시선과, 이러한 사례들이 도시의 미래에 어떻게 적용될 수 있을지를 치열하게 고민한 흔적이 문장 곳곳에 배어 있었다.

우리는 각각 영역이 다르기는 하지만 생태학자로서 만났다. 고고학에 생태학적 관점이 필요하다고 믿었던 나는, 당시 안산 한국해양연구소에 근무하던 그를 한국고고학대회의 해양 생물에 대한 연사로 초청했다. 그 일이 벌써 삼십 년이 훌쩍 넘었다. 이후 우리는 안산의 생태 환경이나 문화 환경에 대해서 많은 고민과 토론을 했다. 시화호 환경을 걱정하고, 대부도를 문화 도시로 만들기 위해 토론하고, 안산에 국립자연사박물관 건립을 주장한 것도 1990년대 중반의 일이다. 그는 해양 생태학자로서 문화에 대한 관심이 지대했고, 나는 고대인의 삶을 이해하기 위해서 그의 생태학적인 지론들을 존경했다. 이 책을 읽으며 그의 문화에 대한 열정이 얼마나 뜨거운지 새삼 느끼게 되었고, 문화를 전공한 나로서는 깊은 존경심이 우러났다. 그 열정의 뿌리는 결국 안산 사람들의 삶을 더 풍요롭게 만들고자 하는 사랑일 것이다. 그는 못 말리는 골수 안산 사람이니까….

우리가 살아가야 할, 그리고 우리 후손들이 살아갈 미래는 이제까지 살던 세상과는 완전히 다를 것이다. 인공 지능이 장착된 휴머노이드가 보편화되어 노동이 점차로 사라질 것이고, 노인이 인구의 중심이 될 것이며, 일인 가구가 늘어나서 결국 인구는 급속하게 감소할 것이다. 우리 사회의 경제 성장은 지속되어야 하지만, 우리 피부에 와닿는 삶의 질은 그리 희망적이지 못할 수도 있다. 오늘날 모든 사회가 '성장과 삶의 질을 잘 유지할 수 있을까?'를 고민하고 있다. 디지털로 더욱 팍팍해지는 사회 속에서 소외되는 사람들의 절망감을 어떻게 위로할 수 있을까? 그 해법은 어쩌면 '아름다운 소비', '감동이 있는 소비'에 있을지도 모른다. 바로 세토우치 섬들의 혁신적 변신, 즉 예술섬으로 만든 그 프로젝트들이 의미 있는 대안일 것이다. 섬에 박물관을 만들고, 섬 자체를 하나의 박물관으로 바꾸는 시도는 비단 이 세토나이에만 있는 것은 아니다. 아라비아반도의 모래사막에 있는 나라들 역시 한결같이 전통문화와 박물관을 이제는 석유를 대신할 그들의 미래 자원으로 삼고 국가가 심혈을 기울여 만들고 있다. 이 책의 저자는 이 섬들의 변화 과정을 곱씹으며 안산의 미래를 위한 하나의 대안을 모색하고 있는 듯하다.

안산은 모든 것이 구비된 도시이다. 성호 이익으로 대표되는 학문 전통과 단원 김홍도로 상징되는 예술 전통이 있고, 바다와 섬 그리고 높지는 않지만 아름다운 산들이 있는 생태 도시이다. 그리고 우리나라 최초의 계획 공업 도시로서의 산업 자원까지 갖추고 있다. 오늘날 다양한 이주 배경을 지닌 주민들 역시 안산을 국제적인 도시로 이끄는 중요한 자산이다. 1970년대에 만들어진 공업 신도시의 이미지가 강해 종종 저평가되기도 하지만, 이 책의 저자가 시장 재직 시에 출간했던 『안산생활사박물관』에서 볼 수 있듯이, 안산은 전통 문화유산이 곳곳에 배어 있는 '문화 생태 박물관'이라 할 만하다. 하지만 우리 사회의 변화나 글로벌 사회의 경쟁으로 미래를 걱정할 수밖에 없다.

따라서 안산은 이러한 자산을 바탕으로 도시의 미래를 어떻게 그려갈지를 고민해야 할 시점이다. 자연과 전통, 그리고 그 아름다움을 삶 속에서 체감하게 하는 예술의 힘은, 사람이 행복한 도시를 가능하게 한다. 이 책은 바로 그 비전을 시민들과 나누기 위해 일본 세토우치 섬들의 성공 신화를 소개한 기록이다. 결국 도시를 바꾸는 힘은 시민들의 공감에서 나오기 때문이다. 물론 그의 도시 비전은 안산뿐만 아니라 우리나라 모든 도시가 당면한 현실적 과제의 해결책으로 간주될 것이다.

제종길 박사, 내가 알고 있는 그는 살 만한 도시를 만들겠다는 꿈을 위해 끊임없이 노력하고 성취해 나가는 실천적 지성인이다. 이 책은 안산이 아름다운 미래로 나아가기 위한 푸른 신호등이 될 것이다. 그의 안산 사랑과 미래를 위한 끈질긴 노력에 깊은 존경을 표하며, 그의 비전이 실현되어 세계에서 가장 행복한 K-도시가 될 날을 기대한다. 이 책의 출간을 진심으로 축하드린다.

배기동 한양대학교 명예교수/ 전 국립중앙박물관장

바다와 예술과 삶이 하나인 도시

안산의 문화 발전을 위해 함께 일하던 시절, 제종길은 늘 현장에 있던 사람이었다. 겉으로 드러나는 말이나 형식보다, 문화가 도시를 어떻게 바꾸는지를 끈질기게 묻고 직접 움직이던 사람이었다. 특히 단원예술제를 준비하며 함께한 시간은 그를 다시 보게 한 계기였다.

그는 운영 위원장과의 첫 자리에서 "단 하나의 오류나 불공정이 있다면 그 자리에서 물러나야 한다."라고 단호하게 말했다. 문화는 신뢰 위에서만 성립할 수 있다는 그의 신념이 고스란히 드러난 순간이었다. 그 원칙은 현장을 지탱하는 힘이 되었고, 결국 단원예술제는 전국에서 주목받는 예술제로 성장했다.

그가 문화 예술을 대하는 태도에서 늘 느꼈던 것은 '도시 전체를 하나의 무대로 바라보는 시선'이었다. 초지역 일대를 아트시티로 구상하고, 자연 훼손으로 상처 입은 지역에 문화로 숨을 불어넣고자 했던 구상 역시 그런 연장선에 있었다.

어느 날부터 그는 일본 나오시마 이야기를 자주 꺼냈다. 처음에는 여행의 소감쯤으로 여겼지만, 시간이 지나며 그것이 단순한 감상이 아니라 한국의 해안 도시에서 실현하고자 했던 하나의 도시 비전임을 알게 되었다. 바다, 예술, 삶이 분리되지 않는 도시—그 상상이 바로 이 책 『바닷가 뮤지엄 도시』로 이어졌다.

이 책은 관광 개발의 제안서도, 예술 이론서도 아니다. 도시가 자신의 풍경과 기억, 문화적 DNA를 어떻게 다시 읽어 낼지에 대한 사유의 기록이다. 바닷가를 가진 도시라면, 그리고 문화로 미래를 상상하고 싶은 사람이라면 이 책에서 많은 영감을 얻게 될 것이다.

그가 여러 차례 세토우치 트리엔날레를 찾으며 주목한 것은, 이 예술제가 단순한 지역 축제나 관광 이벤트가 아니라는 점이었다. 섬 전체가 하나의 뮤지엄이자 전시 동선으로 작동하고, 작품은 경관과 분리되지 않은 채 삶 속에 배치되어 있었다. 더 중요한 것은 이 뮤지엄 시스템이 일본의 산업화 과정에서 누적된 환경 훼손과 지역 소멸의 문제를 예술과 문화로 전환해 극복하려고 했다는 사실이었다.

『바닷가 뮤지엄 도시』는 바로 이 인식에서 출발한다. 대규모 국가사업과 개발 과정에서 발생한 환경 문제를 회피하거나 은폐하는 대신, 문화 예술을 통해 다시 읽고, 기억하고, 치유하려는 시도이다. 이 책은 일본의 사례를 단순히 소개하는 데 그치지 않고, 한국의 해안도시와 국가적 환경 과제에 적용 가능한 하나의 문화적 해법을 제시하고 있다.

구자승 상명대학교 명예교수 / 화가

차례

일러두기

* 인명, 지명, 기관명 등은 국립국어원 외래어 표기법을 바탕으로 했으나 원어민의 발음을 최대한 수용했다.
* 세토우치 예술제에 전시된 작품들은 영문과 숫자 조합으로 손쉽게 구분할 수 있다. 여기서 영문은 섬 이름에서 왔고, 그 옆의 숫자는 고유 작품 번호이다. 예를 들어 'na07'이면 나오시마에 있는 일곱 번째 작품이란 뜻이다.
* 지은이들이 접했던 예술 작품들은 각 장의 마무리에 '함께 볼 작품들'로 모아서 소개하고 감상을 간략하게 더해 놓았다. 책의 지면을 통해 다 보여 주지 못해 아쉽지만 누구나 예술제 공식 사이트, setouchi-artfest.jp를 통해 찾아볼 수 있다.

01 일본 바닷가 도시와 **섬들의 실험**

2017년 봄, 나오시마로 향하던 설렘에서 이야기는 시작된다. 몇 번의 방문 끝에 관심은 나오시마를 넘어 세토우치 트리엔날레와 '바다의 복원', 그리고 섬 공동체로 옮겨 간다. 나오시마에서 시작된 예술 프로젝트가 어떻게 세토우치 전역으로 확장되었는지와 우리가 이 글을 쓰는 이유를 살펴본다.

2017년 봄 일본으로 떠나는 공무 여행이 나를 설레게 했다. 이 글의 대표 저자인 나의 여행 목적은 일본의 정령 지정 도시 시즈오카시(静岡市)와 문화 교류를 하기 위한 것인데, 오히려 귀국길에 잠시 들릴 나오시마(直島)로 가는 일에 마음이 더 쓰였다. 해안 도시인 안산을 예술 도시로 만들기 위해 아무도 모르게 나만의 비밀로 오래전부터 점찍어 두었던 곳이기 때문이다. 나오시마만 둘러보기엔 아쉬움이 컸지만, 지식도 많지 않은 상태에서 무리는 할 수 없었다. 사실 그때까지만 해도 세토우치 지역을 잘 몰랐다. 해양학자로서 세토나이카이가 한국의 한려 수도처럼 아름답고 자원이 풍부한 바다였다는 것과, 산업화 과정에 해양 환경이 망가져 이를 개선하려는 목적으로 세계적인 미술가와 건축가들이 예술 행사를 섬에서 3년에 한 번씩 열고 있다라는 정도로만 알고 갔다. 온 하루도 아닌 단 몇 시간이었지만, 나오시마의 주요 지점을 해설과 함께 바쁘게 이동하는 것만으로도 일행 모두에게는 충분한 감동이 되었다. '반드시 다시 오리라!'고 다짐하며 섬을 떠났다. 그렇게 시작된 발걸음은 어느덧 여섯 번의 방문으로 이어졌다.

또다시 나오시마로 가다

세토우치 트리엔날레(瀬戸内国際芸術祭 Setouchi Triennale, 이하 예술제)에 관해 수집한 자료도 어느새 제법 늘었고, 나오시마만 보고 돌아와서는 안 된다는 생각도 들었다. 그래서 그해 여름휴가를 일단 나오시마로 정했다. 절친한 두 쌍의 부부와 일본 무사시노대학교에서 공부한 교수 한 명을 겨우 설득해 오카야마(岡山)에서 만나기로 했다. 출발지도, 일정도 모두 달라 각자 따로 일본으로 건너가 현지에서 합류하는 계획이었다. 나오시마로 접근하는 방법은 두 가지인데, 둘 중에 혼슈 오카야마현의 우노항(宇野港)에서 가는 것이 훨씬 가까워 그 길을 선택했다. 때마침 일본은 장마 한가운데였고, 억수 같은 장대비가 쉬지 않고 온종일 오카야마를 적셨다. 다음날 아침에도 라디오에서는 계속 외출 자제를 알렸고, 비는 더 이어질 것이라 했다. 일행들의 표정도 덩달아 어두워졌다. 그럼에도 빗속을 뚫고 이른 아침 출발을 강행했다. 우노항에 도착하니 비는 눈에 띄게 약해져 있었다. 여행객은 거의 없었다. 어쨌든 그날은 날씨만 놓고 보면 다시 없을 최고의 여행

나오시마 미야노우라항(宮浦港)으로 여객선이 접근하면 제일 먼저 '빨간 호박'이 눈에 들어온다. '구사마 야요이(草間彌生)'의 작품으로 그녀의 점박이 호박 작품들을 활용한 디자인과 상품들은 나오시마에서 완전 대세다. 렌터카 문양에서부터 기념품과 홍보물에 이르기까지 다양한 디자인으로 활용되고 있는데, 몇몇 상품은 비싼 가격에도 없어서 못 팔 정도다. 다카마쓰공항 면세점에서도 마찬가지다. 베네세 하우스 호텔 앞 방파제에는 '노란 호박'도 있다. 사진_제종길

조건이 만들어지고 있었다. 비는 거의 그쳤고, 선선한 여름 해풍을 제대로 즐기는 항해가 이어졌다. 비가 지나간 다음 날의 푸른 하늘, 특히 나오시마를 둘러본 뒤 이누지마(犬島)로 이동할 때 탄 작은 배는 완전 우리 일행만의 독차지였다.

그래도 아쉬움은 남았다. 아직 가 보지 못한 섬이 열 곳이나 더 있었고, 일정상 두 섬만 보고 돌아올 수밖에 없었기 때문이다. 2019년 예술제에 다시 오자고 했으나 그러지 못했다. 다시 2022년으로 미뤘으나 코로나 팬데믹으로 다음 회차인 2025년까지 하염없이 기다려야 했다. 2022년 늦여름, 10월부터 외국인들의 방문이 허가된다는 소식을 듣고 부랴부랴 방문 준비를 했다. 때마침 막혀 있던 항로도 다시 열렸다. 이번에는 두 후배와 함께 10월 26일부터 11월 3일까지의 7박 8일 일정으로 다 돌아보기로 하고, 출국 전부터 일정과 방문지 그리고 배편을 꼼꼼히 챙겼다. 숙소는 예술제의 중심지인 시코쿠 가가와현의 다카마쓰(高松)에 정하고, 도착 첫날 오사카공항에서 오카야마를 거쳐 열차를 타고 우노항으로 향했다. 가장 먼저 나오시마로 가기 위해서였다. 그리고 2024년과 2025년에 한 번씩을 더해 지금껏 여섯 번을 방문했다. 열두 개 섬에 대한 기술은 대부분 2022년 방문 당시의 기록을 바탕으로 삼았다.

희망의 바다로 가는 길

국내에서 예술제 지도를 여러 번 보고 섬의 이름도 외우고 교통편을 다시 살피는 동안 어느새 12개 섬이 모두 익숙해졌다. 예술제의 홈페이지에서 제일 먼저 눈에 들어오는 것은 미션(Mission)이었다. '바다의 복원(Restoration of the Sea)', 그 뜻이 회복이든 재생이든 간에 얼마나

나오시마는 섬 전체가 디자인 마을이라고 할 정도로 하나하나가 독특했지만, 그것들 사이에는 묘한 공통점이 있었다. 함께 휴가 여행한 일행들과 작은 카페 앞에서 카페 사장과 사진을 찍었다. 사진_이호중

숭고한 비전인가? 더구나 그것이 예술제의 목표라니. 홈페이지의 설명은 이렇게 시작된다. "세토나이카이는 고대부터 중요한 교통로였습니다. … 이러한 상호 작용을 통해 탄생한 독특한 지역 문화는 오늘날에도 여전히 찾아볼 수 있습니다. 그러나 섬의 독특한 정체성은 인구의 감소와 노령화, 세계화, 최적화, 규질화의 가속화에 따른 지역의 활력 감소로 인해 침체하고 있습니다. 우리는 세토우치 트리엔날레를 통해 한때 무역과 문화 교류의 중심지였던 세토나이카이의 아름다운 환경 속에서 번성했던 섬 공동체를 활성화하고, 이 지역을 세계의 '희망의 바다'로 변화시키는 것을 목표로 합니다." 그렇다. 바로 희망의 바다와 도시를 꿈꾸는 사람들을 가슴 벅차게 만드는 울림이었다.

이 설명은 과연 '바다 살리기'에 그치는 말일까? 어쩌면 '사람 살기

좋은 곳 만들기'와도 같은 말일지 모른다. 산업 발전이 최우선이던 시대, 우리는 해안의 만과 습지를 메우고, 그 자리에 산업 단지와 조선소를 지었다. 해양 생태계가 비명을 질러도 사회의 욕망은 오로지 경제적 가치에만 몰두했다. 어찌 일본뿐이겠는가? 너무나 똑같은 과정을 거쳐 온 끝에 이제야 후회하는 우리나라와 다르지 않았다. 그런데 예술로 복원(이 글에서는 '복원'과 '복권'을 번갈아 사용한다.)하려고 사업가와 예술가들이 먼저 나섰다는 점이 참으로 인상적이었고 또 부러웠다. 바로 이 점을 우리나라에 어떻게 잘 전할 수 있을지 고민하다가 자연스레 '책'이라는 형식이 떠올랐다.

이 매력적인 해안 예술제를 찾는 우리나라 사람들은 많지만, 대부분 미술품 전시에 관심을 두거나 짧은 여행으로 스쳐 가는 경우가 많아 보였다. 물론 예술제나 나오시마를 다룬 책들도 이미 여러 권 나와 있고, 그중에는 열두 개 섬을 다 다녀와서 여행기 형식으로 쓴 책도 있다. 그럼에도 방문객 대부분이 나오시마만 보고 돌아가거나, 한두 개 섬만 더 둘러보고 떠나는 현실이 안타까워 우리가 본 것을 소개하면서 그 배경까지 함께 전하고 싶었다. 아울러 예술제 주관자들이 꿈꾸었던 환경과 섬 공동체의 복원이 실제로 어떻게 이루어졌는지도 살펴보고자 했다. 그래서 자료를 최대한 많이 수집하고 분석하되 조심스레 접근하려고 한다. 앞으로 열릴 예술제에 좋은 안내서가 되길 바라지만 그 이전에 책이 나올지에 대해서는 자신이 서지 않는다. 집필 계획을 세우는 과정에서부터 스스로의 지식적 한계에 부딪혀 관련 전문가 두 명—고은정 박사와 이웅철 박사—그리고 사진가 박진한 씨를 포함한 동료 세 명의 도움을 받기로 했다. 따라서 이 글에서 '우리'라고 할 때는 네 명의 저자를 함께 일컫는 말이다.

나오시마에서 예술제가 시작되다

섬 나오시마는 세토우치 트리엔날레의 중심이자 상징과도 같은 곳이다. 그러나 1980년대에 들어 나오시마의 주변 바다와 섬 환경이 극도로 나빠지면서 인구 저감과 노령화라는 문제에 직면했다. 위키피디아와 여러 자료에 따르면, 1985년 오카야마에 본사를 둔 후구다케 출판사(후에 베네세Benesse로 사명을 변경)의 대표였던 후구다케 테쓰히코(Fukutake Tetsuhiro)가 나오시마 마을(直島町, Naoshima-chō)의 대표를 만나 섬을 문화·교육 공간으로 재개발하는 방안을 논의했다. 이 지역에는 1955년에 수학여행 중이던 중학생 100여 명을 포함해 168명의 희생자를 낳은 여객선과 화물선과의 충돌 사고가 있었고, 이를 계기로 건립된 세토대교가 1988년 완공되면서 관광 수요 증가에 대한 기대가 커지고 있었다. 1989년에는 베네세 사 대표의 아들 후구다케 소이치로(Fukutake Soichiro)가 중심이 되어 '나오시마 국제 캠프(Naoshima International Camp)'가 이곳에 설립되었다.

이러한 흐름 속에서 나오시마, 데시마(豊島), 이누지마(犬島)를 무대로 한 베네세 사의 예술 프로젝트가 본격화되었고, 이는 예술 프로젝트의 총칭인 '베네세 아트 사이트(Benesse Art Site)'의 기초가 되었다. 카렐 아펠의 조각품인 '개구리와 고양이'는 1989년 베네세 아트 사이트 프로젝트의 일환으로 나오시마에 설치된 최초의 예술 작품이다. 물론 캠프 설립 때부터 건축가 안도 다다오(安藤忠雄)가 건축과 공간 디자인에 적극적으로 참여했다.

이후 일련의 발전 과정을 거치다가 2000년부터 시작된 니가타현(新潟県)의 '에치고 쓰마리 아트 트리엔날레(Echigo-Tsumari Art Triennale)'가 인구 소멸 위기에 놓인 농촌 지역을 예술로 활성화한 사례로 크게 주목받자, 2004년에는 세토우치 지역에서도 예술제를 준비하자는 논의가 시작되었다. 이후 니가타현과 미술 축제 기획자의 도움을 받아 마침내 2010년에 여러 미술관과 박물관의 개관과 동시에 일곱 개 섬에서 첫 세토우치 국제예술제가 열렸다.

그렇게 출발한 예술제는 회를 거듭하며 성장해, 2025년 제6회 예술제가 성황리에 막을 내렸다. 예술제를 놓치겠다 싶어 2025년 10월에 후배 한 명과 2박 3일간 나오시마만 보고 왔다.

함께 볼 작품들

* **개구리와 고양이** _ 베네세 하우스 호텔 전면 잔디밭에는 최초의 설치 작품으로, 네덜란드 화가이자 조각가인 카렐 아펠(Karel Appel)의 조각 '개구리와 고양이(Frog and Cat)'가 놓여 있다. 이곳에는 이 작품 외에도 프랑스 조각가 니키 드 생팔(Niki de Saint Phalle)의 '르 방(Le banc)' 등 여러 점의 작품이 설치되어 있다.

02 '바다 복권'을 꿈꾸다

'예술의 섬' 나오시마와 '세토우치 트리엔날레'는 서로 주제가 다르다. 쇠퇴와 환경 오염, 겐가이 슈라쿠의 바다에서 출발한 예술제가 어떻게 열두 개 섬과 다섯 개의 연안부로 확장되었는지 살펴본다.

나오시마와 세토우치 트리엔날레는 서로 다른 주제

건축가 김원은 그의 글 〈죽기 전에 보고 싶은 예술의 섬〉에서 "'예술의 섬'은 나오시마를 처음 가 본 이래 품은 나의 오랜 꿈이다."라고 했다. 한 번이라도 나오시마를 다녀온 사람이라면 아마도 같은 꿈을 꾸었으리라. 또 정준모 큐레이터는 이 섬에서 바라보이는 다카마쓰항 주변 빌딩 숲 실루엣을 두고, 번잡하고 영혼이 없는 '이승'이라고 했다. 그렇다면 나오시마는 천국이라는 의미가 된다. 그래서인지 방문하고 돌아서면 아쉬움이 남아 또 가게 되고, 그래도 다 볼 수 없으니 또다시 가게 되는 곳, 그렇게 반복해서 찾게 되는 곳이 바로 나오시마다.

현대 미술을 추구하는 작가나 건축가 그리고 우리처럼 도시 계획자 등에게 나오시마는 어느새 꿈의 섬이 되었다. 그런데 이 놀라운

오카야마현의 우노항은 두 주요 출입항 가운데 하나다. 나오시마는 다카마쓰항보다 이곳에서 배를 타는 편이 훨씬 가까워, 섬의 방문객들이 우노항을 많이 이용한다. 우리가 방문했을 당시에는 코로나 시기여서 방문객들이 예상보다 적었다. 사진_제종길

'아트 프로젝트'의 주요 주제가 나오시마만 있는 것이 아니라는 사실을 두 번째 방문에서 알아차렸다. 다른 한 주제는 바로 '세토우치 트리엔날레'였다. 한국 방문객들에겐 세토우치라는 이름이 아직 낯설다 보니 이해가 쉬운 섬 나오시마에 더 관심이 집중되었을 것이다. 게다가 서로 가까운 곳에 보기 좋은 작품들이 밀집해 있어, 나오시마가 예술 여행지로는 최고인 까닭이다. 그러나 이 두 주제가 서로 깊은 연관이 있지만, 동의어처럼 이해하거나 혹은 어느 하나가 다른 주제의 대표어 또는 대변하는 상징으로 보면 안 된다. 서로 잘 얽혀 시너지 효과를 내고 있지만, 각각을 독립된 주제로 접근하는 것이 좋다.

'겐가이 슈라쿠'를 극복하려는 세토우치 예술제

우리는 나오시마 그 자체보다, 예술제에 조금 더 관심을 두고 있다. 공저자 중에 도시 행정을 직접 경험한 사람이 둘이고, 어촌 문화 전문가가 한 명 있다는 점을 생각하면 어쩌면 당연한 일인지도 모른다. 우리는 '예술의 섬'을 보다 구체적으로 꿈꾸기 위한 테스크포스 팀처럼 학습하면서 이 글을 썼다.

앞에서 언급한 것처럼 이 예술제의 미션은 '바다의 복권('복원' 또는 '재생'이라 해도 좋으나 주최 측은 복권復權이라 썼다)'이다. 처음엔 일곱 개 섬에서 시작했으나, 2013년 두 번째 예술제부터는 열두 개 섬으로 무대가 확장되었다. 예술제의 이름도 세토나이카이와 그 주변 지역을 일컫는 지역 이름인 '세토우치'를 썼다. 이 일대가 일본 최초이자 최대의 국립공원인 '세토나이카이 국립공원(瀬戸内海国立公園)'임을 기억할 필요도 있다. 이곳은 한때 과도한 개발과 개발에 따른 환경오염으로 수질 악화와 수산 자원 감소 등으로 몸살을 앓았고, 섬에 있던 산업체들이 경제성을 잃고 폐쇄되자 지역의 인구도 급감하고 고령화는 심화되었다. 그 결과 섬 공동체가 '겐가이 슈라쿠(限界集落)'—우리나라의 인구 소멸 지역과 유사한 개념으로, 인구의 50% 이상이 65세 이상이 되어 공동체 생활을 유지하기가 한계에 가까워지는 마을—로 불리게 되자 이를 극복하려는 하나의 대안으로 나온 것이 바로 세토우치 트리엔날레라고 볼 수 있다.

예술제 순례로만 끝날까?

예술제의 역사를 더듬어 보면 어쩔 수 없는 면도 있지만, 나오시마를 제외한 나머지 섬들은 상대적으로 가려질 수밖에 없었다. 우리 저자들은 같은 시각으로 열두 개 섬을 바라보고자 한다. 물론 현재의 나오시마는 '예술의 천국'이라 할 만하다. 우리가 접한 언론 기사 중 가장 성실히 작성된 두 개의 기사 제목을 보자. 〈쇠퇴하던 섬 일본 나오시마, 예술로 채우자 세계 예술 성지가 됐다〉. 한국경제 성지영 기자의 기사(2024)에는 이렇게 적혀 있다. "1987년 시작된 '나오시마 프로젝트'가 모든 걸 바꾸었다. 근현대 거장들의 미술품들이 들어서며 전 세계 미술 애호가들이 몰려왔다. … 이 섬을 찾는 관광객은 연평균 65만 명. … 관광이 살아나자 이주 인구도 늘었다." 다 맞는 이야기다. 나오시마의 성공이 곧 모든 섬의 성공은 아니지만, '아트 프로젝트'의 성과를 대표하는 사례로서 충분히 교훈적이다. 이번에는 다른 기사를 보자. 경향신문 신양희 기자의 〈상처·폐허를 치유(癒)하는 유토피아, 세토우치 트리엔날레〉(2013)는 나오시마보다는 섬 전체를 바라본 글이다. 그는 "하지만 나오시마를 중심으로 이 지역의 섬들은 일본의 산업화 과정에서 수탈의 과정을 겪었고, 또 그 쓰임이

다하는 순간 버려졌다는 사실은 이 섬들을 복원하고자 했던 의도를 다시 떠올리게 한다. … 그러므로 복원된 섬과 바다에서 펼쳐지는‘예술’은 (섬들의 과거를 완전히 애도하듯) 단정하며, 경건하다 못해 숭고하기까지 하다.”라며 단지 예술적 순례로만 끝나는 것이 아닌가 하는 약간의 불편한 시각이 담겨 있다. 11년이 지난 현재에도 상황은 크게 다르지 않다고 생각한다. 성지이자 유토피아가 된 나오시마의 효과가 그 주변의 섬들로 어떻게 전이될지, 그리고 그 과정에서 우리는 앞으로 무엇을 보게 될 것인지 참으로 궁금하다.

세토우치 트리엔날레를 만드는 사람들

세토우치 트리엔날레는 일본 혼슈와 시코구 사이에 있는 바다, 세토나이카이의 열두 개 섬을 무대로 3년마다 봄, 여름, 가을에 걸쳐 개최되는 현대 미술 예술제이다. 2022년 예술제 집행 위원회(Setouchi Triennale Executive Committee)의 위원장은 가가와현 현 지사이고, 명예 위원장은 전직 지사 두 명이며, 부위원장은 가가와현의 상공회의소 회장과 다카마쓰시 시장이 맡고 있어 얼핏 보면 정부 조직처럼 보인다. 하지만 운영 책임자라 할 수 있는 제네럴 프로듀서는 후구다케 재단 이사장인 후구다케 소이치로다. 후구다케 재단이 베네세 사가 출원한 민간 재단이며, 이 축제의 재정을 담당하고 있다는 점을 고려하면, 이 예술제는 관민 협력 체제로 운영되지만 무게 중심은 민간에 있는, 다소 독립적인 운영 체제를 갖고 있음을 짐작할 수 있다. 그래서인지 지금까지 많은 평론가와 예술가들의 평판도 좋고, 관광 산업 측면에서도 큰 성과를 거두고 있다.

한편 이 예술제에서 가장 중요한 인물 중 하나인 예술 감독, 즉 제

네럴 디렉터는 기타가와 프람(北川 フラム)으로, 첫 회부터 지금까지 감독을 맡고 있다. 기타가와는 '에치고 쓰마리 아트 트리엔날레'의 창립자이기도 하다. 그런 점에서 세토우치 트리엔날레는 2000년부터 니가타현 산간 농촌 지역에서 개최되고 있는 이 트리엔날레의 '바다 버전'이라고도 할 수 있다.

프리랜서 기고가 제임스 심스(James Simms, 2022)는 한 글에서 후구다케 가족의 3대이자 후구다케 재단 이사인 후구다케 히데아기(福武 英明)가 한 말을 다음과 같이 소개했다. "우리는 가장자리에 서서 관점을 갖고 싶지만, 그렇다고 극단적으로 배타적이기를 원하지는 않습니다. 하지만 우리는 호소하고 싶지 않습니다. 대중적인 취향에 너무 많이 치중하다 보니 우리의 독특함을 잃어버리게 됩니다. 이러한 균형이 중요하며, 이를 달성하려면 독립적인 재정 자원이 필요합니다." 그는 머지않아 베네세 사와 후구다케 재단의 중심인물이 될 것으로 보인다. 이렇게 든든한 주도 기업과 재단이 있다는 점은 이 예술제가 갖는 최고의 장점이다. 후구다케 재단은 전 세계 근현대 미술관 전문가들의 유일한 글로벌 네트워크인 CIMAM(International Committee for Museums and Collections of Modern Art)의 2000년 창립 때부터 후원자였다. CIMAM은 700여 개 현대 미술관의 멤버십 프로그램을 기반으로 운영되고 있다.

매번 100만 명이 찾는 예술제

일본의 한 연구에 따르면, 코로나로 영향을 받은 2022년을 제외하고는 매번 약 100만 명에 가까운 방문객이 예술제를 찾았고, 수천억 원대의 경제적 효과를 냈다고 한다. 이 같은 성과로 세토우치 트리엔날레는 국제적으로 큰 주목을 받았으며, 천 명이 넘는 국제 자원봉사자가 예술제 진행에 참여해 왔다. 이것은 예술제의 자랑거리 중 하나다.

오늘날 미술 도시를 꿈꾸는 도시는 무수히 많다. 전 세계 곳곳에서 비엔날레나 큰 아트페어가 정기적으로 열리며, 예술을 통해 도시의 미래를 가꾸어 가고 있다. 세토우치 트리엔날레 역시 2025년에 여섯 번째 예술제를 성대하게 마쳤다. 15년의 시간을 거쳐 온 예술제가 앞으로 또 어떤 모습으로 진화해 갈지 기대해 볼 만하다.

함께 볼 작품들

* **바다의 역 나오시마**(海の驛「なおしま」Marine Station 'Naoshima'), na02 _ 나오시마 미야노우라항 터미널 건물이다. 예술제의 사무실과 공식 기념품 판매소가 운영되고 있는 작품으로, 세지마 가즈요(妹島和世)와 니시자와 류에(西澤立衛)의 유닛 건축사무소 SANAA가 설계했다.

* **나오시마 파빌리온**(直島パヴィリオン Naoshima Pavillion), na04 _ 후지모토 소스케(藤本壯介)의 작품이다. 2015년에 제작되었고 약 250개의 스테인리스 스틸 그물 삼각형으로 이루어진 구조물이다. 사람이 들어갈 수 있는 구조로, 떠 있는 섬을 연상시키는 일종의 정자이다. 나오시마의 27개 섬에 '28번째 섬'을 더한다는 개념을 담고 있다.

* **쇼도시마 집 프로젝트**(Shodoshima House Project), sd51 _ '쇼도시마 집 프로젝트'는 쇼도시마에 설치된 51번째 작품으로, 신켄치구샤(新建築社)와 주식회사 스나기(砂木)가 2022년에 선보였다. 예술제가 열리는 모든 섬에는 이처럼 오래된 전통 가옥을 현대적 감각으로 해석한 작품들이 자리하고 있다.

* **바다를 꿈꾸는 사람들 장소**(Place for Sea Dreamer), te19 _ 데시마 19번 작품으로 오스트레일리아 작가들이 만든 작품이다. 데시마에서도 특히 휴식과 사색에 어울리는 장소에 설치되어 있다.

* **걷는 방주**(Waliking Ark), og16 _ 오기지마의 16번 작품으로 야마구치 케이스케(山口啓介)가 제작했다. 산을 짊어지고 바다속으로 걸어 들어가는 모습이 재미있다. 작가는 노아의 방주에서 영감을 받았다고 한다. 무엇보다 주변의 바다 풍경과 놀라울 만큼 자연스럽게 어우러지는 모습이 인상적이다.

03 온난한 **해양성 기후와 우동**

세토우치 지방은 강수량이 적고 온난한 해양성 기후를 지닌 지역으로, 반농반어(半農半漁) 생활과 밀 재배로 잘 알려져 있다. 또한 연안 습지를 매립해 형성된 중공업 지대가 발달한 곳이기도 하다.

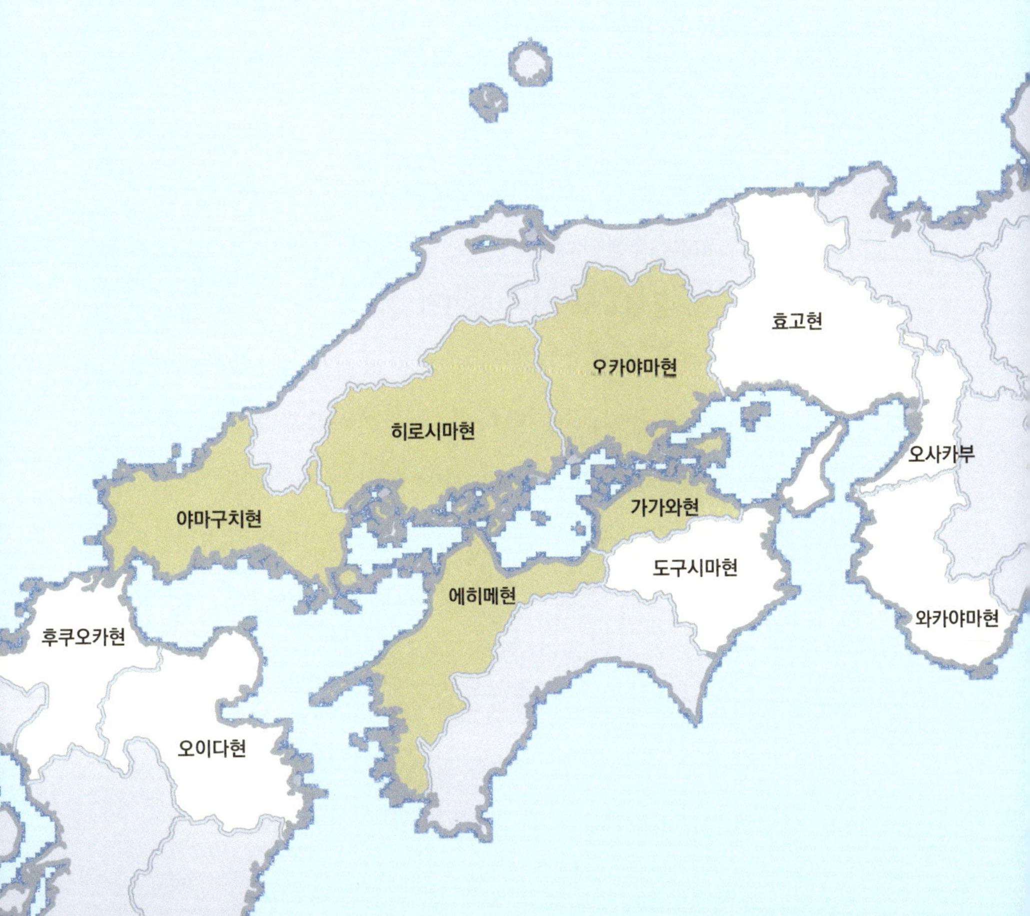

세토나이카이에서 바라본 시코쿠 해안 산지이다. 해안 지역에는 마치 제주도 오름처럼 생긴 작은 원뿔형 산들이 무수히 많다. 더 내륙으로 들어가면 산들이 높고, 동서로 이어진 고산지가 있다. 사진_제종길

'内'자를 '우치'로도 읽고, '나이'로도 읽는다

2022년 세토우치 트리엔날레를 찾았을 때, '세토우치'라는 말이 도무지 와닿지 않아서 여행 내내 마음 한편이 찜찜했다. 그러다 2024년 11월 초의 다섯 번째 나오시마 여행에서 비로소 어느 정도 이해가 되었고, 예술제를 방문하는 사람들이 나와 같은 아쉬움을 느끼지 않기를 바라며 세토우치라는 지방명과 그 사이에 있는 지중해인 세토나이카이(瀨戶內海)에 대한 이해를 돕고 싶어졌다. 우선 지방 이름인 세토우치 '瀨戶內'와 그 사이에 있는 바다 이름 세토나이카이 '瀨戶內海'부터 살펴보자. 세토우치 지역을 아울러 일컫는 이름은 '세토우치치호(瀨戶內地方)'이다. 이 과정을 공부하면서 흥미로웠던 점은, 왜 바다를 그냥 '세토우치카이'라 하지 않고 '세토나이카이'라 부르는지, 또 지방

명은 왜 '세토나이'가 아닌 '세토우치'가 되었는지였다. 일본에서는 같은 문자를 쓰임에 따라 다르게 발음한다는 것을 알고 있었지만, 한자의 뜻을 알고 있는 나로서는 '안 내(內)' 자를 'uchi'로도, 'nai'로도 읽는다는 점이 새삼 신기했고, 임칭닌 지식을 쌓은 것처럼 즐거웠다. 이제는 잘 기억하고, 적당히 이해한 선에서 더 자세히 알려고 따지지 말고 그대로 쓰면 된다는 것도 함께 깨달았다.

예술제에 '세토우치'라는 지방명이 붙은 만큼, 이제 이 지방에 대해서 간략히 짚어 보자.

세토우치는 아가시세토와 나루토세토 사이에 있는 바다의 연안 지방

'세토瀨戶'는 폭이 좁은 수로, 즉 해협을 뜻한다. 그러니까 세토우

일반적으로 통용되는 세토나이카이의 지리적 범위와 그 연안의 다섯 개 현 주요 도시, 그리고 예술제의 대표 섬 나오시마의 위치를 표시한 지도. 사진_위키미디어커먼즈

치는 '세토의 안쪽'이라고 풀어서 해석할 수 있다. 실제로 세토나이카이는 이곳의 두 해협—히로시마현의 아가시세토(明石瀨戶)와 도구시마현의 나루토세토(鳴門瀨戶)—사이에 있는 바다를 가리키며, 세토우치는 자연스럽게 그 바다의 연안 지방을 의미한다. 곧, 혼슈 서남쪽, 시코구 북쪽 그리고 규슈 북동쪽 해안 지역이다.

여기에는 다섯 개—야마구치현(山口県), 히로시마현(広島県), 오카야마현(岡山県), 에히메현(愛媛県), 가가와현(香川県)—현이 있는데, '정령 지정 도시(지방자치법에 의거 「인구 50만 명 이상으로 정령으로 지정하는 시」라고 규정되고 있으나, 지금까지의 지정 상황을 보면 인구 100만 명 이상, 또는 가까운 장래에 80만 명 이상이 될 만한 도시가 지정되었다.)'인 히로시마시(広島市, 인구 약 120만)와 오카야마시(岡山市, 인구 약 72만)를 비롯한 아홉 개의 주요 도시가 있다. 이 다섯 개 현의 인구는 약 832만 명이다.

지리적 범위는 일반적으로는 위의 다섯 개 현만을 세토우치 지방이라 지칭하지만, 넓게는 두 해협을 벗어나 혼슈, 규슈, 시코구로 둘러싸인 전체 바다와 인접한 모든 현 10개와 오사카부(大阪府)를 다 포괄해서 쓰기도 한다. 그 밖의 다섯 개 현은 와카야마현(和歌山県), 효고현(兵庫県), 도구시마현(徳島県), 오이다현(大分県), 후쿠오카현(福岡県) 등이다. 이 모든 지역을 다 포함하면 인구수는 약 3,005만 명에 이르는데, 이는 전체 일본 인구의 4분의 1에 해당한다. 이 일대 면적이 일본 국토 면적의 12% 정도라는 점만 보아도, 이 일대가 사람이 살기 좋은 지역임을 짐작할 수 있다.

온난하고 비가 적으며, 파도가 온화한 지역

혼슈의 최남단 지역을 '추고구(中国)'라 하는데, 그중 남쪽의 세 현은 세토우치 지방에 속하고, 북쪽의 두 현—돗토리현(鳥取県)과 시마네현(島根県)—은 우리나라의 동해와 맞닿아 있다. 남쪽과 북쪽 현들 사이에는 높은 산지가 가로놓여 있어 겨울철 북서풍을 막아 준다. 마찬가지로 시코구에서도 산지가 남북 지역을 가르며 여름철 계절풍을 차단한다. 이러한 지형적 조건 덕분에 이 일대는 일 년 내내 온난하고 비가 적어 맑은 날이 많은 것이 특징이다. 연평균 강수량은 약 1,000㎜로, 전국 평균의 절반 정도에 불과하다. 이것이 바로 세토나이카이식 기후이다.

눈은 일 년에 1~2회 정도는 내리지만, 산간부를 제외하고는 쌓이는 일은 드물다. 자연히 파도도 잔잔하다. 그리고 바다와 육지 사이에는 때때로 기온 차로 인해 국지적인 '해륙풍'이 부는데, 이 바람은 공기를 더욱 건조하게 만든다.

오카야마현 구라시키(倉敷) 미관 지구이다. 세토우치에는 여러 유적 지구와 경관 지구 등 관광지가 많다. 사진_제종길

반농반어, 작물 재배와 계단밭

세토우치 동쪽의 오카야마현과 가가와현은 상대적으로 더 건조한 지역으로, 이곳에는 건조한 환경에 강한 식물들이 더 많이 자란다. 가가와현의 쇼도시마(小豆島)에서는 올리브가 잘 자라고, 서쪽 지역인 히로시마현에서는 레몬이나 귤 등 감귤류 재배가 활발하다. 특히 히로시마현은 독특한 해양성 기후 덕분에 레몬의 재배 최적지로 전국 제일의 생산량을 자랑한다.

해안 지역인 만큼 어업도 활발하지만, 많은 연안 마을과 섬에서는 '반농반어'하는 주민들이 많다. 우리나라 일부 해안 지역 상황과 닮아 있다. 농업 관련 자료들을 살펴보면 세토우치에서는 두 가지 형태의 '반농반어'가 있는 것 같다. 하나는 간척이나 매립으로 새로 얻은 토지에서 농사를 짓는 경우인데, 적지 않는 해수의 영향으로 벼농사보다는 밀이나 콩 등의 다른 작물을 재배한다. 이들 작물 재배 수익이 벼농사에 필적할 정도가 되자, 다른 지역에서 쌀을 들여오는 방식이 정착되었다. 또 다른 하나는 이모작도 어려운 지역에서 고구마 등의 곡물을 만들기 위해 산지를 밭으로 개간한 경우다. 인구가 늘어남에 따라 밭은 산의 경사면을 따라 위로 늘어나기 시작했으며, 그 결과 '계단밭'이라고 하는 전통적인 경관이 형성되었다.

밀 재배와 염전이 받쳐 준, 최고의 '우동 문화'

일본에서 전국적으로 유명한 가가와현의 사누키 우동은 밀 농사를 중심으로 한 이모작 환경 속에서 태어난 음식 문화다. 비록 광활한 평야는 없지만, 다양한 형태의 농지와 서로 조금씩 다른 해안, 수백 개의 섬이 만들어 내는 미소(微小) 환경 속에서 생산되는 농수산물

다카마쓰 시내에서 판매되는 가가와현 쇼도시마산 올리브로 만든 스파게티 면과 소스 등. 사진_제종길

다카마쓰에는 유명 우동집이 많다. 이 우동은 한국 관광객들이 가장 많이 찾는 맛집의 대표 우동이다. 사진_제종길

이 이 지역만의 특별한 음식 문화를 길러 냈다. 그 대표적인 것이 바로 우동이다.

그 배경을 살펴보면, 건조한 기후 환경과 토양 특성 등이 밀 재배에 적합해 품질이 뛰어난 품종을 기를 수 있었고, 여기에 더해 우수한 소금을 생산한 세토우치 짓슈(十州) 염전이 있었기에 일본 최고 수준의 '우동 문화'가 조성되었다고 한다. 한마디로 세토우치는 식재료의 보고인 셈이다.

지금도 많은 포구마다 독특한 어패류를 비롯한 지역 요리를 제공하는 맛집들이 있다. 여기에 빼어난 해안 경관과 연중 관광을 할 수 있는 여건이 형성되어 있으니, 일본은 물론 전 세계에서 많은 관광객이 세토우치를 찾는다.

중화학 공업이 중심인 임해 공업 지대

기후가 온화하고 바다가 잔잔한 환경은 사람 살기에도 좋지만 기업 활동이나 해안 개발에도 적합하다. 세토우치에는 해안을 따라 제조업 단지들이 늘어서 있는데, 이곳을 '세토우치 고교치이기(瀨戸內工業地域, 세토우치 공업 지역)'라 한다. 이 지역은 일본 산업이 크게 발전하던 시기의 주요 중심지 가운데 하나였다. 초기에는 조선업이나 섬유 공업으로 특색이 있었으나 2차 대전 이후에는 수심이 얕은 바다의 매립과 간척 사업이 적극적으로 추진되면서 대다수가 중화학과 기계 공업 단지의 입지가 되었다.

세토우치 연안에는 한때 군함이나 전투기 등을 생산하던 공장들이 있었기에 기계 공업이 특히 발달했다. 1970년 무렵부터는 중화학공업을 중심으로 한 임해 공업 단지가 만들어졌다. 세토우치의 여러

오카야마현의 우노항 인근에도 조선소가 있는 임해 산업 단지가 있다. 사진_제종길

현(縣)들은 이러한 공업 도시가 중심이 되어 발전해 왔으며, 한때는 일본의 임해 공업 지대 전국 생산액의 약 30%를 차지할 정도였다.

연안 습지를 매립해 시가지와 산업 단지를 조성

네 번째 나오시마 방문에서는 다카마쓰의 대표적인 관광지이자, 일본 역사에서 유명한 두 가문 간에 격렬한 전투가 있었던 곳으로도 잘 알려진 야시마(屋島)를 찾았다. 이곳의 정상 전망대에서 동쪽을 바라보니 주변은 수많은 공장이 빽빽이 들어선 거대한 산업 단지였다. 과거에 연안 습지를 매립해 개발한 것으로 보였다. 다카마쓰의 고지도를 몇 점 찾아보니 17세기에 제작된 것으로 보이는 지도에는, 다카마쓰항(야시마 서쪽에 위치)과 야시마 사이에는 여러 개의 하천이 모이는 하구이자 제법 큰 만이 그려져 있었다. 또 1923년에 제작된 '다카마쓰시 신지도(新地圖)'의 한쪽에 강조해 표시한 '야시마고센죠도(屋島古戰場圖, 야시마 고전장도)'를 보면, 항구 쪽으로는 시가지를 조성하기 위한 매립이 완성되어 있었지만, 야시마 근처에는 염전과 습지와 강의 하구가 남아 있었다. 이런 자료들을 통해 우리는 세토우치의 전 해안이 이와 비슷한 시기에 같은 방식으로 개발되었을 것으로 추정한다. 해안 개발은 지역의 산업과 도시를 성장시켰지만, 해안 습지는 사라지고 바다의 수질을 급격히 악화시키기도 했다. 인간의 편리함을 위해 자연의 모습이 하나둘 사라져 간 것이다.

04 세상에서 가장 풍요롭던 바다, **세토나이카이**

일본의 지중해로 불리는 바다, 세토나이카이는 조선통신사가 오가던 오래된 무역 항로이자, 일본 최대 국립공원이 있는 바다다. 또한 세계적인 수산자원의 보고로, 문어밥과 멸치 요리 등 해산물 음식으로도 유명한 '바다 정원'이다.

"낙원, 이상적인 바다 정원"

인생의 대부분을 일본에서 보냈던 미국 작가 '도널드 리치(Donald Richie)'는 1971년에 출판한 여행 회고록 『나이카이(內海, The Inland Sea)』에서 세토나이카이를 "낙원, 이 이상적인 바다 정원(This paradise, this ideal sea garden)"이라고 묘사했다. 세토나이카이는 세계에서도 손꼽히는 수산물 생산 해역으로, 유럽의 지중해보다 제곱킬로미터당 연간 기초 생산량이 20배 높다고 알려져 있다. 또 인터넷 블로그 '더 세토우치 쿡북(The Setouchi Cookbook)' '더 세토우치(The Setouchi)'에서는 "세토나이카이에는 연안 어류를 비롯해 문어, 오징어, 새우, 게, 조개, 홍합, 30종류 이상의 굴 등 해산물과 식용 해조류가 풍부하다."라고 소개한다.

우리의 생각에 세토나이카이는 '사토우미(里海, Satoumi: 인간과 생태계 사이의 오랜 상호 작용으로 형성되고 유지되는 해양과 해안 경관)'의 이상적인 사례라 할 수

예술제가 열리는 다카미지마의 마을 중턱에서 내려다본 세토나이카이의 평화로운 전경. 2013년 출품작(ta11)으로, '노무라 마사히토(野村正人)'의 '나이카이의 테라스(海のテラス)'이다. 사진_제종길

있다. 이 평화로웠던 바다는 일본 최대의 반(半)폐쇄성 바다이자 국내 최초의 국립공원이 있는 곳이며, 아름다운 풍광을 지닌 바다로 국제적으로도 널리 인정받고 있다. 그러므로 내해의 사토우미가 제공하는 풍요로움과 아름다운 풍경은 사람들의 삶과 연안 해역이 오랜 세월 이어 온 연결의 산물이라 할 수 있다.

일본의 지중해

세토나이카이는 전형적인 지중해이다. 혹자는 유럽의 지중해에 빗대어 '일본의 지중해'라고도 부른다. 모리 마사토(森 正人)의 책 『고지도로 즐기다, 세토우치·가가와(古地図で楽しむ, 瀬戸内·香川)』(2023)를 읽다 보면 일본인 역시 세토나이카이를 지중해로 부르는 걸 좋아했던 것 같다. 지중해에는, 바다를 둘러싼 육지가 사람들이 정착하기 안성맞춤이니 수많은 도시와 마을이 생겨나고, 이 바다를 통해서 문물 교환이 활발해 문화가 번성한 곳이라는 이미지가 함께 담겨 있기 때문이다.

이제 그 바다를 살펴보자. 동서로 길쭉한 세토나이카이는 길이가 약 450㎞, 남북 폭은 좁은 곳이 15㎞, 넓은 곳이 55㎞ 정도다. 평균 수심은 약 38m로 황해보다 약간 얕으며, 최대 수심은 105m로 황해보다 약간 깊다. 동쪽은 '기이슈도(紀伊水道)'와 '분고슈도(豊後水道)'를 통해 태평양과 이어지고, 서쪽은 아주 좁은 간몬가이쿄(関門海峡, 간몬해협)를 통해 대한해협으로 연결된다. 해안선은 매우 복잡하며 총길이는 7,230㎞에 이르며, 600개가 넘는 크고 작은 하천들이 이 바다로 민물을 흘려보내고 있다.

조선통신사도 지났던, 무역 항로

세토나이카이는 대양과 바로 맞닿아 있는 일본의 다른 해안 지역과는 비교도 되지 않을 만큼 안전한 바다다. 이 잔잔한 내해는 수천 년 동안 태평양과 대한해협을 오가는 통로로써 중대한 역할을 해 왔다. 특히 에도시대 이후에는 일본을 대표하는 해상 무역 항로로 자리 잡았고, 조선통신사도 이 해역을 건너 일본으로 향했다. 홋카이도와 오키나와, 그리고 한국과 중국에서 온 선박들은 세토우치 지방의 오카야마현 우시마도항(牛窓港), 히로시마현 오노미치항(尾道港), 야마구치현 무로즈미항(室積港)과 같은 역사적인 항구에 닻을 내렸다. 오늘날에도 국내로 배송되는 모든 상품의 43% 정도가 화물선에 실려 세토나이카이를 통과한다. 얕고 안전한 수로를 따라 이동하려는 대형 선박들은 지금도 어디에서나 쉽게 볼 수 있다. 세토우치 공업 지대는 물론, 오사카를 비롯한 고베 등 간사이(關西) 지역의 산업 지대로 가는 핵심 해상 운송로이기도 하다. 대교들이 건설되기 전까지는, 이 바다는 간사이와 규슈를 잇는 주요 교통망이었다.

일본 최대의 국립공원

세토나이카이 국립공원(瀬戸内海国立公園)은 1934년에 운젠(雲仙), 기리시마(霧島) 국립공원과 함께 일본에서 최초로 지정된 국립공원 가운데 하나이다. 기탄(紀淡), 나루토(鳴門), 간몬(関門), 호요(豊予) 해협이라는 네 개의 좁은 수로를 출입구로 삼아, 그 안쪽으로는 광활한 해역이 펼쳐진다. 크고 작은 1,000여 개의 섬들과 바다가 내려다보이는 해변의 경관은 아름답고 자연스럽다.

이 국립공원은 11개 현과 부에 걸쳐 있으며, 해역을 포함한 총면적

메기지마와 데시마 사이에 있는 오기지마(男木島). 섬의 서쪽 경사면에 마을이 모여 있다. 1950년에는 천여 명이 살았지만, 첫 예술제가 열리던 2010년에는 인구가 고작 180명에 불과했다. 이후 조금씩 주민이 늘어나 2014년에는 학교와 보건소가 다시 문을 열었다. 사진_제종길

은 9,000㎢로 일본 최대 면적의 국립공원이다. 세토우치 지역의 주민들은 이 바다와 더불어 살아오면서, 자연과 공생하는 방식 속에서 일찍부터 문화를 발전시켜 왔다.

수산 자원의 세계적인 보고

세토나이카이의 생산량은 다른 반폐쇄성 해역보다 훨씬 높았는데, 유럽의 지중해는 말할 것도 없고, 생산력이 높다는 미국 체사피크만보다도 3배 이상이었다. 한때 세토나이카이의 조간대 습지는 드넓었고, 다양한 특성을 가진 습지들이 존재했다. 이러한 연안 습지는 바다의 전체 생태계의 건강과 생산량에 지대한 영향을 미쳤다.

반복해서 말하자면, 이 잔잔한 내해와 그 주변에서 섬, 바다, 사람들이 긴밀한 관련을 맺으며 살아왔다. 세토우치 지역은 기후가 온화해서 신선한 농산물과 해산물이 풍부하다. 자연산 해산물에 현지에서 재배한 농산물, 천연 바다 소금과 사케 등을 듬뿍 사용한 세토우

치의 요리는 수세기 동안 이 나라 최고의 자랑거리였다. 일본 역사상 보기 드물게 사계절 내내 요리 강세 지역이기도 하다. 이곳의 요리는 단출한 조리법과 은은한 양념으로 재료 그 자체의 맛에 집중할 수 있는 자연스러운 스타일을 지닌다. 또한 신선한 재료를 사용해 내는 가볍고 깔끔한 맛을 자랑한다.

여행 내내 잔잔한 바다를 가르며 안전하게 항해하는 배들을 많이 볼 수 있었다. 그러나 어업용 어선의 모습은 보기 드물었고, 간간이 레저용 낚싯배만 눈에 띄었다. 사진_제종길

먹이가 풍부한 어장과 강한 조류를 견딘 해산물들

히로시마현 연안은 영양이 풍부한 지역 바다에서 자란 해산물이 풍부한 곳이다. 그중에서도 '후구야마 도모노우라(福山 鞆の浦)의 도미', '미하라(三原)의 문어', '구레(呉)의 뱅어', '미야지마(宮島)의 붕장어' 등은 지역을 대표하는 식재료를 쓴 유명 요리들이다. 히로시마 관광 공식 사이트 '다이브 히로시마(Dive Hiroshima)'에서는 이러한 세토나이카이

해산물이 왜 특별히 맛있는지를 다음과 같이 설명하고 있다. "첫째, 먹이가 풍부한 어장에서 자란 해산물이다. 세토나이카이는 사면이 육지로 둘러싸인 '내해'여서 육지의 영양분이 수많은 하천을 통해 유입된다. 둘째, 강한 조류에 적응한 물고기이다. 일본의 외곽으로 흘러가는 해류인 구로시오(黒潮)에 비해 빠른 조류 속에서 헤엄치던 물고기는 육질이 단단해 맛있다."

문어밥과 멸치 요리

'문어밥(다코메시, octopus rice)'은 세토나이카이 해안 전 지역에서 유명한 음식이다. 이 바다에는 크고 작은 섬들이 흩어져 있고 수온도 크게 변하지 않으며 수질도 깨끗하다. 이런 환경은 문어(마다코マダコ라고 하는 종으로 우리나라의 주꾸미와 같은 종임)가 좋아하는 먹잇감이 모이는 곳으로, 문어의 서식지로 안성맞춤이다. 문어밥은 본디 어민들이 소박하게 먹던 것인데, 이제는 세토우치를 대표하는 시그니처 메뉴가 되었다. 예술제가 열리는 섬 곳곳에서 문어를 어획했던 흔적들을 볼 수 있었

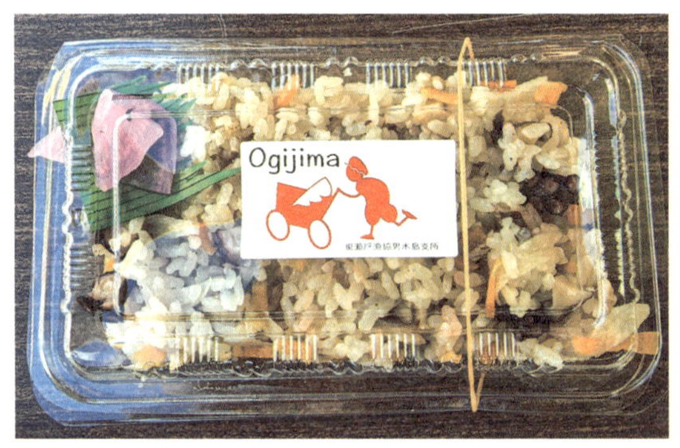

문어밥 도시락. 예술제 기간에 오기지마 주민들이 섬을 찾은 방문객들에게 판매하는 것이다. 밥은 맛있었지만 들어간 문어살이 적었다. 어획 상황을 묻자, 자원량이 너무 많이 줄어든 것 같다는 답이 돌아왔다. 사진 제종길

다. 특히 다카미지마(高見島)에서 엄청나게 많은 어구나 어선들을 볼 수 있어서 이 섬의 핵심 어획물이 문어라는 것을 쉽게 짐작할 수 있었다.

또 열두 개 섬 가운데 가장 서쪽에 위치한 이부키지마(伊吹島)도 재미있었다. 이곳은 멸치를 위주로 어업에 종사하는 어민들이 사는 섬으로, 가는 항구에서부터 멸치 그림과 장식들이 눈에 띄었고, 섬의 작은 식당들에서는 멸치로 만든 메뉴들이 빠지지 않고 올라 있었다.

현지산 생선을 현지에서 즐기기부터

세토나이카이 북부 해안 한가운데에 있는 빙고 지방(備後国)은 사계절 내내 풍부한 어획량을 자랑한다. 세토우치의 해산물은 종류가 다양하고 양이 풍부하기로 유명한데, 특징을 가장 잘 보여 주는 게 바로 '빙고 피쉬(Bingo Fish)'다. 현지 수산물을 가장 잘 아는 어부들이 엄선한 25종의 생선을 가리키는 말로, 이 목록만 살펴봐도 세토나이카이의 계절별 출현 어종을 한눈에 알 수 있다. 봄에는 7종—조개, 오

이부키지마는 어딜 가나 멸치다. 멸치가 이 어촌의 자랑이자 자부심이다. 멸치 우동도 맛있었지만, 우리에겐 멸치 햄버거가 인기 최고였다. 옆의 그림은 손님들이 낙서를 남기는 식당 벽에 방문 흔적을 내가 하나 더한 것이다. 사진과 그림_제종길

징어, 말쥐치, 삼치, 보구치, 참돔, 볼락—이 오르고, 여름에는 8종—새우, 붉바리, 용치놀래기, 청보리멸, 일본농어, 문어, 열동가리돔, 병어—이 오르며, 가을에는 3종—쏨뱅이, 도다리, 갈치—이 바다를 채우며, 겨울에는 7종—붕장어, 참서대, 쑤기미, 꽃게, 감성돔, 갯가재, 가자미—이 제철을 맞는다. 이 25종은 한 호텔 홈페이지의 '세토우치의 별미(Setouchi Delicacy)'에 소개된 내용을 인용한 것이다. 계절에 상관없이 추천하는 제철 지역 산물 먹기인 '지산지소(地産地消)', 즉 현지산 생선을 현지에서 즐길 수 있도록 착안한 것이다. 예술제를 즐기려면 잘 찾아 먹는 것부터 시작하는 게 어떨지….

함께 볼 작품들

* **갈매기의 주차장**(カモメの駐車場), mg01 _ 메기지마(女木島)의 방파제에 설치된 작품으로 기무라 다가히토(木村 崇人)의 2010년 작이다. 바람에 따라 바라보는 방향이 바뀌는 갈매기들은 마치 섬을 떠난 주민들을 기다리는 듯하다.

* **바닥 하늘**(Bottom Sky), ho13 _ 혼지마(本島)에 설치된 작품으로, 알렉산드르 포노마레프(Alexander Ponomarev)의 2016년 작이다. 오래된 그물과 로프를 나무 틀에 걸고, 바다를 건너온 대교를 바라보게 배치한 설치물이다. 바닥에 깔린 거울에 하늘과 바다가 겹쳐지며, 바다에서 살아온 시간의 무상을 느끼게 한다.

* **나이카이의 테라스**(海のテラス), ta11 _ 노무라 마사히토(野村正人)의 2013년 출품작이다. 예술제가 열리는 다카미지마의 마을 중턱에서 내려다본 세토나이카이의 평화로운 전경과 잘 어울리는 작품이다.

05 해안 개발로 환경과 자원을 **잃은 바다**

세토나이카이는 연안 습지 파괴와 대규모 매립과 간척, 그리고 즐비하게 들어선 중공업 공장의 오폐수로 인해 한때 극심한 적조와 어획량 감소를 겪었다. 1973년 세토나이카이 보호법 시행 이후 매립이 억제되고 바다는 깨끗해졌지만, 바다는 아직 예전의 풍요로움을 회복하지 못하고 있다.

작품 번호 in07-B인 이누지마 세이렌쇼 미술관(Inujima Seirensho Art Museum)으로, 야나기 유기노리(柳 幸典)가 아트를, 삼부이치 히로시(三分一 博志)가 건축을 맡아 공동으로 작업했다. 이누지마 섬에 남아 있던 구리 제련소 유적을 보존 및 재현한 박물관으로 여러 독특한 작품들을 갖고 있다. 현재 이 섬에는 35명만 살고 있을 정도로 극적인 인구 감소가 일어났다. 사진_제종길

연안 습지 파괴와 얕은 바다 매립이 해양 오염의 원인

앞에서는 문장을 서술할 때 주로 과거형을 썼다. 세토나이카이가 더 이상 세상에서 가장 좋은 바다가 아닐 수도 있는 현실을 전하고 싶었기 때문이었다. 사람이 살기 좋고 경관이 아름다운 세토우치의 해안 지역은 1950년대 후반부터 정부 주도의 과도한 개발이 시작되면서 변화가 있었다. 연안 습지는 파괴되었고, 얕은 바다는 매립과 간척으로 사라져 갔으며, 이는 곧 해양 오염의 원인이 되었다. 그러자 무엇이라도 다 품어 줄 것 같던 앞바다가 이상 신호를 보내기 시작했다.

예술제가 열리는 섬 중에 환경 문제로 널리 알려졌던 나오시마, 이누지마, 데시마만의 문제가 아니었다. 바다의 오염은 현에 따라 상황이 조금씩 다르긴 했지만, 그 피해는 전체 바다가 함께 입었다. 예술제가 열렸던 열두 개의 섬 역시 예외가 아니었다. 그중 하나인 샤

오카야마현의 우노항 인근에 자리한 조선소. 세토우치 해안을 따라 이런 산업 단지들이 들어서 있다. 사진_제종길

미지마(沙弥島)는 이젠 더 이상 섬이 아니다. 이 작은 섬은 원래 바다에 떠 있던 섬이었으나, 1967년에 매립되어 육지가 되었다. 그리고 10년 후, 이곳은 길이가 9.4km 다리인 세토오하시(瀬戸大橋, 세토대교)의 시코구 쪽 종점이 되었다.

중공업 집중으로 해양 오염 발생

다시 한번 더 강조하자면, 세토나이카이는 대양과 해협으로 열려 있는 바다이나, 통로가 좁고 수심이 얕은 내만(內灣)의 특성을 가진 반 폐쇄성 바다다. 이러한 지형 구조 덕분에 바다는 비교적 안정적이지만, 한편으로는 오염이 발생하면 바로 외부로 빠져나가지 못하거나 희석되지 않는 단점이 있다. 기후가 온화한 세토우치 연안은 원래 대부분이 얕은 습지였으니 해안 개발의 관점에서 보자면 최적의 조건이기도 했다. 일본의 경제 발전기에 해안 개발의 박차가 가해졌고,

1950년대 이후 철강, 석유 화학, 조선 등 중공업이 이 지역에 집중되었다. 그 과정에서 많은 해안 지역이 산업 부지와 도시 입지, 항만 시설을 만들기 위해 매립되었다. 1960년대 이후 일본 경제가 폭발적으로 성장할 때 세토우치 해안 지역은 그 주도적인 역할을 했었다. 오늘날에도 국내 생산에서 이 지역이 차지하는 비중이 크며, 철강 산업과 석유 화학 산업의 약 35%, 펄프 제지 산업의 약 30%가 이곳 해안 지역에 기반을 두고 있다. 특히 1960년대 중반에서부터 1970년대 중반에 걸쳐 오염이 본격화되며 세토나이카이의 해양 환경이 훼손되기 시작했다.

죽음의 바다로 바뀌다

1898년부터 2005년까지 세토나이카이에서 매립된 면적은 약 455

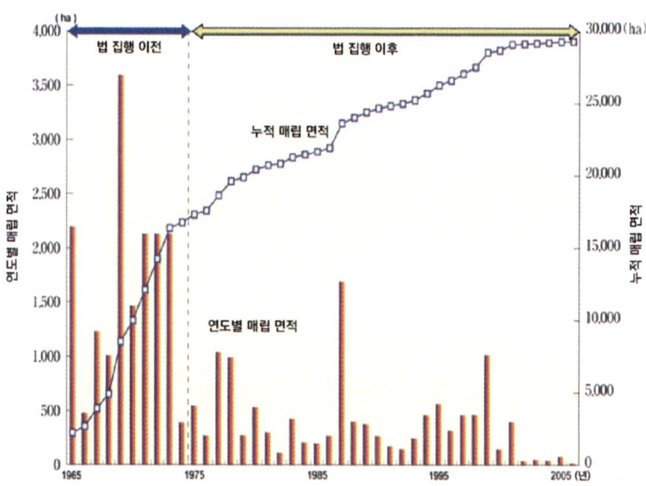

일본 환경성 자료를 바탕으로 한 세토나이카이의 매립(또는 간척) 면적의 추이이다. 막대그래프는 연도별 매립 면적을, 선그래프는 누적 매립 면적을 나타낸다. 세로 선을 기준으로 왼편은 1973년 '세토나이카이 환경 보전을 위한 임시 조치에 관한 법률' 적용 이전이고, 오른편은 적용 이후이다. 자료_제종길

㎢에 달한다. 이는 내해에서 가장 큰 섬인 아와지시마(淡路島) 면적의 약 70%에 해당하는 규모다. 이 엄청난 면적은 수심 10m 미만의 얕은 바다 가운데 약 20%가 사라졌음을 뜻하며, 그 가운데 대부분인 77.8%가 전후(戰後)에 집중적으로 매립되었다. 간척과 매립이 이어진 결과, 자연 해안선이 심하게 축소되었다. 고대부터 주민들은 세토나이카이의 얕은 바다를 이용해 자연 해안을 농경지나 염전으로 바꿔 왔지만, 1950년대 중반 이후부터는 도시 확장과 산업 부지 조성이 본격화되면서 자연환경 보존은 점점 뒤로 밀려났다. 그 결과 자연 해안선은 현재 37%만 남아 있다. 매립으로 인해 땅은 넓혔지만 잘피밭과 해조밭 그리고 여러 해양 생물 서식지가 사라졌다.

또 적조가 매우 자주 발생했는데, 그로 인한 산소 고갈로 많은 어패류, 일부 양식 어류들이 집단 폐사하기도 했다. 이후 세토나이카이는 일본에서 적조의 대명사가 될 정도로 수질 오염이 심각한 상태에 이르렀다. 다른 나라들과 마찬가지로, 경제 성장과 산업 발전의 대가로 한때 풍요로웠던 이 바다가 희생되었다. 한국에서 과거 적조로 인해 오랫동안 해양 오염의 대명사가 되었던 진해만처럼, 이 내해도 '죽음의 바다'로 불렸다.

적조로 해산물 피해 극심

예전에는 바다에서 하는 활동은 세토나이카이 주변 지역 주민들의 삶의 일부였으나, 매립지에 공장들이 빈틈없이 들어서면서 바다로 나가는 길은 점점 막혀 갔다. 해저에서는 모래가 채굴되었고, 바다에는 각종 폐기물이 투기되었으며, 수많은 공장에서 화학적으로 유해한 물질들이 바다에 배출되었다. 이러한 행위들은 모두 수질을 악화시키고 생태계를 불안정하게 만들었다. 수질 악화로 나타난 가장 심각한 문제 중 하나가 바로 적조였다.

이마이 이치로(今井一郎) 등의 논문(2021)에 따르면, 세토나이카이에서의 적조는 1976년 연 299회로 최고치를 기록했다. 이때는 세토나이카이에서는 적조가 빈발했다. 적조는 주로 여름철에 발생하는데 수산업에 큰 피해를 줬다. 특히 1972년에는 적조로 폐사한 양식 방어의 수가 1,420만 마리로, 이때 피해액은 자그마치 대략 7,000억 원(1엔을 10원으로 환산)에 달했다. 또 1987년 8월에도 135만 마리가 폐사해 약 1,600억 원 정도의 손실이 발생했다. 이후 법적 규제가 강화되면서 수질은 점차 개선되었고, 적조 발생률도 눈에 띄게 감소했다. 그 이후로 적조 횟수는 연간 100회 이내로 감소했고, 2015년 이후에는 더욱 감소세를 보여 2019년에는 58건만 기록되었다고 한다. 물론 오염은 적조뿐만이 아니었고 어획량이 줄어든 수산물은 방어만이 아니었다. 멸치, 굴, 문어 등 주요 수산물의 어획량은 급격히 감소했고, 어민들의 불만은 커져 갔다.

세토나이카이의 해양 환경 보전에 나서다

1965년부터 1975년 사이에 세토나이카이에서 수질 오염이 크게 심해졌다. 오염은 여러 해안에서 동시에 발생해, 바다가 심각한 위기에 직면했다. 이러한 상황 속에서 1973년, 지역 환경을 보전하기 위해 '세토나이카이 환경 보전을 위한 임시 조치에 관한 법률(瀬戸内海環境保全臨時措置法)'이 제정되었다. 이 법이 시행된 이후에 연안 매립과 간척 면적이 크게 줄기 시작했다. 이어 1978년에는 이 법이 '세토나이카이 환경 보전을 위한 특별 조치에 관한 법률(일명 세토나이카이호, 瀬戸内海法)'로

평화로운 혼지마 포구의 전경. 잔잔한 바다와는 달리 항구는 더 이상 분주하지 않다. 사진_제종길

영구화되었고, 부영양화에 따른 적조 발생 대처 방안이 담긴 새로운 조항들이 추가되었다. 이러한 상황에서 일부 어민들은 잘피밭 소멸이 어족 자원 감소의 주요 원인이라고 보고, 잘피 서식지 복원을 요청했다. 이후 굴 껍데기를 뿌려 바닥 퇴적물을 개선하는 기술을 개발해 잘피밭 복원에 성공했고, 그 면적은 꾸준히 늘어나고 있다.

'깨끗한 바다'는 되었으나 아직 '풍성한 바다'는

2013년은 '세토나이카이호' 제정 40주년을 맞이한 해였고, 2014년은 '세토나이카이 국립공원' 지정 80주년이 되는 해였다. 특히 2015년에는 세토나이카이를 위한 중대한 방향 전환이 있었다. 2015년 2월 말에 중앙 정부의 '세토나이카이의 환경 보전을 위한 기본 프로그램(Basic Program for the Conservation of the Environment of the Seto Inland Sea)' 전부 개정안이 내각의 승인을 받았다. 추가로 9월 말에는 이 내용을 제도적으로 뒷받침하기 위한 '세토나이카이호' 개정안이 통과되었다.

법 개정과 기본 프로그램의 조합이 세토나이카이를 위한 관리에 과거와는 견줄 수 없는 대대적인 변화를 이끌었다. 그 핵심 목표는, '깨끗한 바다'를 달성해 '풍성한 바다'에 도달하기 위한 것이었다. 그래서 수질 개선 중심의 '깨끗한 바다'를 만든다는 목표를 달성했다. 위 프로그램 집행 이전인 2008년에 '국제 EMECS 센터(International EMECS Center)'는 "지금까지 천연 해변, 잘피밭, 갯벌 면적이 감소했고 어획량 또한 줄어들어, 세토나이카이는 이미 예전의 풍요로움은 상실했다"고 지적했다. 이후 시간이 꽤 흘렀음에도 나는 이 문장이 지적하는 의미에 고개를 끄덕이게 된다.

바다의 복권, 우리 DNA를 탐구하는 여정

2000년 이후 에치고 쓰마리 아트 트리엔날레(Echigo-Tsumari Art Triennale)의 총감독이자 세토우치 트리엔날레 총감독이기도 한, 기타가와 프람은 예술제 블로그 '아트 세토우치(Art Setouchi)'에서 이번 주제인 '바다의 복권(Restoration of the Sea)'을 다음과 같이 설명했다. "20만 년 전 아프리카에서 출현한 우리의 조상 호모 사피엔스는 호기심을 갖고 지구 곳곳으로 흩어졌습니다. 먼 해안에 무사히 도착한 사람들은 간단한 집을 짓고 가져온 씨앗을 심었습니다. 우리의 조상은 모두 선원, 어부, 농부, 목수였습니다. 세토우치 트리엔날레의 여정은 우리 자신의 DNA를 탐구하는 여정입니다. 나는 이것이 바로 '바다의 복권'을 의미한다고 믿습니다." 이렇게 숭고한 의미 부여에도 불구하고, 우리 저자들은 제삼자의 시각에서 예술제는 주최자가 어떤 의미를 부여하든 세토나이카이와 세토우치, 특히 섬에 사는 어민들이 처한 힘든 현실이 개선될 때 비로소 진정한 '복권'이라고 생각하며 이 글을 쓴다.

함께 볼 작품들

* **오기지마 파빌리온**(Ogijima Pavilion), og18 _ 건물의 유리창에는 신사 참배길과 함께 바다와 직접 연결된 듯 보이게 종이로 바다 풍경과 해양 동물들을 표현해 놓았다. 문어를 비롯한 문어단지 그리고 파도와 등대로 풍요로웠던 과거로 회귀하고자 하는 기원을 담고 있다. 이 작품은 브라질의 오스카 오이와(Oscar Oiwa)와 일본의 반 시게루(坂 茂)의 협업 작품이다.

* **시간이 흘러가는 집**(時のふる家), ta02 _ 다카미지마에 설치된 '나가시마 가야코(中島 伽耶子)'의 2016년 작품이다. 빛이 아크릴 투명판을 통해 들어와 내부를 비추는데, 과거와 대비되는 섬의 현재에 대한 안타까움을 담고 있다.

06 나오시마에서 시작된 **도전**

미츠비시 제련소로 황폐해진 나오시마는 베네세 재단과 안도 다다오의 현대 미술 프로젝트로 예술의 섬이 되었다.

나오시마의 변화에는 베네세 재단이 있다

2021년 여름, 태풍으로 나오시마의 노란 호박(가보차, 南瓜)이 바다에 휩쓸려 나갔다는 저녁 뉴스를 보며 나도 모르게 "아이쿠, 저런…" 하는 탄식이 나왔다. 방송은 '나오시마의 상징, 100억 원급 조각, 구사마 야요이(草間 彌生)'라는 제목과 함께 사고 경위를 자세히 전했다. 이웃 나라 일본의 조각 작품이 우리 뉴스에까지 나다니! 인구 3,300여 명, 여의도와 비슷한 면적(82㎢)에 불과한 작은 섬 나오시마는 이제 우리나라 사람들에게도 관심의 대상이 되어 가고 있다.

나오시마는 산업화 시대에 미쓰비시(三菱) 구리 제련 공장이 있던 섬이다. 공장이 들어서면서 경제적 이득은 얻었으나 섬의 환경은 파괴되었다. 특히 1990년대, 제련소에서 나온 산업 폐기물을 데시마 섬에 불법 투기한 것이 발각되어 사회적으로 큰 파문을 일으키기도 했다. 이후 산업 구조가 바뀌면서 공장이 멈추고 사람들이 떠났으나 섬은 그대로 방치되었다.

그러나 버려졌던 섬 나오시마는 30년이 지난 지금, 예술의 섬으로 바뀌었다. 2010년부터 나오시마를 중심으로 주변 일곱 개 섬(나중엔 열두 개 섬)과 주변 도시를 무대로 세토우치 트리엔날레가 열렸다. 축제 기간에는 전 세계의 예술인과 관광객뿐 아니라 이곳을 벤치마킹하려는 해외 기관 관계자들까지 몰려들어, 예술제가 열리는 해에는 방문객 100만 명이 오간다. 나오시마의 이 극적인 변화는 베네세 재단과 건축가 안도 다다오를 빼고는 설명하기 어렵다.

현대 미술을 무기로 삼다

대서사의 시작은 베네세의 창립자 '후구다케 테쓰히코(福武哲彦)'에게로 거슬러 올라간다. 오카야마현의 교사 출신인 그는 문제집을 주로 만드는 출판사를 운영하다 실패한 뒤, 다시 '후구다케 서점'으로 성공해 주식회사로 전환했다. 이후 통신 학습지 사업에서도 크게 성공했고 이를 발판으로 통신교육과 수험서 분야에서 일본을 대표하는 기업으로 성장했고, 마침내 도쿄 증권거래소에 상장되었다. 성공한 사업가가 된 그에게는 꿈이 하나 있었는데, 전 세계 어린이를 위한 캠핑장을 만드는 일이었다.

회사 본사가 있던 오카야마현과 가까우면서, 규모는 작지만 경치가 좋은 나오시마가 그의 눈에 들어왔다. 1985년, 당시 '나오시마 쵸쵸(直島町長, 나오시마정장)'이던 '미야케 지가쓰구(三宅親連)'와 손을 잡고 캠핑장 개발을 추진하기로 했다. 미야케 쵸장 역시 나오시마 섬에 좋은 교육·문화 공간을 개발하고 싶은 꿈을 품고 있었다. 그러나 1986년 테쓰히코 회장이 급성 신부전증으로 갑자기 세상을 뜨게 되면서 이 계획은 중단된다.

회장의 장남인 후구다케 소이치로(福武總一郎)는 와세다대학교 기계공학과 출신으로 마흔 살에 도쿄 생활을 급히 마무리하고 가업을 물려받았다. 그는 회사의 정체성에 대해 생각했다. "우리는 무엇을 하는 회사인가?", "후구다케 서점이 존재하는 이유는 무엇일까?". 고민 끝에 "한 사람 한 사람이 잘 살 수 있도록, 지속 가능한 사회의 실현을 목표로, 도움을 줄 수 있는 회사가 되자"라고 결심했다.

그렇게 회사 베네세(Benesse)가 탄생했다. 라틴어로 BENE는 '잘', ESSE는 '존재하다, 살다'라는 뜻으로, 곧 '잘 살기(well-being)'를 의미한다. 1991년 기업 이념을 발표했고, 1995년 4월 회사 이름을 '후구다케 출판사'에서 '베네세 코퍼레이션'으로 변경하고 증시에 상장했다. 그는 부친의 뜻을 이어 나오시마 섬의 절반 가까이를 사들이고, 1989년 서쪽 해안에 국제 청소년 캠프장을 완공했다. 이때부터 그는 안도 다다오와 함께였다. 처음에는 사원과 아이들이 참여하는 소규모 캠프로 시작했다. 그러나 캠프장을 짓기 위해 오가면서 이렇게 아름다운 곳에 국가 행정력이 미치지 않고 섬이 방치되는 것에 분노가 치밀어 올랐다고 한다. 국가를 상대로 싸울 수는 없으니 현대 미술을 무기로 삼아 섬을 살기 좋은 공간으로 바꾸려고 했다. 그리고 그러한 그의 행동이 오늘의 나오시마로 이어졌다.

자연, 예술, 건축의 공존을 꿈꾸다

나오시마 프로젝트를 본격적으로 시작하기에 앞서, 그는 섬 주민들을 위해 학교, 마을회관, 선박 터미널 등을 지었다. 그리고 주민 설명회를 2,000번 이상 열었다. 섬 사람들과 외지인이 처음부터 기분 좋게 만나게 하고 싶었기 때문이었다. 동시에 그는 처음부터 최고의 미술 작품을 모아야겠다고 생각했다. 최고의 작품에는 최고의 메시지가 있고, 그래야 사람을 모으는 힘이 생긴다고 믿었다.

1992년, '자연, 예술, 건축의 공존'이라는 콘셉트로 갤러리와 호텔을 겸하는 '베네세 하우스 뮤지엄'이 문을 열었다. 세토나이카이를 내려다보는 높은 지대에 자리한 이 건물은 그 자체만으로도 자연과 건축의 공존을 보여 줬다. 뮤지엄의 작품 역시 건물을 완성한 뒤 소장품을 배치한 것이 아니라, 처음부터 작가가 위치를 지정하고 그 공간에 맞는 영구 작품을 제작했기 때문에 건물과 예술의 공존을 느낄 수 있다. 이 방식은 건물 내부뿐 아니라 단지 곳곳과 해안가, 인근의 울창한 숲까지 이어져 나오시마의 환경과 건축에 영감을 받은 특별한 현대 미술을 오롯이 느낄 수 있다.

이곳의 독특한 접근 방식을 보여 주는 사례가 하나 있다. 건물 내부가 높은 콘크리트 벽으로 둘러싸이고, 천장 한가운데만 정사각형으로 열어 하늘만 보이도록 설계된 공간이 있었는데, 많은 작가들이 작품 구성을 망설이며 끝내 선택하지 않았다. 그러다 조각가 '야스다 칸(安田 侃)'이 이곳을 선택했고, 이 공간만을 위한 작품을 제작했다. 공간에 놓인 두 개의 크고 매끄러운 마블 스톤, 이것은 여기에 누워 보라는 작가의 조용한 권유였다. 여기에 누우면 열린 정사각형 천장으로 끊임없이 변하는 하늘의 풍경만을 온몸으로 느낄 수 있는 작품이다. 작품 제목도 '하늘의 비밀(The Secret of the Sky)'이다.

2021년 태풍에 떠내려간 구사마 야요이의 '호박' 역시 자연과 예술이 결합된 작품이다. 이 노란 호박은 1995년 나오시마 전시회에 전시된 작품으로, 구사마는 기존에 만든 호박 작품들과의 차별화를 염두에 두고 제작했다. 그가 그때까지 만든 호박 중 가장 컸고, 처음으로 야외에 전시된 작품이기도 했다. 그보다 중요한 것은 놓인 위치인데, 세토나이카이로 돌출된 부두 나오시마항의 끝이었다. '매우 크고, 물방울무늬의 샛노란' 이 호박은 멀리서도 눈에 잘 띄었고, 단박에 섬의 마스코트가 되었다. 태풍이 오면 파손 우려가 있다는 것을 알면서도 그 위험을 감수한 채 이러한 장소에 설치했던 것이다. 1994년 설치 당시의 모습과 작가의 사진은 베네세-아트 사이트(benesse-artsite.jp)에서 확인할 수 있다.

또 하나의 마스코트는 미야노우라항에 있는 빨간 호박이다. 2006년 10월 7일에 오픈한 빨간 호박은 노란 호박보다 더 크고, 내부에 사람이 들어갈 수 있도록 만들어졌다. 사람들이 배를 타고 우노항에 내리기 전 가장 먼저 보이는 곳에 놓여 있다. "예술의 섬에 오신 것을 환영합니다."라는 환대가 느껴지는 이 빨간 호박은, 비할 데 없는 독특한 감동과 경험을 제공한다.

베네세의 구조와 역할 그리고 소이치로

박충섭의 연구(2015)에 따르면, '베네세 아트 사이트 나오시마(Benesse Art Site Naoshima)'는 다양한 사업의 총칭이다. 주식회사 베네세 홀딩스, 주식회사 나오시마 문화마을(100% 자회사), 공익재단법인 후구다케 재단 등이 연계 운영하고 있다. 나오시마 국제 캠핑장과 베네세 하우스(미술관과 호텔)의 운영은 '주식회사 나오시마 문화마을'이 맡고 있다. 미술관을 포함한 일상 운영비는 캠핑장과 호텔 수입으로, 예술 작품 구입과 기획 비용은 베네세 홀딩스에서 지원한다. 지추(地中, 지중)미술관, 이우환미술관은 '나오시마 후구다케 미술관 재단'에서 운영한다. 수입의 60% 정도를 미술관 입장료로, 나머지는 베네세 홀딩스의 주식 배당금과 기부금으로 충당한다. 지역 문화 진흥 활동을 하는 후구다케 지역진흥재단과 후구다케 학술문화진흥재단 역시 베네세 홀딩스의 주식 배당금으로 운영하고 있다.

2012년, 소이치로 회장은 문화 예술 발전에 기여한 공로로 '몽블랑 국제문화상(Montblanc de la Culture Arts Patronage Awards)'을 받게 되었는데, 시상식에서 이러한 활동을 하게 된 배경에 대해 "과도한 도시화에 대한 레지스탕스"라고 밝혔다. 회장이 잘 살고 싶다는 생각에 주목하기 시작한 것은 도쿄에 머무는 동안이었다고 한다. 그의 눈에는 수도의 사람들은 너무 빨리 움직이고, 스트레스를 많이 받고, 물질적인 것에 지나치게 집착하고, 주변을 제대로 바라보지 못하는 모습이 보였다

지추미술관에서 해안 쪽으로 내려오다 보면 이우환미술관(작품 번호 na20)을 만나게 된다. 한국 작가 이우환의 작품들이 실내와 주변 잔디밭에 설치되어 있으며, 건축은 안도 다다오가 설계했다. 최근 야외에 새 작품이 설치되었는데, 이에 대한 이야기는 뒤의 나오시마 편에서 다룬다. 사진_제종길

모래 해안과 맞닿은 호텔 앞 해안 전경. 멀리 노란 호박이 있는 부두가 보이고, 해안을 따라 더 가면 후구다케 테쓰히코가 평소 꿈꾸던 캠프장이 자리하고 있다. 사진_제종길

고 한다. 그래서 그런 환경에서 벗어나서 보다 건강하고 행복한 삶의 방식을 찾고, 그 경험을 다른 사람들과 공유하려고 문화 예술의 길을 걷기 시작했다고 한다.

함께 볼 작품들

* **원**(Circles) _ 1997년에 제작된 리처드 롱(Richard Long)의 '원(Circles)' 시리즈가 있다. 내해를 떠다니던 나무들을 모아 만든 원형 작품으로, 나무들 주변에는 돌과 진흙으로 만든 원들이 함께 배치되어 있다. 자연과의 관계를 형성하려는 의도로 만든 작품이다.
* **하늘의 비밀**(The Secret of the Sky) _ 베네세 하우스 뮤지엄에 설치된 '야스다 칸(安田 侃)'의 작품이다. 두 개의 크고 납작한 돌 위에 누워서 하늘을 보면 사각형 하늘 전경이 경이롭게 느껴진다. 빛과 구름, 시간에 따라 풍경은 계속 달라져 관객 누구도 같은 상을 볼 수 없다.
* **노란 호박**(南瓜) _ 나오시마 서쪽 해안에서 바다로 돌출한 부두 끝에 설치된 구사마 야요이의 작품으로, 1994년에 설치된 이후 곧바로 나오시마의 상징이 되었다. 2021년에 태풍 피해를 입었다.

07 안도 다다오가 펼친 **예술의 세계**

안도 다다오가 자신의 고향인 세토우치의 섬 아와지시마(淡路島)에 지은 예술 건축물들과 함께, 노출 콘트리트와 자연의 조화, 서양 미니멀리즘과 동양적 경험에 바탕을 둔 그의 작품 세계와 세토우치가 어떻게 만나고 있는지 살펴본다.

나오시마를 이끈 운명적 만남

나오시마 아트 프로젝트를 이야기할 때 빼놓을 수 없는 인물로는, 한국에서 가장 많이 알려진 건축가인 안도 다다오(安藤忠雄)다. 그의 독특한 인생 역정과 개성 있는 건축 양식은 많은 사람에게 충격과 감동을 안겨 주었다. 그런 그의 일생 중에서 나오시마는 개인 건축사에서 중요한 분기점이 되었다. 안도 다다오의 일대기를 다룬 '미야케 리치(三宅理一)의 책 『안도 다다오, 건축을 살다』에서 그의 일생을 21장으로 나누어 썼는데, 12번째 장 '공해의 섬을 재생시키다: 나오시마에서의 실험'이 책의 중심을 잡고 있다. 나오시마에서 박물관과 오래된 집 프로젝트, 자연과 건축의 조화, 노출 콘크리트 등의 다양한 실험은 그가 걸출한 업적을 남기며 성공하는 데 밑거름이 되었다. 책 뒤표지에 실린 그의 사진에서 범상치 않은 인상과 고집스러움, 자신감을 엿볼 수 있다.

그는 어떻게 나오시마 재생 사업에 참여하게 되었을까? 앞서 이야기했듯, 부친의 죽음으로 도쿄 생활을 마치고 고향 오카야마로 돌아온 후구다케 소이치로 회장은 세토나이카이와 나오시마 섬을 바라보면서 도쿄에서의 번잡함과 무상함, 그리고 자연의 소중함을 깨달았다고 한다. 그는 단순히 수도에서 활동하는 유명 건축가를 찾는 대신 세토우치 출신이면서 오사카에서 활동하던 안도 다다오를 발탁했다. 소이치로의 뚝심과 독특한 시각(특히 부친으로부터 물려받은 예술품 등을 통해), 그리고 안도의 단단한 실력과 창의적인 감각이 결합되면서, 일본 사회에서의 질풍노도와 같은 삶을 살던 두 사람의 만남은 오늘날 나오시마 아트 프로젝트를 가능하게 한 운명적인 사건이 되었다. 35년이 흐른 지금 베네세 아트 사이트 나오시마는 18개의 박물관, 갤러리, 설치 미술을 아우르는 거대한 문화 공간으로 자리 잡았다. 한국에서도 강원도와 제주 등에서 안도 다다오의 건축 작품을 찾아볼 수 있다.

건축 영웅의 탄생

안도 다다오는 건축계의 노벨상이라 불리는 프리츠커상을 1995년에 수상했다. 프리츠커상은 건축을 통해 재능과 비전, 책임의 뛰어난 결합으로 사람과 건축 환경에 중요한 기여를 한 생존 건축가에게 수여되는 상이다. 혁신성, 훌륭한 건축적 사고, 건설 기술에 대한 기여가 있었기에 가능한 일이었다. 프리츠커상 외에도 그는 수많은 건축상을 받으며 세계 건축계의 스타로 자리 잡았다.

한 편의 소설 같은 인생도 그의 특징이다. 다다오는 건축가가 되기 전 권투선수였고, 건축에 대해 전문적인 교육을 받은 적이 없었다. 운동을 그만두고 건축의 길에 들어선 그는 우연히 헌책방에서 프랑스 건축가 르 코르뷔지에(Le Corbusier)의 작품집을 발견하고 깊이 매료되었다. 그를 직접 만나러 유럽으로 떠났지만, 도착 한 달 전 르 코르뷔지에는 세상을 떠난 뒤였다. 그때가 1965년, 안도 다다오가 고작 스물네 살 때의 일이다. 이후 러시아를 거쳐 유럽, 아프리카와 인도를 여행한 뒤 일본에 돌아왔다. 그리고 르 코르뷔지에의 도면을 베껴가며 독학으로 건축을 배워 나갔다. 그렇게 영웅 탄생 서사가 만들어졌다.

여행을 마친 안도 다다오는 1969년 회사를 설립했다. 초기에는 주택, 교회, 절을 많이 지었다. 비록 소규모 작품들이지만 세계적인 반향을 얻기에 충분했다. 내(고은정 박사)가 학생 시절 도서관에서 본 그의

물의 절(혼푸구지 미즈미도)은 건축물, 물, 주변 환경의 조화가 극적이다. 노출 콘크리트의 간결한 디자인으로, 가운데 계단을 통해 물의 반사와 흐름을 눈높이에서 보며 지하로 진입하게 된다. 내부 공간에도 자연광이 들어와 빛과 그림자의 미묘한 변화를 느낄 수 있다. 즉각적으로 느껴지는 고요하고 차분한 분위기가 명상 공간의 특별한 경험을 제공한다. 사진_고은정

작품 '빛의 교회'와 '물의 절'—잔잔한 물 가운데로 점점 들어가며 사라지는 스님 사진—을 본 충격은 지금도 생생하다. 나오시마에 두 번째 방문했을 때는 일부러 아와지시마로 가 연못 아래에 있는 절 '혼푸구지 미즈미도(本福寺水御堂, 혼푸구지 수어당)', 일명 '물의 절(water temple)'에도 갔었다. 또 같은 섬에 세상에서 제일 큰 노출 콘크리트 건축물인 '유메부다이(夢舞台)'가 있는데 우리말로는 '꿈의 무대'이다. 이곳은 '안도 다다오 월드'라고 할 만큼 대표적인 작품인 리조트인데, 건설 도

중에 고베(神戸) 대지진이 발생해 그 희생자들에 대한 추모의 의미도 담고 있다. 다다오의 고향이기도 한 세토나이카이에서 가장 큰 이 섬은 고베와 시코구 양 방향으로 방조제 도로와 연결되어 있다.

섬의 숲과 세토나이카이 경관을 고려한 건축

안도 다다오 건축의 특징을 몇 가지로 요약해 보면 다음과 같다. 첫째, 다다오는 흔히 '빛과 노출 콘크리트 건축가'라 불린다. 인공 재료인 콘크리트와 자연의 빛을 절묘하게 조화시켜 공간에 이용한다. 그는 누구나 쉽게 구할 수 있는 콘크리트로 아무나 할 수 없는 건축을 만들고 싶어 했다. 노출 콘크리트는 구조체이면서 그 자체로 마감재가 되었다. 자신의 건축으로 가장 원초적인 형태를 만들었다. 훗날 원형 위에 다른 사람의 예술적 터치가 부가되어 완전 새로운 공간이 될 수 있도록 미리 고려한 것이다. 이러한 접근 방식은 그의 무명 시절 적은 예산으로 작품을 완성해야 했기에 마감에 들이는 비용을 줄이기 위해서였기도 했다.

둘째, 자연과의 조화이다. 물, 빛, 바람, 나무, 하늘 등은 그의 건축

꿈의 무대라는 뜻의 유메부타이. 효고현 아와지시마에 위치한 문화 시설이다. 간사이 국제공항(関西国際空港) 등 오사카 지역을 메우기 위해 이곳에서 흙을 채취했고 파괴된 땅을 다시 자연과 공생하는 공간으로 조성했다. 불필요한 모든 장식이 배제된 미니멀리즘 디자인과 주변의 산과 바다 경관이 건물과 조화를 이룬다. 바닥에 깔린 하얀 조개껍데기와 그 위를 흐르는 물이 독특한 시각·청각 경험을 선사한다. 사진_고은정

에서 빼놓을 수 없는 요소이다. 노출 콘크리트가 차가운 질감을 주는 재료임에도 불구하고 건축에서 따뜻한 느낌을 받는 이유는 이러한 자연의 요소들을 잘 활용해서이다. 베네세 하우스 뮤지엄을 비롯한 나오시마 아트 사이트 프로젝트를 '자연, 예술, 건축의 공존'이라는 콘셉트로 잘 유지할 수 있었던 것도 다다오의 이런 건축 철학이 자리 잡은 덕분이다.

셋째, 동양과 서양의 결합이다. 유현준의 『인문 건축 기행』에서의 지적처럼, 다다오의 건축은 구체적으로는 일본 전통 건축의 공간 시퀀스와 서양 전통 건축의 기하학적 특성을 융합한 건축이다. 서양의 현대 건축에서 영감을 받은 미니멀리즘을 보여 주지만, 공간을 경험하는 방식을 중요시하는 것은 동양의 감성적 접근이라고 볼 수 있다. 자연과의 조화 역시 동양 건축에서 가장 중요한 요소이다.

나오시마에서 만나는 안도 다다오

베네세 아트 사이트 나오시마에서 안도 다다오가 참여한 프로젝트는 섬 전체의 거대한 예술 공간을 형성한다. 베네세 하우스 뮤지엄을 비롯해 베네세 하우스 오벌, 베네세 하우스 파크, 베네세 하우스 비치, 지추미술관, 이우환미술관, 안도 뮤지엄까지 다양한 형태의 건축과 공간이 배치되어 있다. 또, 제임스 터렐과 협업한 설치 작품인 미나미데라(南寺)와, 2022년 봄에는 '밸리 갤러리(Valley Gallery)'와 스기모토 히로시 갤러리: 타임 코리도(Hiroshi Sugimoto Gallery: Time Corrider)'가 개관했다. 2025년 5월에는 제6회 세토우치 트리엔날레 개막에 맞춰 새로운 미술관인 '뉴 나오시마 뮤지엄'이 문을 열었다.

좋은 건축과 좋은 디자인의 뒤에는 창조적인 디자이너만큼이나

'바다와 하늘 그리고 숲'은 나오시마 건축의 주제어이다. 세토우치 출신의 두 사람인 후구다케 소이치로와 안도 다다오가 의기투합할 수 있었던 요소이며, 이 주제어가 모든 건축 작품에 배어 있다. 사진_제종길

강원특별자치도 원주시에 있는 '뮤지엄 산'의 한 전경. 높은 산 위에 지어진 미술관인데도 미술관 곳곳에 물을 배치했다. 이곳에서도 안도 다다오의 건축에서 자연, 물, 빛이 핵심 주제로 작용함을 보여 준다. 사진_제아라실

중요한 클라이언트가 있다. 나오시마가 다시 살아난 데에는 베네세라는 자본과 안도 다다오라는 크리에이터, 두 축이 있었다. 같은 이야기를 반복하는 이유는 예술적 성과를 내는 데 너무나 중요한 조합이기 때문이다. 이제 나오시마뿐 아니라 12개의 섬이 다시 살아나려고 한다. 안도 다다오는 이렇게 회상한다. 25년 전 후구다케 회장과 같이 나오시마에 갔을 때 그는 "이곳을 세계 제일의 예술 섬으로 같이 만들자"고 말했다. 그때 난 그것은 불가능한 일이라고 속으로 생각했었다. 그러나 지금은 세계 사람들이 나오시마의 변화를 기대하고 있다. 우리 저자들은 그들의 환상적인 파트너십이 무척 부러웠다. 최근 안도 다다오가 췌장암으로 투병 중이라는 소식에 모두 안타까워했는데 장기 다섯 개를 들어내고도 다시 활동을 이어 가는 모습은 또 다른 감동을 준다.

함께 볼 작품들

***M파빌리온**(M Pavilion) _ 오스트레일리아 멜번에 있는 빅토리아가든에 설치된 안도 다다오 작품이다. 이 노출 콘크리트 작품은 단순한 외관과 자연과의 소통이라는 공통점을 가지고 있다.

***이우환미술관** _ 이우환미술관도 일종의 지추미술관이다. 노출 콘크리트로 만들어진 높은 벽 사이를 걸으며, 빛의 소중함과 구조물의 단순함을 체험하면서 이우환의 예술 세계를 만날 준비를 하게 된다.

08 지역 예술제를 **지휘하는 사람들**

예술과 지역 재생을 결합시킨 '세토우치 트리엔날레'가 세계적인 지역 예술제로 성장하며, 이를 이끌어 온 기타가와 프람과 후구다케 소이치로의 활약상을 살펴본다.

예술과 지역 재생을 결합시키다

일본의 변방에서 시작된 한 예술제가 불과 개최 네 번 만에 일본에서 가장 큰 성과를 낸 예술제로 자리 잡았다는 사실(하자마 에미코挾間惠三子, 『세토우치 국제예술제와 지역 창생瀬戸内國際藝術祭と地域蒼生』, 2023에서 인용)과, 더 나아가 이 예술제가 세계 지역 예술제와 관광 산업에서 주목받게 된 점에 우리는 놀라움을 금치 못하고 있다. 무엇보다 감동적인 것은 예술제의 목적이 새로운 예술의 창조보다는 일관되게 '바다의 복권'을 주제로 지역을 되살리는 노력에 집중했다는 점이다. 여기에서의 예술은 '현대 미술(contemporary art)'을 말하는데, 지역 재생까지 함께 생각하면 지역 주민들과 방문객에게 어쩌면 어렵게 느껴질 수도 있는 결합이다. 그럼에도 불구하고 이를 극복한 예술제의 탁월한 기획력과 추진력에 대해 칭송하게 된다.

2022년 다섯 번째 예술제, 아티스트 187팀, 방문객 72만여 명 참여

2022년 다섯 번째 예술제의 보고서 격인 '세토우치 트리엔날레(Setouchi Triennale 2022)'를 보자. 인사말은 예술제 실행 위원장이자 가가와현의 현 지사인 '이케다 토요히토(池田豊人)'가 했다. 다음은 예술제 '종합 프로듀서(general producer)'이자 '공익재단 법인 후구다케 재단' 명예이사장인 '후구다케 소이치로'가 "세토우치 국제예술제 2022를 마치고"라는 글을 올렸고, 그다음으로 위원회 명예회장이면서 전 가가와현 지사인 '하마다 케이조(浜田惠造)'는 "세토우치 국제예술제 2022를 돌아보며"를 기고했다. 마지막으로 예술제의 '종합 디렉터(general director)'인 '기타가와 프람(北川フラム)'은 "지역과 예술제의 과제, 그 가능성"이라는 긴 글을 통해 예술제의 의미와 향후 방향을 설명했다.

이 글에서는 코로나 팬데믹이라는 엄청난 어려움 속에서도 행사가 큰 사고 없이 잘 끝났다고 하면서 "작품 제작비는 20%나 줄었고, 자원봉사자들은 현을 넘는 이동이 제한되었습니다. 그런 가운데 187팀의 아티스트(그중 해외 53팀), 신작(전시 교체 포함)이 85건이나 된 것은 다행이라고 생각합니다. 방문객은 72만 3,316명이었고, 자원봉사 참가자는 5,417명(약 40% 감소)이었으며, 기업 협찬은 262개 사에서 3억 2600만 엔이었습니다."라고 보고했다. 나와 함께 간 두 사람도 방문객 통계 속에 포함되었을 텐데, 외국인 방문은 가을, 그것도 10월 말경에야 허용되었다.

운영 책임자 소이치로, 예술 총감독 기타가와

위에서 여러 주요 인물들을 소개한 것은 이 복잡다단한 일들이 많은 예술제를 누가 책임지고 있는지를 알고 싶었기 때문이다. 일단, 실행 위원회이지만 두 정치인은 정부 지원과 관련된 역할만 맡고 실제 운영에는 깊이 관여하지 않는다. 그러니 예술제 본연의 일은 소이치로와 기타가와 프람이 주재하는 것이 분명하다. 쉽게 말하면, 소이치로는 운영 책임자, 기타가와는 예술 총감독 역할을 한다고 이해하면 된다. 여기서 알아 두어야 할 것은, 나오시마 예술 프로젝트의 조직 구조가 세토우치 트리엔날레로 바로 이어진 것은 아니라는 사실이다. 하지만 든든한 기반이 되었음이 틀림없다. 앞에서 언급한 대로, 1985년부터 나오시마에서 시작된 일련의 아트 프로젝트가 가능성을 보이자 자생적으로 '아트 관광'이 시작되었다.

'대지의 예술제' 임원들과 소이치로의 조우

2004년에 가가와현청 젊은 직원들이 '아트 아일랜드 트리엔날레'를 개최할 것을 지사에게 제언하게 되고, 이듬해인 2005년에 '나오시마 후쿠다케 미술관 재단'과 국토교통성 시코쿠 지방정비국·가가와현이 공동으로 '세토우치 아트 네트워크의 가능성'이라는 공공 심포지엄을 개최하면서 예술제의 탄생이 움트게 되었다. 배경에는 2000년부터 시작된 기타가와가 주도한 '대지의 예술제(大地の藝術祭)가 있다. 특히 2003년 제2회 행사 당시, 베네세의 소이치로 회장이 현장을 방문하면서 대지의 예술제 임원들과 조우했을 것으로 추정된다. 2006년 3회에는 소이치로가 이 예술제의 실행 위원회에서 종합 프로듀서를 맡게 되면서, 세토우치에서 국제예술제의 개최가 자연스럽게 논의되고 본격적인 시동을 걸게 되었을 것이다. 일본의 다른 지역 예술제는 자세히 모르지만, 일본에서 가장 유명한 지역 예술제 두 곳의 운영 책임자와 실무 책임자가 같은 인물임을 알게 되었다.

2018년 경향신문 기사《예술은 지역을 어떻게 변화시켰나… 일본 에치고 쓰마리 '대지의 예술제' 20년 궤적》에 따르면, 에치고 쓰마리 예술제는 "'인간은 자연에 내포된다'를 기본이념으로 삼았다."고 한다. 소이치로는 니가타 산골에서 펼쳐진 대지의 예술제를 보고 자신의 꿈과 맞닿아 있음을 깨달았을 것이다. 그래서 2006년부터 차근차근 준비를 이어 간 끝에, 2010년에 첫 세토우치 트리엔날레 2010이 열리게 되었다.

자원봉사단 '작은새우대' 발족

개최 2년 전에는 예술제를 주관할 조직인 '세토우치 국제예술제

실행 위원회(瀨戶內國際藝術祭實行委員會, Setouchi Triennale Executive Committee)'를 구성하고, 참여 작가들을 공모로 모집하기 시작했다. 동시에 작품 설치를 위한 현장 탐방도 진행했으며, 다양한 회의 방식을 통해 참여 그룹들 간 소통을 도모했다. 이 과정에서 2008년 "이누지마 아트 프로젝트 '제련소(精錬所)'"의 오픈이 큰 뉴스 중의 하나였다. 2009년까지는 각 섬의 주민들을 만나 설명회를 가졌는데, 이는 가장 힘든 일이었지만 동시에 가장 중요한 과정이었다. 이런 점에서 기타가와는 선구자적인 전문성을 발휘했다. 또 예술제 도우미라고 할 수 있는 자원봉사단인 '고에비타이(こえび隊, 작은새우대)'가 발족해 운영을 지원했다. 이렇게 순차적으로 잘할 수 있었던 것은 에치고 쓰마리 예술제의 축적된 경험과 노하우가 잘 전수된 덕분이었다.

2010년 7월, 첫 세토우치 국제예술제 개막

여러 가지 어려움 속에서도 2010년 7월 19일에 첫 세토우치 국제예술제가 개막했다. 가을에는 '데시마미술관(豊島美術館)'이 오픈하면서 방문객 수가 크게 늘어 90만 명을 돌파했는데, 애초 예상의 3배 이상이었다. 10월 31일, 세 계절에 걸친 예술제는 공식 폐막했지만, 일부 작품은 계속 대중에게 공개되도록 결정했다. 이 예술제에는 18개 국가와 지역에서 75개의 예술가 프로젝트와 16개의 행사가 참여했다. 이때 전시가 있었던 곳은 나오시마를 비롯한 데시마, 메기지마, 오기지마, 쇼도시마, 오시마, 이누지마 등 일곱 개 섬과 다카마쓰항 주변에서 진행되었으며, 행사 일자는 총 105일이었다.

일본 지역 예술제의 사나이, 기타가와 프람

예술의 섬 나오시마의 주인공이 안도 다다오였다면 예술제의 주인공은 기타가와 프람이라고 할 수 있다. 물론 후구다케 소이치로는 두 사람의 든든한 후원자였다.

기타가와는 1946년 니가타현에서 태어나 도쿄예술대학에서 미술을 전공했다. 대학 재학 시절부터 팀을 결성해 전시회, 콘서트, 이벤트 기획과 제작에 참여하며 실무 경험을 쌓았다. 졸업 후에는 사회참여 활동을 했다. 1980년 출판사 겐다이기가구시쓰(現代企劃室, 현대기획실)를 만들어 예술 분야와 사회적 논의가 필요한 주제에 관한 책을 300종 이상 출판했다. 1982년에는 ㈜아트 프론트 갤러리(Art Front Gallery)를 설립해 당시 일본에 잘 알려지지 않았던 예술 작품을 소개했다. 그는 예술가가 되어 나만의 표현 방식을 찾는 것보다 무대 뒤에서 예술 활동을 지휘하는 일을 해야겠다고 결심했다.

기타가와는 도시, 건축, 지역 커뮤니티와 관련된 수많은 예술 프로젝트에 참여했다. '파레 다치가와 아트 프로젝트(Faret Tachikawa Art Project)' 기획과 '다이칸야마 힐사이드 테라스(Daikanyama Hillside Terrace)' 감독으로 높은 평가를 받았다. 급속한 발전에서 소외된 지역의 재생 프로젝트가 필요한 시기가 되자, 선구자 역할을 자임했다. 그는 '에치고 쓰마리 아트 트리엔날레'에서부터 총감독을 역임했다. 이 지역은 인구 감소율과 고령자 비율이 지나치게 높은 지역이었다. 약 760㎢에 달하는 넓은 농경지와 산간 지대를 가진 두 개의 마을에서 예술가, 지역 주민, 후원자들이 약 360개의 대형 야외 미술 작품을 만들었고, 무인 주택과 폐교된 학교 건물을 미술 공간으로 활용하여 미술을 통해 지역 사회를 활성화하고자 했다. 지방 정부와 기업이 미술을 통해 지역

데시마미술관의 바로 옆 언덕에서는 세토나이카이의 아름다운 전경과 언덕을 따라 만들어진 계단식 논을 한눈에 바라볼 수 있다. 의자에 앉아 전경을 바라보고 있자면 자연 속에 몰입된 듯한 감각을 느낄 수 있다. 사진_제종길

사회를 재생하기 위한 재정 지원을 시작하면서 이 운동은 지난 20년 동안 일본 전역으로 확산되었다.

이후 세토우치 외에도 2009년 '니가타 물과 땅 아트 페스티벌'과 '물의 도시 오사카' 예술 프로젝트의 감독을 맡았다. 2014년부터 '보소 사토야마 아트 페스티벌 이치하라 아트x믹스(Boso Satoyama Art Festival: Ichihara Art x Mix)'의 총감독도 맡고 있다. 또 '북알프스 아트 페스티벌(Northern Alps Art Festival)'은 3,000m 봉우리 사이에 자리한 나가노현 오마치시에서 2014년부터 3년마다 열리고 있는 현대 미술 축제인데, 기타가와 프람은 여기에서도 역시 총감독을 맡았다. 이 외에도 그는 여러 지역 예술제 총감독을 맡아 지역 사회와 현대 미술을 연결하는 역할을 지속했다. 그의 이러한 공로는 국제적으로도 인정받아 프랑스의 예술 및 문학 훈장, 폴란드의 문화 훈장, 일본 문부성 예술상(2006년), 일본 명예 훈장(2016년), 아사히상(2016년)을 수상했고, 그 밖에도 호

주 훈장 일반 부문 명예 회원(AO, 2012년)을 포함한 많은 상을 받았다. 일본 지역 예술제의 사나이답다.

함께 볼 작품들

* **논**(The Rice Field) _ 러시아 작가 일리아와 에밀리아 가바코브(Ilya and Emilia Kavakov)의 작품으로 에치고 쓰마리 방문 당시 많은 브로슈어의 표지로 사용되기도 했다. 노부다이(Nohbutai)의 전망대에서만 3차원적으로 완전히 감상할 수 있다. 시와 풍경, 조각을 결합한 것인데, 시는 전통 농업을, 조각은 벼 농사꾼의 모습을 표현했다. 이 작품은 주식회사 베네세 홀딩스가 후원했다.

* **거꾸로 선 도시**(Reverse City) _ 벨기에 작가인 파스칼 마틴 다유(Pascal Martin Tayou)의 작품. 에치고 쓰마리 예술제 작품으로, 익숙한 연필을 거대한 크기로 제작해 시각적으로 압도한다. 현대 미술답게 평범한 물건이 낯설게 느껴진다. 연필들은 두꺼운 들보에 거꾸로 매달려 있으며, 연필마다 길이와 색상이 다르다. 각 연필에는 세계 각국의 이름이 쓰여 있다. 지면에서 약 2m 높이에 떠 있어 올려다보는 사람들에게 위협감과 경외감을 동시에 선사한다.

* **데시마미술관**, te13-B _ 데시마항의 뒤편 언덕 숲속에 마치 잠겨 있는 듯 둥글고 납작한 콘크리트 구조물로, 세토우치 예술제 작품 중 최고로 인기 있는 곳이다.

09 어떻게 나오시마가 **예술제의 발상지**가 되었을까?

나오시마는 세토 내해의 작은 섬이지만, 현대 미술관과 건축물로 세계적인 명성을 얻었다. 천황의 명명으로 알려진 이 섬은 제련소 마을에서 예술과 문화의 중심지로 탈바꿈했다. 지역 주민들의 강한 의지와 아름다운 자연이 나오시마 예술제의 성공 비결이다.

바다에서 바라 본 오카야마현의 우노항 풍경. 나오시마로 가는 페리 여객선이 출발하며, 나오시마만을 여행하는 관광객들이 주로 이용한다. 약 20분이면 나오시마에 도착한다. 사진_박진한

나오시마는 문화 마을의 최고 학습 장소

나오시마를 가장 잘 나타내는 문장을 찾다가 두 관광 단체—재팬 가이드 닷컴(japan_guide.com)과 일본 관광청(JNTO, Japan National Tourism Organization)—에서 설명한 내용이 가장 도움이 되는 것 같아 소개하고자 한다. 먼저 전자인 민단 단체의 소개다. "나오시마는 세토나이카이에 있는 섬으로 현대 미술관, 건축물, 조각품으로 유명합니다. 가가와현에 속해 있는 이 섬은 지중해 분위기, 모래사장, 화창한 날씨와 여유로운 시골 분위기가 어우러져 일본의 대도시 지역에서 벗어난 편안한 휴양지입니다." 그리고 후자인 정부 기관의 소개다. "세토나이카이에 흩어져 있는 섬들 가운데 작은 섬 나오시마는 예술과 문화의 중심지입니다. 이 섬은 한때 제련소 마을로 번성했지만, 오늘날

에는 현대 미술의 국제적인 중심지가 되었습니다."

이 두 문장은 나오시마의 모든 것을 함축하고 있다. 정글과 같이 살벌한 도시를 벗어나 아주 평온한 마음으로 쉴 수 있는 공간이자, 현대 미술을 마음 놓고 감상할 수 있으니 방문객 입장에서 보면 가성비 최고의 관광지가 된다. 특히 문화와 예술을 사랑하고 문화 마을 조성에 관심 있는 사람들에게는 최고의 학습 장소이기도 하다.

세토나이카이의 나오시마와 그 부속 섬들. 예술제가 열리는 12개 섬들은 대개 몇 개의 부속 섬들을 포함하고 있다. 지도에는 나오시마의 부속 유인도를 따로 표시하지 않았지만, 무인도이지만 글에서 중요하게 언급되는 '기헤에지마'와 '데라시마'는 나타냈다.

나오시마쵸는 무려 27개의 섬으로 구성

일본에서 선거로 지역 대표를 뽑는 가장 작은 행정 단위는 '쵸(町)'이다. 나오시마쵸(直島町)는 세토우치 내 여러 섬의 중심지로, 예술의 향연이 펼쳐지는 곳이다. 행정상으로는 상대적으로 멀리 떨어진 가가와현 가가와군(香川郡)에 속하며, 오카야마현 다마노시(玉野市)에서 남쪽으로 약 3km, 가가와현의 최단 지역인 다카마쓰시(高松市)에서는 북쪽으로 약 13km 떨어져 있다. 나오시마쵸는 단일 섬이 아닌 무려 27개의 섬들로 구성되어 있다. 그중 유인도는 나오시마를 포함하여, 무가이시마(向島), 이에시마(家島), 우시가구비지마(牛ヶ首島), 뵤부지마(屏風島)의 다섯 개 섬이고, 나머지 22개는 무인도이다.

지형적으로는, 해발 123.3m의 '지조야마(地蔵山, 지장산)'가 최고봉이며, 북부와 남부에는 기복이 심한 산지가 이어지고, 산을 둘러싸듯 마을이 형성되어 있다. 또한 섬에는 크고 작은 연못이 약 100여 개가

있으며, 북부에 해기·사이노카미(ヘキ·オノ神)댐과 중앙부에 나오시마댐이 있다. 연못의 물은 농경용으로, 댐의 물은 주로 공업용으로 이용되고 있다. 기후는 세토우치 기후에 속한다. 기온 차이가 완만하고 비교적 맑은 날이 많으며, 연간 강우량은 약 1,000㎜이다.

75대 천황 스토구조코가 '나오시마'라고 명명

옛날에는 나오시마를 가모메지마(加茂女島)·가모쓰구시마(加茂津久島)·마치시마(真知島) 등으로 불렀다. 하지만 1156년 황위 계승 문제로 발생한 내란 '호겐노 난(保元の乱)'에 패한 75대 천황 스토구조코(崇德上皇)가 유배 중 들른 이 섬에서 순진하고 소박한 주민들을 보고 상으로 '나오시마'라고 명명했다고 전해진다. 고대부터 주민들은 나오시마 서쪽 해역의 '혼지마' 주변의 여러 섬들인 '시와구쇼토(塩飽諸島)' 도민과 함께 수군으로서 활약한 역사가 있다. 17세기에서 19세기인 도구가와(徳川)시대에는 '에도바구후(江戸幕府)' 직할의 천황이 다스리는 지역으로 번성했다. 1955년, 오카야마(岡山)대학의 연구진에 의해 북쪽의 부속 섬인 '기헤에지마(喜兵衛島)'에서 고대 제염 토기가 발굴되어 국가 사적으로 지정되었다.

기록에 의하면 나오시마는, 메이지 원년(1868년) 1월 시코구 남쪽에 위치한 고치번(高知藩)에 편입되었으며, 같은 해 7월 구라시기현(倉敷県: 현재 오카야마현 구라시기시)에 속하게 되었고, 1872년 10월에는 마루가메현(丸亀県)이 되었으나, 같은 해 11월 가가와에 합병되었다. 그리고 1879년 에히메현(愛媛県) 가가와군에 속했다가 1888년 에히메현에서 분리되어 다시 가가와현이 되었으며, 1889년에는 시정촌 제도에 의해 '나오시마무라(直島村, 나오시마촌)'가 발족했다. 그리고 1954년 4월 '쵸제(町

制)' 시행으로 나오시마쵸가 되어 현재에 이르고 있다. 순박한 섬 주민들과의 이해관계와는 상관없이 섬의 행정 구역은 시대의 변화 속에서 수차례 복잡한 과정을 거쳐 현재에 이르렀다.

노인 인구 34%의 초고령 사회

나오시마쵸의 인구는 2024년 1월 현재 외국인을 포함 2,945명이다. 제련소가 가장 활발하게 가동되던 전성기인 1950년대에는 8,000여 명의 주민이 살았으나, 이후 인구는 한 번도 증가한 적이 없이 지속적으로 감소하고 있다. 다만 예술 프로젝트가 본격화된 2005년 이후부터는 감소 폭이 크게 줄었다. 그런데도 노인 인구의 비중이 증가해 바람직한 추세가 이어지고 있다고 보기가 어렵다. 65세 이상의 고령자가 차지하는 비율은, 1965년 6.1%에서 1990년 16.4%, 2015년에는 34.3%로 급증했고, 현재도 34%를 넘는다. 연령별 비중으로 볼 때 앞으로도 인구 감소 추세가 반전될 가능성은 크지 않다는 점이 문제다. 일부 자료에는 나오시마는 예술제의 영향으로 인구가 늘고 있다고 하지만, 실제 통계와는 다소 거리가 있어 보인다.

경제적 거리는 오카야마현에 가깝다

나오시마쵸는 행정적으로는 가가와현에 속해 있지만, 경제적으로는 거리가 가까운 오카야마현에 의존하고 있다. 전력과 수도는 물론이고 생활과 산업에 필요한 자재 역시 오카야마 쪽에서 공급받는다. 학생들 또한 대부분 다마노시의 학교로 통학하고 있다.

주요 산업은 수산업인데 방어, 도미, 김 등의 양식 어업이 활발하며, 그중에서도 '나오시마 방어'가 가장 잘 알려져 있다. 한편 나오시

마 북쪽의 V자형 내만 해안에는 산업 단지가 조성되어 있다. 이곳에는 금, 은, 구리 등을 생산하는 ㈜미쓰비시 머티리얼(三菱マテリアル株式会社), 나오시마 제련소, 그리고 관련 기업들이 입주해 있다. 지역 경제와 밀접한 관련이 있는 나오시마 제련소는 1896년에 운영을 시작해, 오늘날까지 130여 년이 넘는 역사를 이어 오고 있다.

태양소금

나오시마쵸는 옛날 에도시대(1603~1868년)에는 천황이 다스리는 지

아름다운 석양으로 유명한 세토나이카이. 일몰 시간에 맞춰 배를 타려는 관광객들도 많다. 바다 위로는 양식 시설들이 점점이 떠 있다. 나오시마에서 다카마쓰항으로 향하는 여객선에서 촬영했다. 사진_제종길

역으로 해상 교통의 요충지로서 해운업이나 제염업의 섬으로 번창했다. 그러나 메이지시대(1868~1912년)에 들어 농업·어업이 침체되면서 섬의 재정이 파탄에 이를 정도로 어려움을 겪기도 했다.

제염업은 2~3세기 무렵부터 시작되어 약 30여 년 전까지 계속되어 온 나오시마의 주요 산업 가운데 하나였다. 오늘날에도 나오시마에서는 「SOLASHIO 태양소금」이 생산되고 있는데, 해수를 태양열만으로 증발시켜 만든 소금이다. 수입 소금에 의존하지 않고 이러한 전통 제염법을 유지하는 지역은 일본에서도 몇 군데 되지 않는다. 이렇

게 만들어진 소금과 김을 활용한 기념품들은 미야노우라항에 있는 '우미노에키(海の駅, 바다의 역) 나오시마'에서 판매되고 있다.

제련소가 있는 민둥산의 섬에서 에코 아일랜드로

재정난에 시달리던 '나오시마무라'는 1916년 '미쓰비시 광업(현재의 ㈜미쓰비시 머티리얼)'의 제련소 설립을 받아들이는 결정을 내린다. 규모가 커진 제련소에서 배출되는 아황산가스가 환경 오염을 일으키고 산림을 황폐화한다는 사실을 알고도 내린, 생존을 위한 결정이었다.

이후 회사가 커지자 전국 각지에서 노동자들이 이주해 왔고, 회사는 나오시마의 경제 성장에 크게 이바지했다. 하지만 구리 제련 산업은 많은 부정적인 유산도 남겼다. 유독 가스 배출로 심각한 환경 피

나오시마의 혼무라. 이곳을 걸으면 과거 섬 주민들이 어떻게 살았는지 그리고 재생 사업 이후 어떻게 변했는지를 짐작할 수 있다. 전통적인 주거 형태와 옛 문화 시설들이 남아 있다는 점이 나오시마의 강점 중에 하나다. 사진_제종길

해가 발생했고, 그 영향으로 나오시마 북부 내만과 그 전면의 섬 '데라시마(寺島)'의 나무들이 시들어 죽어서 한때 이 섬은 '제철소가 있는 민둥산의 섬'이라 불리기도 했다. 이후 나오시마는 '에코 아일랜드(Eco-island) 나오시마 플랜'이라는 새로운 도전에 착수했다. 산업 폐기물 중간 처리 시설에서 나오는 비산재를 처리해 금속 등의 자원으로 재생시켜 새로운 소득을 얻어 내는 프로젝트였다. 이러한 에코 아일랜드 프로젝트와 예술의 섬 프로젝트가 함께 추진된 결과, 나오시마의 1인당 평균 소득은 2015년 기준 가가와현 내 35개 지자체 중 1위에 오르기도 했다.

제련소가 있는 산업 단지 주변의 산들은 제련 과정에서 배출된 아황산가스로 인해 나무가 고사하며 민둥산으로 변했다.

예술제의 중심 섬이 된 이유

나오시마가 예술제의 중심 섬이 된 데에는 몇 가지 이유가 있어 보인다. 첫째, 후원자의 활동 본거지인 오카야마시와 가깝고, 오카야마현 우노항에서 가장 가까운 예술제 섬이라는 지리적 조건이다. 둘째, 섬 남쪽에는 비교적 평탄한 지형과 훼손되지 않은 자연이 존재했고, 항에서는 북쪽의 산업 단지가 시야에 들어오지 않는다. 섬의 크기 또한 너무 작지도 크지도 않은 점도 작용하지 않았을까? 셋째, 지역 리더와 주민들이 섬을 재생하고자 하는 강한 의지가 있었다. 마지막으로 나오시마에는 환경적, 문화적, 사회적 서사가 겹겹이 쌓여 있다. 다분히 주관적인 견해이지만 나는 이 관점을 바탕으로 글을 이어 가며 나오시마를 바라보고자 한다.

10 이제 나오시마부터 **돌아볼까?**

세토우치 트리엔날레는 나오시마를 넘어 서로 다른 역사와 상처를 지닌 섬들이 함께 만드는 예술 프로젝트다. 나오시마가 미술관과 예술제 작품으로 마을 재생의 상징이지만, 주변의 아름다운 자연을 관리하며 예술과 자연이 조화를 이루었다.

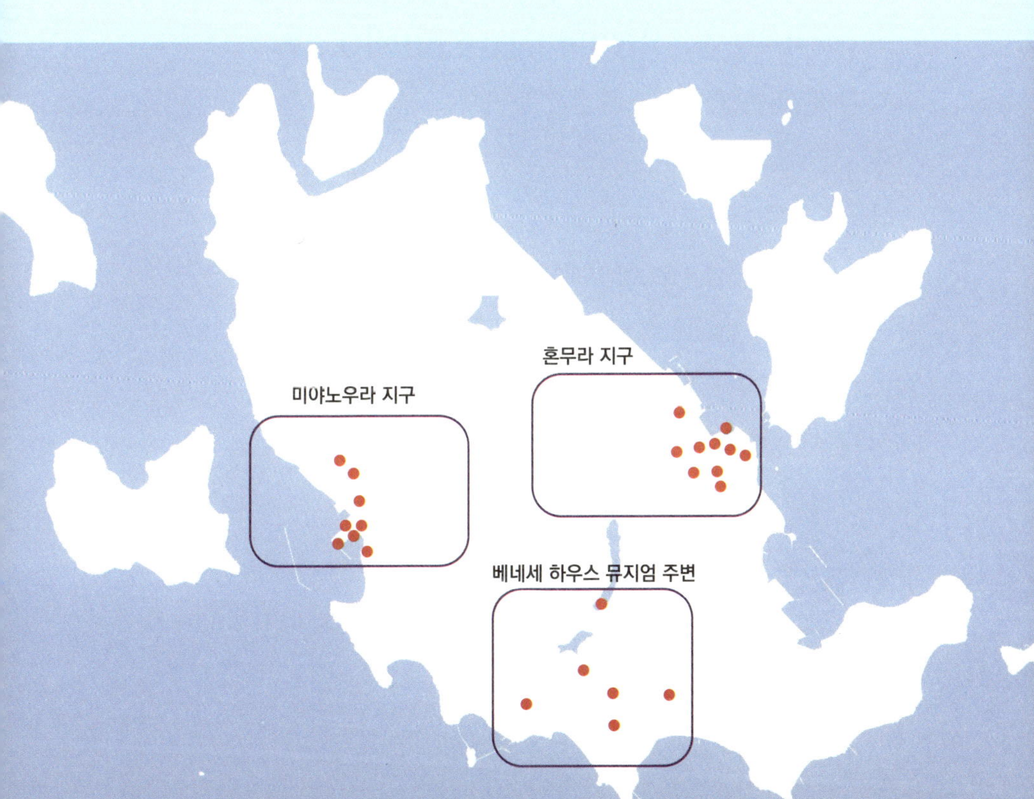

12개 섬이 있음을 다 알면서도

일본의 세토우치 트리엔날레를 보러 간다고 하면 대부분 나오시마로 여행 가는 것으로 여긴다. 간혹 예술제 자체를 잘 모른 채, 나오시마가 여행지로 좋다는 소문만 듣고 방문하기도 한다. 그러다 보니 예술제를 보는 것과 나오시마의 마을과 미술관을 둘러보는 것을 동일시하기도 한다. 안내문이나 예술제 홈페이지만 봐도 12개 섬에서 펼쳐지는 작품들이 있다는 것을 알 수 있는데, 방문객들은 알면서도 나오시마에만 머물고, 다른 섬들을 무심히 지나친다. 우리가 글의 처음에서 세토나이카이와 세토우치 지방부터 차분히 설명하고 이해를 도왔던 것도, 개별 섬이 아니라 전체 섬들을 바라보는 시각이 필요함을 말하고 싶어서였다.

조금 더 관심 있는 사람들은 대개 나오시마와 한두 개의 섬을 더 찾는다. 그중에서도 함께 아트 프로젝트가 있었던 두 개 섬—이누지마와 데시마—을 같이 보는 경우가 많다. 물론 이동 수단이 선박뿐이라서 한 번의 여행으로 모든 섬을 둘러보는 일은 결코 쉽지 않다.

섬들은 서로 다르다

나오시마를 중심으로 예술제를 바라보면, 이미 명성을 얻은 전시물과 미술관을 중심으로 보게 된다. 그러다 보면 '다른 섬도 그러려니' 하며 넘기거나, '턱없이 부족하겠지'라고 지레짐작하게 된다. 결국 '나오시마와 한두 개 섬만 보면 되지'라는 결론에 이르고, 나머지 섬들은 자연스레 '기타'가 되어 버린다.

바로 이 지점에서 섬에 대한 이해가 필요하다. 이 세상의 모든 섬은 나름대로 독립적 특성을 가지고 해양 환경에 적응하며 생존해 왔다. 바로 옆 섬이라 해도 바다 환경이 조금이라도 다르기 마련이고 또 섬의 크기나 전체 면적에서 평탄지의 비중에 따라 생활 여건은 크게 달라진다. 육지와의 거리 역시 각기 달라, 섬마다 독자적인 정체성을 갖는다. 겉으로는 육지에서 떨어진 섬이라는 공통점이 있지만, 실제로는 유사성이 크지 않아서 문화 정체성과 산업 기반도 다를 수밖에 없다. 세토나이카이의 다른 유인도들 또한 마찬가지다. 그러므로 어느 한 섬이 전체 섬 12개를 대표할 수는 없다. 우리는 나오시마의 비중은 인정하되, 각 섬이 갖는 고유한 중요성 또한 글 속에서 드러내고자 한다. 어쩌면 예술제를 통해 주민들 역시 자신들의 섬이 다른 섬과는 다르고 그래서 중요하다고 말하고 싶은지도 모른다.

나오시마의 첫인상, 깨끗함

이번 장에서는 각 섬에 설치된 대표 작품들을 소개하고, 그 작품이 해당 섬과 어떤 연관을 맺는지도 살펴보고자 한다. 물론 우리가 바라본 주관적 시각으로 말이다. 각 섬에서 예술제의 모든 작품을 본 것은 아니므로 실제로 감상했거나 사진 자료를 확보해 둔 것을 중심으로 다루었다. 사진은 예술제 공식 홈페이지를 참고하기 바란다.

나오시마의 첫인상은 깨끗함이었다. 오염에서 벗어난 하늘과 바다의 맑고 청명함이 한몫했겠지만, 굳이 설명하지 않아도 느껴지는 종류의 인상이었다. 이런 인상은 여섯 번이나 방문한 후에도 크게 달라지지 않았다. 항에 도착하면 다들 구사마 야요이의 '빨간 호박'에 주목했지만, 나는 호박 앞에 줄을 서서 사진을 찍기보다는 빨리 동네 골목에 뛰어들고 싶었다. 모두가 알고 있듯 미야노우라항은 이 섬의 관문이다. 배에서 내려다보면 별 치장을 하지 않은 상점들조차 깔끔

혼무라(本村)에 있는 나오시마항. 오른쪽으로 멀리 보이는 둥근 구조물은 2017년에 설치된 '나오시마항 터미널(na09)'로, SANAA의 '세지마 가즈요(妹島和世)'와 '니시자와 류에(西澤立衛)'가 건축했다. 사진_박진한

하고 예뻐 보였다.

나오시마에는 크게 세 지역—미야노우라 지구, 혼무라 지구, 베네세 하우스 뮤지엄 일대에 작품들이 전시 또는 설치되어 있다. 이하의 서술은 2022년을 기준으로 한다. 선박이 출입하는 미야노우라항 주변에는 모두 일곱 점의 작품이 자리하고 있다. 이곳도 마을이 작은 것은 아니나, 섬 공동체의 중심지는 혼무라이다.

항구 앞 도로를 건너 건물 뒤편 골목으로 들어서면 요란하게 장식된 건물이 눈에 들어온다. 바로 그 유명한 '오오다케 신로(大竹伸朗)'의 '나오시마 츄유(直島錢湯)' "I♥湯"(na05-B)이다. '湯(탕)'는 목욕탕을 뜻하는 글자이자 일본어 발음 '유'가 되니, 작가는 "I love you"로 읽히길 기대하고 붙인 이름이겠지만, 그대로 옮기면 "나는 목욕을 좋아한다"에 가깝다. 여러 가지 폐기물을 이용해서 만든 것으로, 촌스러움과 춘화 요소를 섞어 해학적인 요소가 가득하다. 어쩌면 이 작품은 온몸을 다 보여야 할 목욕탕에서조차 가리려는 현대인을 묘사한 것은 아닐까?

목욕탕에서 왼쪽으로 나가 조금 걸어가면 왼편에 사각형 건물이 하나 보인다. 전면이 온통 네모난 창으로 되어 있어 어찌 보면 관광안내소 같은 느낌을 준다. '시다미치 모토유기(下道基行)'의 작품인 '세토우치 자료관'(na06-B)으로, 공식 작품명은 '미야노우라 갤러리 6'이다. 2013년 여름에 개관했다. 섬 주민들이 즐겨 찾던 '파칭코 999'와 인근 공원을 방문객과 지역 주민이 함께 쓸 수 있는 공간으로 탈바꿈시켰다. 이곳을 방문했을 때 마침 작가를 만나 대화를 나눌 수 있었고, 또 세토우치에 관한 희귀한 자료들도 있어서, 작품을 기준으로 보면 나오시마에서 가장 오래 머문 장소이기도 하다.

이 밖에도 '삼부이치 히로시(三分一博志)'의 'The Naoshima Plan, 「JU

섬에서 가장 눈에 띄는 건물인 나오시마 목욕탕(위 사진). 색상과 여러 가지 장식도 디튄다. 외부와 마찬가지로 내부도 특이한 디자인 요소들로 채워져 있으며, 실제 목욕이 가능하다. 사진_제종길

인구가 천 명도 되지 않는 작은 마을인 미야노우라에 책방을 겸한 갤러리가 있다. 아일랜드 아트센터다. 사진_제종길

住」'(na23-B)가 인상 깊었다. 일본의 전형적인 전통 양식이라는 것을 바로 알 수 있는, 티끌 하나 없이 정밀하고 깔끔하게 지어진 목조 건축에 물, 바람, 빛 등의 움직이는 자연 소재를 병합한 연립주택을 추구한 작품이다. 혼무라 지구에도 이 작가의 유사한 작품이 있다.

품위 있는 마을, 혼무라

적절한 표현인지 모르겠지만 혼무라는 수수하고 품위가 있어 보이는 마을이다. 2015년 처음 방문했을 때 일본의 작은 섬마을이 이 정도의 품격을 지니고 있다는 사실에 적잖이 놀랐다. 어촌이지만 그 기원은 에도시대까지 거슬러 올라간다. 이곳 전통 가옥들은 200년이 넘은 집들이 많고, 살짝 태운 삼나무 판자벽(야기히다, 焼板)과 전통 기와,

혼무라에 있는 안도 다다오 뮤지엄. 전통 가옥의 외형과는 달리 내부는 콘크리트 구조로 되어 있다. 자연광이 스며드는 복층 공간에 안도 다다오의 건축 특성 등이 전시되어 있다. 사진_제아라실

석고 마감이 특징이다. 오늘날에는 구석구석이 오래된 문화유산처럼 잘 보전되어 있으며 중간중간 현대적 건물들이 비교적 자연스럽게 어우러져 있다. 특히 인상 깊었던 점은, 이러한 변화가 단순한 정비가 아니라 예술가들이 실제로 집을 개조하고 작업하는 과정에서 이루어졌다는 사실이다. 1998년에 미야지마 다쓰오(宮島達男)의 작품인 '가도야(角屋)'(na11-B)의 시작으로 이후 일곱 곳에 추진되었다. 바로 그 유명한 '이에(家, 집) 프로젝트'이다.

골목을 걷다 보면 독특한 문패와 식당이나 카페를 알리는 안내판 등, 어디에서도 볼 수 없는 디자인을 만나게 된다. 사진_제종길

혼무라에는 오래된 고택들이 많다. 외곽 벽은 불에 그을린 검은 색 나무판자인데, 오랫동안 유지하는 데 도움이 된다고 한다. 이런 고택 중에 빈집을 활용해 '이에(家) 프로젝트'가 추진되었다. 사진_제종길

관광객들에게 인기를 끄는 유리블록 계단을 올라 천상의 체험을 하게 하는 독특한 신사, '고오진자(護王神社)'(na12-B)가 있다. 그리고 미국 작가 제임스 트렐(James Turrell)의 작품 '달의 이면(Backside of the Moon)'이 설치된 건물 '미나미데라(南社)'(na13-B)는 안도 다다오의 작품이다.

섬의 여러 곳에 건축물을 만든 나오시마의 주인공 중 하나인 안도 다다오는 혼무라 지역에 자신만의 작은 박물관인 '안도 뮤지엄(Ando Museum)'을 만들었다. 자신이 구축한 대표적인 기법인 노출 콘크리트를 100년 된 집에 결합한 공간이다. 미나미데라 옆 골목을 따라 끝까지 가면 인기 기념품과 다양한 정보를 얻고 '아트 하우스 프로젝트' 입장권을 구매할 수 있는 가게가 있다. 옛 농업협동조합 슈퍼마켓이었던 곳인데, 겉은 허술해 보이나 이름은 제법 거창한 '혼무라 라운지 앤 아카이브(Honmura Lounge & Archive)'이다.

"골목 안 작은 디자인이 더 재미있어요."

두 마을은 온종일 편하게 걸어 다니고 싶어질 만큼 편안하고 골목들이 아늑했다. 골목 이곳저곳에 보이는 소소한 디자인은 거창한 작품 못지않게 우리의 마음속으로 스며들었다. 2024년 방문했을 때 가이드는 "골목 안 작은 디자인이 더 재미있어요."라고 했다. 나 혼자만의 생각이 아니었던 셈이다. 분명 의도된 것은 아닐 테지만 섬에서 예술 이벤트를 경험하고 각종 작품을 보면서 주민들의 창의성이 발현된 것으로 보인다. 차현호 건축가는 『나오시마에 대체 뭐가 있는데요?』(2017)에서 골목과 옛집에서 평안함을 느꼈다고 했다. 그리고 전용성 등 3인이 쓰고 그린 『나오시마 삼인삼색』(2010)에서는 "정작 '이에 프로젝트'보다 동네를 구경하는 게 훨씬 더 즐겁다."라고 했다.

또, 『나오시마 디자인 여행』(2011)에서 디자인학 전공자인 저자 정희정 박사는 "전통과 현대가 공존하는 마을은 청결하고 정돈되어 있었고, 조그마한 간판들은 작은 목소리로 손짓했다."라고 썼다.

고민이 된다. 도시와 마을을 재생할 때 무엇부터 시작해야 할까?

함께 볼 작품들

* **나르시스 가든**(Narcissus Garden) _ 베네세 하우스 뮤지엄 인근, 이우환미술관 길 건너 숲속에 설치된 구사마 야요이의 1966년 작품으로, 2022년에 이곳에 설치되었다.

11 나오시마의 **두 뮤지엄**

나오시마에서 가장 늦게 이해되지만, 가장 오래 기억에 남는 장소. 베네세 하우스 뮤지엄과 나오시마 신미술관은 작품을 '보는' 곳이 아니라, 공간 전체를 하나의 작품으로 '겪는' 곳이다. 이 두 뮤지엄을 지나고 나면, 우리는 비로소 나오시마를 보았다고 말할 수 있다.

나오시마의 두 뮤지엄—베네세 하우스 뮤지엄과 나오시마 신미술관

나오시마에는 볼 것이 너무 많아, 기호에 따라 무엇을 꼭 봐야 하는지에 대해서는 나름대로의 주장이 생기기 마련이다. 모네의《수련》이 있는 지추박물관을 먼저 봐야 한다는 이야기도 빠지지 않는다. 그러나 몇 번을 다녀온 우리의 생각은 단연 베네세 하우스 뮤지엄(Benesse House Museum)과 나오시마 신미술관(直島新美術館, Naoshima New Museum of Art)이다. 나와 고은정 박사는 이 두 미술관에 대한 기존의 서술이 부족함을 인정하고, 결국 2025년 연말에 일본을 또 갈 수밖에 없었다. 독자들도 짐작하겠지만, 이 두 뮤지엄은 각각 한 작품으로 취급받으니, 만만히 보고 갔다가는 섬을 떠나올 때 시간 배정에 후회막심할 것이다.

베네세 하우스 뮤지엄은 가장 늦게 이해되고, 가장 오래 남는 장소다. 나오시마에서는 언제나 시간이 부족하다. 섬에 도착하기 전부터 이미 일정은 과밀해지고, 무엇을 보고 무엇을 포기해야 할지 선택을 강요받는다. 그래서 대부분의 방문객은 가장 유명한 곳, 가장 사진이 많은 곳으로 먼저 향한다. 지중미술관에서 모네의《수련》을 보고, 이우환미술관을 지나며 "나오시마를 다 봤다"고 말한다.

그러나 여러 번 이 섬을 찾은 이들의 기억 속에서 가장 오래 남는 장소는, 의외로 베네세 하우스 뮤지엄이다. 이 미술관은 이상하리 만큼 자주 놓쳐진다. 가이드북에서는 단순히 'na19'라는 번호로 표시되고, 사진 속 건물은 크지도 화려하지도 않다. 멀리서 보면 고급 숙소 정도로 보일 뿐, 세계적인 현대 미술 컬렉션을 품은 장소라는 인상도 주지 않는다. 그래서 많은 이들이 "다음에"를 기약한 채 발길을 돌린다. 문제는, 그 '다음'이 쉽게 오지 않는다는 데에 있다.

안도 다다오의 건축은 왜 처음엔 보이지 않는가?

베네세 하우스 뮤지엄은 1992년, 안도 다다오가 설계해서 개관한 공간이다. 그의 건축 언어를 잘 아는 사람이라면 노출 콘크리트라는 재료만으로도 어느 정도 예측이 가능하겠지만, 이곳에서 안도는 자신이 반복해 온 어휘를 훨씬 더 느리게, 그리고 조심스럽게 사용한다.

이 건물은 스스로를 드러내지 않는다. 섬의 고지대, 세토나이카이를 내려다보는 위치에 자리 잡았음에도 불구하고, 풍경을 지배하려

모네의 《수련》이 있는 지추미술관로 가는 길가에 수련 연못을 만들어 놓았다. 지추미술관은 이름 그대로 지중에 있다. 사진_제종길

베네세 하우스 뮤지엄 출입구. 돌담을 쌓아 골목을 만들어서 외부로부터 오는 시선을 차단했다. 이 역시 안도 다다오의 지하로 들어가는 특성을 잘 나타내고 있다. 사진_제종길

들지 않는다. 오히려 풍경 속에 몸을 낮추듯 묻혀 있다. 외관에서 느껴지는 규모와 내부에서 경험하는 공간의 깊이 사이에는 분명한 간극이 있다. 안도는 이 차이를 통해 관람자의 감각을 서서히 조율한다. 건물 안으로 들어서면, 공간은 갑자기 넓어지고 비워진다. 지하로 내려갈수록 전시 공간은 확장되며, 시야는 예상보다 멀리까지 열린다. 천창과 측면 개구부를 통해 들어오는 자연광은 전시실을 균질하게 밝히지 않는다. 빛은 특정한 벽과 바닥, 작품의 일부에만 머물며 시간의 흐름을 드러낸다. 이곳에서 빛은 조명이 아니라 시간의 흔적이다.

미술관이면서 호텔, 호텔이면서 미술관

베네세 하우스 뮤지엄의 가장 근본적인 특징은 미술관과 호텔이 처음부터 하나의 개념으로 설계되었다는 점이다. 전시 공간을 제외한 대부분의 건물은 숙소이지만, 그 경계는 명확하지 않다. 복도를 걷다 보면 작품을 만나고, 작품을 보다가 창밖의 풍경을 마주친다. 관람과 체류, 감상과 일상이 분리되지 않는다. 이 구조는 미술관을 '잠시 머무는 곳'이 아니라 시간을 보내는 장소로 만든다. 그래서 이곳에서는 작품을 '다 봤다'는 감각이 쉽게 생기지 않는다. 오히려 보지 못한 것이 계속 남아 있는 느낌이 들 뿐이다.

공간 속에서 드러나는 초기 컬렉션의 힘

베네세 하우스 뮤지엄의 컬렉션은 한눈에 압도하지 않는다. 대신 시간이 지날수록 무게를 느끼게 한다. 사이 톰블리(Cy Twombly)의 1968년 작《무제》는 그의 '칠판(Blackboard)' 연작을 대표하는 작품으로, 문자와 이미지가 뒤섞인 표면은 즉각적인 해석을 거부한다. 안도의 콘크리트 벽 앞에서 이 작품은 하나의 제스처처럼 보이며, 쓰다 만 흔적, 지워진 흔적들이 공간과 묘하게 공명하고 있었다.

장 미셸 바스키아(Jean-Michel Basquiat)의 《과-과(Gua-Gua)》(1984)는 이곳에서 더욱 복합적인 의미를 획득한다. 거리의 언어, 다문화적 정체성, 원시적인 기호들이 충돌하는 이 회화는 정제된 건축 공간 속에서 오히려 날것의 에너지를 더욱 선명하게 드러내고 있었다. 베네세 하우스 뮤지엄은 작품을 중화시키지 않는다. 대신 작품이 가진 긴장을 보존하는 공간이다.

색이 공간을 바꿀 때: 이브 클라인

이브 클라인(Yves Klein)의 《푸른 비너스(Venus Bleue)》는 이 미술관에서 잊히기 어려운 장면을 만들고 있었다. IKB 블루로 덮인 조각은 고전 조각의 형태를 빌렸지만, 고전적인 감상 태도를 허락하지 않는다. 회색 콘크리트 공간 속에서 이 강렬한 색은 장식이 아니라 사건처럼 발생하고 있었다. 안도 다다오의 건축은 이 색을 강조하지도, 억제하지도 않았다. 다만 조용히 그 자리를 내어 주고 있었다.

대형 작품이 만들어 내는 체감의 깊이

프랭크 스텔라(Frank Stella)의 대형 알루미늄 작품은 회화와 조각의 경계를 무너뜨리며 공간을 점유하고 있었다. 허니컴 구조의 반복은 이성적이지만, 실제로 마주했을 때 느껴지는 물성은 육체적이었다. 데이비드 호크니(David Hockney)의 《호텔 아카틀란 안뜰의 회유(A Walk Around the Hotel Courtyard, Acatlán)》는 회화임에도 불구하고 공간을 확장시키는 힘을 지니고 있었다. 일기처럼 그려진 이 연작은 관람자의 시선을 캔버스 안에서 배회하게 만들었다. 제니퍼 바틀렛(Jennifer Bartlett)의 《물고기와 빵(Fish and Bread)》은 회화가 공간으로 확장되는 순간을 보여 줬다. 바닥에 놓인 오브제는 캔버스 속 이미지의 연장이며, 관람자는 작품을 '보는' 위치가 아니라 작품 안에 서 있는 상태가 된다. 이때 안도의 건축은 액자이자 무대가 되고 있었다.

반복되는 소리, 반복되는 인간: 보로프스키와 나우먼

조너선 보로프스키(Jonathan Borofsky)의 《재잘거리는 세 남자(Three Chattering Men)》는 끊임없이 "재잘거림(Chatter)"을 반복한다. 기계적으로 움직이는 턱과 단조로운 소리는 현대 사회의 공허한 소통을 떠올리게 했다. 이 작품이 안도의 절제된 공간에 놓이자, 그 소음은 더욱 선명해졌다. 브루스 나우먼(Bruce Nauman)의 《백 번 살고 백 번 죽다(One Hundred Live and Die)》는 네온이라는 매체를 통해 인간의 삶과 죽음을 병렬적으로 제시한다. 깜빡이는 문장들은 감정을 자극하기보다, 관람자를 냉정한 사유로 이끌고 있었다. 이곳에서 네온은 화려함이 아니라 불편한 질문이 된다.

자연을 작품으로 끌어들이는 방식

베네세 하우스 뮤지엄은 실내 전시에 그치지 않는다. 리처드 롱(Richard Long)의 《세토 내해 유목 원형(Inland Sea Driftwood Circle)》은 세토 내해에서 수집한 유목으로 만들어진 원형 구조로, 걷고 수집하는 행위 자체가 작품의 일부다. 칸 야스다(安田侃)의 《하늘의 비밀》은 관람자의 몸을 작품 속으로 초대하고 있었다. 대리석 위에 누워 하늘을 바라보

언덕 위 나오시마 신미술관으로 오르는 길은 제법 가파르다. 노출 콘크리트의 무색무취한 재질이지만 형태와 구조만으로도 뚜렷한 개성을 드러낸다. 역시 안도 다다오의 작품이다. 사진_제종길

는 순간, 건축은 사라진 듯 보였다.

베네세 하우스 뮤지엄을 두고 "작품이 많다"고 말하는 것은 정확하지 않다. 오히려 미술 작품 하나하나에 담긴 의미와 작가 역량이 만만치 않다. 관람사의 이동을 고려한 연출도 탁월하다. 그래서 이곳을 서둘러서 보면 아무것도 남지 않는다. 반대로 시간을 들일수록, 처음엔 보이지 않던 것들이 서서히 모습을 드러낸다. 베네세 하우스 뮤지엄은 나오시마에서 가장 늦게 이해되는 장소다. 그러나 한 번 이해되면, 가장 오래 기억에 남는다. 그리고 그 기억은 늘 다시 이 섬으로 돌아오게 만든다.

나오시마 신미술관에서 만난 동아시아의 세 얼굴

2025년 여섯 번째 세토우치 국제예술제가 열렸다. 이번 여정에서 나(고은정 박사)의 관심은 자연스럽게 5월에 개관한 나오시마 신미술관으로 향했다. 미술관이 밀집한 베네세 하우스 지역이 아니라 혼무라 지역의 언덕 위. 버스 주차장에서 내린 뒤, 10년 전과 다르지 않게 그 자리에 차를 세우고 걸어서 오르는 길이다. 언덕을 따라 몇 분 오르자 낮고 얕은 건물이 모습을 드러냈다. 규모는 베네세 하우스보다 작고, 체감으로는 지추미술관에 가까운 규모이다. 하지만 벽의 질감은 기존 안도 다다오와 분명 달랐다. 이번에는 큼직한 돌덩이나 노출 콘크리트가 아니라 잘고 동글동글한 돌멩이를 납작하게 쌓아 올려 표면을 이루고 있었다. 램프 벽 상단에 마련된 물 빠짐 구멍을 보며 외부 공간마저 인테리어처럼 다루는 안도의 집요한 태도와, 이러한 모든 것들이 가능한 일본의 시스템에 새삼 감탄했다.

안도 다다오의 새로운 모습

건물 안으로 들어서자 복도를 따라 이 지역 사람들의 오래된 그리고 가까이 다가서야만 보일 만큼 작은 사진들이 전시되어 있었다. 이곳이 원래 어떤 곳이었는지 조용하게 속삭이는 듯했다. 작은 매표소와 기념품점을 지나자 자연광이 쏟아지는 중앙 계단이 시야를 열었다. 밖에서는 아담해 보였던 건물은 지하로 내려갈수록 전혀 다른 스케일을 드러냈다. 지하 2층, 지하 1층으로 이어지는 구조는 지추미술관과 마찬가지로 풍경을 해치지 않고 깊이를 확보하려는 의도가 분명했다. 솔직히 말하면 안도 다다오라는 이름을 '설명으로만' 알고 온 관람객이라면 이 건물의 외관에서 큰 감흥을 느끼지 못할 수도 있겠다는 생각이 들었다. 힘이 빠져 있고 과시적이지 않기 때문이다. 그러나 이 건물은 오히려 그 점에서 인상적이다. 병으로 더 이상 많은 작업을 하지 못할 것이라는 우려가 무색하게 안도 다다오는 가장 자유로운 거장의 얼굴을 하고 있었다. 힘을 뺄 수 있다는 것은 결국 더 높은 차원에서 가능한 일임이 분명하니까.

콘크리트는 더욱 섬세해져 있었다. 예전 방문 때는 미처 알아보지 못했던 밸리 뮤지엄의 인상이 겹쳐지며, 이곳 역시 마치 학가위로 종이를 오려 내는 페이퍼 컷 공예를 떠올리게 할 정도로 표면과 모서리가 정밀하게 다듬어져 있었다. 지하 공간이지만 안도 다다오 특유의 방식대로 천창과 슬릿, 중정을 통해 들어오는 자연광이 공간 경험의 중심을 이루고 있었다. 이곳에서도 빛은 여전히 그의 주된 재료였다.

한국 서도호의 장막으로 만들어진 집

신미술관에는 네 개의 갤러리 공간이 있다. 개관과 동시에 오지는 못했지만, 개관 기념전이 아직 진행 중이었다.《원점에서 미래로(From the Origin to the Future)》를 보고 지하로 내려갔다. 다카시 무라카미, 차이궈치앙, 서도호. 각각의 갤러리에 세 명의 작가가 영구 전시로 자리 잡고 있었다. 작품을 보고 나서야 왜 이 미술관이 '나오시마 신미술관'이어야만 했는지 분명해졌다. 한국 · 중국 · 일본을 대표하는 인기 작가를 모았다는 차원의 이야기가 아니었다. 이 미술관에서는 동아시아 현대 미술관으로서의 정체성 그리고 어쩌면 사명에 가까운 태도가 느껴졌다. 세 명의 작가는 단순히 국적을 대표하는 인물이 아니라 각 나라가 근대 이후 겪어 온 서사를 가장 설득력 있는 언어로 풀어 낼 수 있는 세대적 배경과 경험을 공유하고 있었다.

서도호의 작업은 오랜 시간에 걸쳐 발표해 온 '집' 연작을 하나의 흐름으로 연결하고 있었다. 천으로 만들어진 가볍고 투명한 집은 전체를 멀리서 보는 관람의 대상이 아니라, 관람 방식을 지정해 집을 통과하며 경험하게 했다. 실제로 살았던 집을 정확한 치수로 재현해 창문 고리, 문의 감각, 전화기 전선까지 그대로 옮겨 놔서, 자연스럽게 걸음을 늦추고 가까이 들여다보게 되었다. 그 디테일 앞에서 감탄이 먼저 나왔다. 1962년 서울에서 태어나 런던을 기반으로 활동해 온 서도호에게 집은 단순히 거주의 공간을 넘어선다. 끊임없이 이동해야 했던 삶 속에서도, 끝내 '내가 나로 남을 수 있는 구조'가 집이었기 때문이라는 생각이 들었다. 그래서 그의 집은 가볍고, 투명하며, 몸으로 기억된 공간으로 남는다.

중국 차이궈치앙의 강렬하고 역동적인 대작

신미술관에서 가장 강렬했던 작품은 차이궈치앙(蔡國強)이었다. 공간에 들어서는 순간 설명 없이도 몸이 먼저 반응했다. 온몸에 소름이 돋고 아! 하는 감탄사가 흘러나왔다. 공중을 향해 전력을 다해 질주하는 늑대 무리, 그리고 그 끝을 가로막은 투명한 유리 벽. 부딪혀 쓰러지는 개체가 있는가 하면, 떨어져서 그 장면을 지켜보는 늑대도 있고, 그럼에도 다시 무리에 합류하는 존재도 있었다. 보는 순간 늑대는 우리로구나 하는 해석이 자연스럽게 떠올랐다. 우리는 무엇을 향해 이토록 달려가고 있는가. 눈앞에 보이지 않는 벽이 있음에도, 생각하지 않은 채 그저 따라가고 있지는 않은가. 아이히만 재판에서 드러난 '사고하지 않음'이 어떻게 거대한 비극을 만들어 내는지를 보여준 '악의 평범성'이 겹쳐 떠올랐다. 책임은 사라지고 절차만 남은 시스템 속에서, 우리는 이미 그 안에 너무 익숙해져 있는 것은 아닐까.

차이궈치앙은 1957년 중국에서 태어나 지금은 뉴욕에서 활동하는 작가다. 캔버스 위에 화약을 뿌리고 점화해, 그 폭발 자국이 전통 수묵화와도 같은 화면을 만들어 내는 작품으로 잘 알려져 있다.

신미술다운 일본의 무라카미 다카시

무라카미 다카시는 우리가 익히 떠올리는 '귀여운' 이미지와는 전혀 다른 얼굴로 등장했다. 도쿄예술대에서 니혼가를 박사 과정까지 공부한 그는 사실 전통 회화를 끝까지 밀어붙여 본 이력의 소유자다. 만화와 애니메이션처럼 보이는 그의 작업 역시 민화적 사고의 현대적 버전이라 할 수 있다. 의미보다 기능을, 메시지보다 반복을, 감정보다 패턴을 앞세우는 방식이다. 그러나 나오시마에서 만난 무라카미의 작품은 우리나라의 궁중행사도를 떠올리게 할 만큼, 일본의 전통적 생활사를 치밀하고 사실적으로 묘사한 대작이었다. 어부가 그

나오시마 신미술관 개관 안내 포스터. 전시된 개막 작품들이 화려하고 역동적이며 강렬한 메시지를 담고 있는 데 비해, 포스터는 오히려 절제된 분위기로 심심하다. 사진_제종길

물을 손질하고, 농부가 논에서 일하며, 시장이 열리고, 사람들이 오가는 축제의 풍경까지 일본의 오래된 시간이 화면 안에 밀도 있게 담겨 있었다. 마치 이렇게 말하는 듯했다. "나는 만화를 그리는 사람이 아니야. 내 본류는 여기 있어."

나오시마 신미술관은 단순히 새로운 미술관 하나가 추가된 사건이 아니었다. 이곳은 세토우치 프로젝트가 이제 동아시아의 현대성을 어떻게 기록하고, 어떤 방향으로 이어가려 하는지를 분명하게 드러내는 하나의 선언처럼 느껴졌다. 몇 점의 작품에 불과했지만, 약 35년간 노력한 나오시마 예술 프로젝트의 축적이 집약되어 있었고, 동시에 다음을 향해 나아가고 있음을 보여 주는 공간이었다.

베네세 하우스 뮤지엄 레스토랑에서 파는 식사 메뉴 중 하나. 갑오징어 먹물로 비벼 먹는 밥인데, 하나의 예술 작품으로 만든 것 같아 먹기가 망설여질 정도였다. 사진_제종길

함께 볼 작품들

* **로툰다실**(Rotunda room) - 베네세 하우스 뮤지엄의 지하층에 있으며 바닥이 둥글고, 열려 있는 원형 천창을 통해서 자연광이 실내로 적절히 들어오도록 계산을 치밀하게 하여 건축했음을 알 수 있다. 관람객의 동선과 계단, 작품이 서로 방해가 되지 않도록 세심하게 설계되어 있다.

* **과-과**(Gua-Gua) _ 미국 출신 그래비티 아티스트 '장 미셸 바스키아(Jean-Michel Basquiat)'의 대표적인 신표현주의 회화 작품으로 1984년 작이다. '버스'를 뜻하는 제목처럼, 정체성·인종·권력에 대한 그의 독특한 시선이 강렬하게 드러난 작품이다. 1988년, 27세의 나이로 세상을 떠난 이후 그의 작품은 더욱 높이 평가받고 있으며, 특히 아시아 미술 시장에서 주목받고 있다.

* **푸른 비너스**(Venus Bleue) _ 프랑스 작가 '이브 클라인(Yves Klein)'의 조각 작품으로 조형미보다 빛나는 푸른색으로 더 유명하다. 화학적 결합으로 만들어 낸 이 색은 '인터내

셔널 클라인 블루(IKB)'라는 이름으로 특허까지 받았다. 그는 회화뿐 아니라 조각에도 IKB를 사용했는데, 이처럼 유명 조각상에 IKB를 입혀 새로운 스타일을 만들어 냈다.

* **재잘거리는 세 남자**(Three chattering men) _ 뮤지엄 입구에 들어서서 타원형 램프로 내려서면 계단 오른편에 입을 기계적으로 여닫으며 조잘거리는 세 사람의 조각이 서 있다. 바로 미국 조각가 '조너선 보로프스키(Jonathan Borofsky)'의 1986년도 작품이다. 자칫 단조로울 수 있는 공간에 생동감을 불어넣는 작품이다.

* **집** _ 한국 작가 서도호의 연작 중 하나이다. 투명한 재질과 다양한 색의 구조물이 한 층을 가득 채운다. 내부가 훤히 보이지만 어딘가 은밀하고, 견고해 보이지는 않으나 쉽게 나갈 수 없는 집으로 느껴진다.

* **정면으로**(Head On) _ '이것이 작품인가?', '저 많은 늑대를 가죽을 어디서 구했지?' 하는 생각이 먼저 드는 작품이다. 중국 작가 차이궈치앙(蔡國强)의 작품이다. 원래 베를린 구겐하임 미술관에서 열린 그의 개인전을 위해 2006년에 제작된 대형 설치로, 99마리 늑대가 맹렬하게 돌진해 유리벽에 정면으로 부딪히는 순간을 형상화했다.

* **라쿠츄-라쿠가이-주 바이오뷰: 이와사 마타베이 RIP**(洛中洛外圖 岩佐又兵衛 rip) _ 일본 작가 무라카미 다카시(村上隆)의 작품이다. 길이 13미터에 달하는 대작으로, 17세기 국보인 이와사 마타베이의 '교토와 주변 풍경(후나키 버전)'을 바탕으로 하늘에서 바라본 전경을 현대적으로 묘사한 한 쌍의 병풍이다.

* **여파**(Aftermath) _ 태국 작가 '파나판 요드마니(Pannaphan Yodmanee)'의 작품이다. 제11회 베네세상을 수상한 작가로, 이 작품에서 불교적 관점으로 세상의 탄생과 파괴에 이르기까지 그 변화의 흐름을 탐구했다.

12 주민과 예술가들의 힘으로 부활하는 **데시마**

산업 폐기물 문제로 '쓰레기 섬'이 되었던 데시마가 상처의 기억을 품은 채 '풍요로운 자연과 예술의 섬'으로 변모하는 과정을 살펴본다.

작은 울릉도 같은 섬, 데시마

2007년 여름 나오시마를 두 번째 방문했을 때였다. 일정을 조금만 조정하면 한 섬을 더 갈 수 있었다. 그때 내가 고른 곳은 작은 섬, 이누지마였다. 물론 너무 좋았고, 선택에 대만족했다. 다만 지금 돌아보면, 데시마에 대한 정보가 충분했다면 다른 선택을 했을지도 모른다. 이누지마가 못하다는 이야기가 결코 아니다. 데시마를 더 알았다면 갈등했을 것이라는 뜻이다. 두 섬을 다 보고 난 현시점에서 나는 망설임 없이 말할 수 있다. 이건 순전히 미술관 때문이다.

2022년 10월 마지막 날, 예술제 당일 투어 프로그램으로 데시마에 들어갔다. 배에서 섬을 바라보니 작은 울릉도를 보는 것 같았다. 섬에는 항이 두 개가 있는데, 동쪽 항인 가라토(唐櫃)항에서 올려다본 단야마(해발 340m)는 제법 가팔라 보였다. 나중에 안 일이지만 서북쪽 이에우라(家浦)항까지 서쪽으로는 경사가 완만했다. 세토나이카이의 섬 중에서는 제법 큰 산이다.

산허리 곳곳에서 솟는 샘물 덕분에 벼농사와 채소와 과일 재배가 잘되었다. 아울러 낙농업과 데시마 돌 채굴 그리고 해운업 등으로 고대부터 주민들의 생활은 비교적 풍요로웠다. 지금은 올리브나무도 자라고, 주변 수역에는 수산물도 다양하고 김 양식도 한다. 섬 주민 수는 약 900여 명으로 나오시마의 3분의 1에도 못 미치지만, 전체 면적은 더 크다. 나오시마와 가까우나 동쪽에 있는 큰 섬 쇼도시마의 도노쇼초(土庄町)에 속한다. 인구는 1995년 1,471명 이후 지속해서 감소 경향을 보이고 있으며, 최근에는 이주 인구가 조금씩 늘고 있다고 한다.

섬 남쪽 마을인 데시마코(豊島甲生)에서 본 단야마. 서쪽과 남쪽은 동쪽과 비교해 지형이 약간 평탄하다. 사진_
제종길

데시마미술관 전면으로 계단식 논과 세토나이카이가 아름답게 펼쳐져 있다. 사진_제종길

데시마미술관으로 가는 길

데시마에 도착하기 전부터 데시마미술관(豊島美術館)에 대한 기대가 컸다. 일본인 프로그램 가이드는 이곳을 일본의 3대 미술관 중 하나라며 자랑했다. 해 준 설명을 다 이해하지 못했지만, 적어도 폐기물 쓰레기, 올리브나무, 미술관이라는 세 단어만큼은 뚜렷이 남았다.

가라토항에서 가파른 경사를 조금 오르니 계단식 논이 보이기 시작했고, 그 중상부 도로 왼쪽 한편에 미술관이 자리 잡고 있었다. 크고 작은 회백색 조개껍데기 두 개를 엎어 놓은 형상이었다. 그래서인지 이 콘크리트 구조물을 셸(shell)이라 했다. 작은 구릉 속에 자리를 잡았으니 온전한 모습을 보려면 하늘에서 보던가 한참 높은 곳으로 올라가 내려다봐야 했다. 그리 크지도 않아, 도대체 저 안에 무엇이 있기에 가이드가 그렇게까지 자랑했을까 내내 궁금했다.

정면 중앙의 콘크리트 구조물(셸)은 카페 겸 기념품점이다. 기념품점 왼쪽으로 난 길은 숲으로 들어가는 길인데, 그 숲길을 돌아야 오른쪽 구조물(미술관)로 들어가게 된다. 어찌 보면 다 계산된 통로로 보인다. 숲을 지나면서 바다, 숲, 하늘, 생물을 만나고 나면 미술관에서 작품을 보다 쉽게 이해할 수 있다. 사진_박진한

3대 미술관이라 하며 가이드는 '가나자와 21세기 미술관(金沢21世紀美術館)'을 들었고, 다른 한 곳은 도쿄에 있는 미술관이라고는 했지만 정확히 어디인지는 끝내 확인하지 못했다. 내 마음속으로는 우에노 공원에 있는 '국립서양미술관(国立西洋美術館, the National Museum of Western Art)'일 것이라 생각했다. 1959년 '르 코르뷔지에(Le Corbusier)'가 건축한 기념비적인 건물과 소장품을 가진 미술관이다. 이들과 비교가 된다고? 이렇게 작고 납작하고 단순하게 생긴 콘크리트 구조물이? 이런저런 생각을 하며 미술관 주변 산책길을 한 바퀴 돌아 입구로 향했다. 걷는 동안 바다와 숲이 연출한 경관이 사람을 차분하게 만들었다. 입구에서 신발을 벗고 들어가니, 실내에서는 사진 촬영이 금지되어 있었다. 그런데 전시물이 하나도 없고 지붕에는 커다란 원형 개방구 두 개가 하늘로 향해 열려 있었다. 폭 40m, 길이 60m의 곡선 지붕인데, 제일 높은 곳은 높이가 4.5m라고 했다.

미술관과 주변 자연 전체가 한 작품

그런데 신기하게도, 이곳에서는 여기저기서 물이 솟아올라 뭉쳤다가 흩어지길 반복하면서 다시 바닥의 작은 구멍으로 밀려들어 갔다. 여러 지점에서 동시에 일어나는데 반복적이거나 일정한 간격을 가진 것도 아니고 물방울의 크기도 같은 것이 하나도 없었다. 바닥은 그저 편평해 보였는데 미세한 경사가 있으니 물방울이 이동하는 것이리라.

공중에서는 부는 바람 소리가 들리고, 햇빛도 들고 났다. 까마귀 한 마리가 원형의 허공에서 날고 있었다. 아무것도 없어 보이는 이곳이 큰 감동을 주었고 소름까지 돋게 했다. 어떤 이는 조용히 울고 있었다. 누워서 하늘을 올려다봤다. 하늘의 일부분이 내 가슴 속으로 쑥 들어왔다. 이게 뭐지?

'매트릭스'의 작가, 나이토 레이

우리가 이 미술관을 이해하려면 결국 사람으로 돌아가야 한다. 그러므로 작가와 건축가를 알아야 한다. 데시마미술관의 작가 '나이토 레이(内藤礼)'는 시각 예술가이자 조각가이다. 그는 실, 리본, 천, 구슬, 유리, 풍선 같은 섬세한 모티프를 빛, 공기, 바람, 물 등의 자연 요소와 결합시켜 공간 자체가 주변과 상호 작용하도록 만드는 것으로 알려져 있다. 내가 안에서 목격한 물의 움직임, 공기의 흔들림, 설명할 수 없던 감각들은 미술관 안에 있는 그녀의 단 한 작품 '매트릭스(母型, 보케이)'였다. 건축가는 '니시자와 류에(西沢立衛)'다. 베네세 코퍼레이션(Benesse corporation)의 예술 프로젝트 개발의 일환으로 건립 사업이 시작되었다. 니시자와가 제안한 납작하고 둥근 콘크리트 구조와, 마침 물과 공기를 이용한 예술적 실험을 동시에 진행하고 있던 나이토의 작업이 만나 탄생했다. 나이토는 한 인터뷰에서 "건축, 예술 작품, 자연은 서로 확산하고, 하나로 변해 구별할 수 없게 된다."라고 말했다고 한다. 또 비평가 '사와라기 노이(椹木野衣)'는 이 공간을 "섬의 생명을 유지하는 물 순환의 상호 작용 시스템, 즉 '샘물, 수로, 논, 증발, 대기, 비, 지하 여과, 샘물'을 전면에 내세워 데시마가 있는 장소의 '매트릭스'를 나타냈다."라고 설명했다.

로컬푸드 식당과 낡고 삭아 가는 집이 작품이 되다

예술제에서 데시마에 전시된 작품은 2022년 예술제에서는 예전

것까지 미술관 외 11점이 있었다. 데시마미술관을 나와서 조금만 오르면 섬의 가라토오카 마을의 중심에 닿는다. 그곳에는 마을의 빈집을 개조해 주민들이 지역 산물로 음식을 만들어 파는 '시마키친(島キッチン, 섬부엌)'이 있다. 2010년 예술제의 예술 작품 중 하나(te10)로 데시마에 세워진 이 로컬푸드 식당은 건축가 '아베 료(安部良)'가 설계했다. 수수한 고택에 생명을 불어넣고, 나무를 엮어 올려 마당 둘레에 그늘을 만들었다. 이 공간은 2021년에 일본건축학회상 최우수 작품상을 받았다.

세토우치 예술제의 작품들 중, 바닷가 철제 의자(te19)와 영상(te09), 심장박동 소리(te15-B)로 만들어진 작품, 그리고 오래되어 낡고 삭아가는 집을 보여 주는 작품(te20)까지, 마을 소멸의 현실을 생생하게 느낄 수 있는 작품들이었다. 재미있었던 것은 '니시모토 기미코(西本喜美子) 사진 전시'(te18-B)였다. 70세가 넘어 처음 촬영한 사진들을 모아 전시를 한 것인데, 독특하고 활력이 넘치는 작가의 시선이 사진에 담겨 있어서 보는 내내 즐거웠다. 도시에서 온 사람들에게 용기를 불어넣

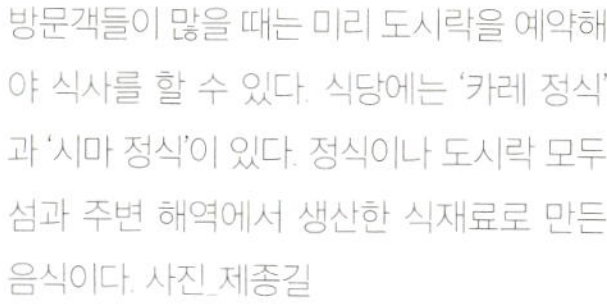

방문객들이 많을 때는 미리 도시락을 예약해야 식사를 할 수 있다. 식당에는 '카레 정식'과 '시마 정식'이 있다. 정식이나 도시락 모두 섬과 주변 해역에서 생산한 식재료로 만든 음식이다. 사진_제종길

왼쪽 고택이 데시마 최고 식당인 '시마키친'이다. 마당의 평상 위로 가림막 지붕을 얹어 여름에도 많은 사람들이 식사할 수 있도록 했다. 사진_제종길

어 주는 것 같았다. 2022년 당시 90세인 마을 할머니가 작가였다.

25년간 산업 폐기물 불법 투기에 저항하다

세토나이카이의 풍요로운 섬으로 불렸던 데시마(豊島)도 한때 환경 오염의 홍역을 앓았다. 일명 '데시마 사건'으로 불리던 것으로 1978년 가가와현으로부터 허가를 받은 한 업자가 산업 폐기물 처리장을 만들어 산업 폐기물을 불법 투기를 하면서 생긴 문제였다. 그래서

'쓰레기 섬'이라는 불명예까지 안았다. 이후 문제의 심각성을 알리기 위해 주민들은 현청 앞에서 시위는 물론이고 도쿄로 상경해서 항의 행진도 진행했고, 100여 회의 현 내 좌담회를 여는 등 치열한 '풀뿌리 저항 운동'을 벌였다. 풀뿌리 운동의 결과 2000년 공해 조정 회의에서 최종 합의에 이르기까지 25년이나 걸렸다.

이후 베네세 재단의 아트 프로젝트와 예술제 개최로 섬의 자연이 되살아나고, 2007년 미술관 건립 계획이 추진되면서 황폐해졌던 계

데시마에서 곶감 만드는 것을 보니 우리나라 정서와 맞닿아 있는 것 같아 포근함을 느꼈다. 사진_제종길

단식 논이 재생되었다. 미술관이 완공된 2010년 이후 데시마는 '풍요로운 자연과 예술의 섬'으로 변화가 시작되었다. 방문객과 이주민도 아주 조금씩 늘어나고 있다.

함께 볼 작품들

* **데시마미술관** _ 숲, 하늘, 생명, 물이 서로 소통하도록 설계된 구조의 건축물. 건축가 니시자와 류에(西沢立衛)는 1995년에 세지마 가즈요(妹島和世)와 함께 SANAA(Sejima and Nishizawa and Associates)를 공동 설립했으며, 2010년에는 프리츠커상 등 권위 있는 여러 상을 공동으로 수상했다.
* **데시마미술관 카페** _ 미술관과 같은 콘크리트 재질이며 형태도 유사하다. 자연 채광이 들어오지만 막힌 구조여서 기능적으로는 미술관과는 완전히 다르다.
* **니시모토 기미코 사진 전시**, te18-B _ 전시실 내부 전경을 보면 독특한 구조로 배치되어 있으며, 대상 인물들로부터 순수한 기쁨을 볼 수 있다.

13 걸어 한 바퀴 돌면 절로 힐링이 되는 섬, **이누지마**

새로운 소통과 순환을 체험할 수 있는 작은 섬, 이누지마에서 미술관과 예술 작품들, 섬 주민들의 평화로운 일상을 소개한다.

오사카성 개축에 쓰인 화강암 산지

이누지마(犬島)는 세토우치 트리엔날레에 참여한 섬들 가운데 유일하게 오카야마현에 속하며, 크기도 가장 작고 육지와도 가장 가깝다. 이름에서 알 수 있듯 '이누'는 '개'를 의미한다. 이는 섬 한쪽에 웅크린 개 모양을 닮은 거석 '이누이시사마(犬石様)'가 있어 붙여진 이름이라고 한다. 예술제 자료에 따르면 현재 인구는 30명으로, 이웃한 데시마보다 17배나 작아 그 규모가 얼마나 작은가를 알 수 있다. 그래도 여러 부속 섬을 끼고 있어 이누지마 제도라 불린다. 과거 이 섬이 명성을 얻은 이유는 양질의 화강암 산지였기 때문이다. 주로 성벽을 쌓는 돌로 쓰였는데 1620년 오사카성 개축을 비롯해 여러 성 공사와 1903년 개항한 오사카치코(大阪築港, 오사카항)의 공사에도 쓰였다.

인구는 급감 중, 주민 대다수가 70세 이상

'하자마 에미코(狭間恵三子)'의 책 『세토우치 국제 예술제와 지역 창생(瀬戸内国際芸術祭と地域創生)』(2023)에 따르면 "위의 항을 공사하던 메이지시대(1868~1912년)에 채석장으로 가장 활발했다. 당시 섬의 인구는 5천 명에서 6천 명에 이르렀다고 했다. 채석장에서 1909년 '이누지마 세이렌쇼(犬島精錬所, 이누지마 제련소)'가 창업되었지만, 구리 가격의 대폭락으로 인해, 제련소는 불과 10년 만에 조업을 중지했다."라는 글이 나온다. 그러니까 제련소는 1909년에서부터 2008년까지 약 90년간 방치되었던 것이다. 인구 기록은 시기와 자료에 따라 차이가 있다. 어떤 기록에는 3천여 명이라고 나오고, 2011년 오카야마시에서 발간한 '이누지마의 역사'를 인용한 위키피디아 자료는 1935년 약 1,500명, 1969년 750명, 2017년에는 35명으로 급감했다고 전한다. 이런 통계로 볼 때 인구수가 부풀려졌다기보다는 제련소가 한창일 때 직원이 2,000명 이상이었고, 1935년에는 다른 공장 때문에 이누지마로 이주한 근로자도 많았다고 하니 출퇴근한 근로자를 포함한 것으로 추정된다.

결국 이누지마는 어떤 섬보다 인구가 크게 줄었고, 대부분 주민이 70세 이상이라는 점에서 앞으로도 인구 감소가 빠르게 이어질 가능성이 크다.

낡게 바랜 구리 제련소와 현대 미술의 조화, '이누지마 제련소 미술관'

배에서 이누지마에 내리면 바로 탄화 목조 건물인 '이누지마 티켓 센터'가 나타나고, 그 뒤로 큰 굴뚝이 보인다. 바로 '이누지마 세이렌쇼 비주쓰칸(犬島精錬所美術館, 이누지마 제련소 미술관, Inujima Seirensho Art Museum)'(in07-B), 즉 '이누지마 제련소 미술관'이다. 옛 건물의 구조와 양식을 알 수 있도록 그 자취를 보존하면서 일부분을 돌과 벽돌을 재활용해 재생한 미술관이다. 기존의 굴뚝과 건물의 외형을 그대로 두고 구리 제련 부산물인 슬래그로 만든 카라미 벽돌과 현지에서 채취한 화강암을 적절하게 섞어 새로운 벽을 만들었다. 한때 구리가 녹고 연기가 피어올랐던 제련소가 현대 미술을 상징하는 곳으로 재탄생한 것이다. 거무튀튀하고 낡게 바랜 건축물과 현대 미술이 절묘하게 어우러져, 거친 구조 속에서도 아늑함과 고즈넉함을 느끼게 했다. 예술의 마력이다.

'베네세 아트 사이트 나오시마'의 활동을 다른 섬으로 확장하고 싶어 했던 '후쿠다케 소이치로'는 여러 산업의 쇠퇴로 어려움을 겪는 이누지마를 예술의 힘으로 되살리고자 했다. 오랫동안 방치되어 있

이누지마 티켓 센터 뒤편 긴 마당을 걸어가면서 바라본 전경. 높은 굴뚝과 흑갈색 벽돌, 그 사이로 화강암이 보인다. 가까이 가지 않으면 미술관 입구가 보이지 않고 들어가는 동안 내내 내부가 궁금해진다. 사진_제아라실

던 제련소 터에 폐기물 처리장을 만들 계획을 막으려고, 그는 제련소 용지를 서둘러 매입했다. 1992년 '나오시마 현대 미술관'의 개관으로 개인전에 초대된 '야나기 유기노리(柳幸典)는 1995년 '이누지마 아트 프로젝드'를 착상했다. 이후 건축가 삼부이치 히로시(三分一博志)와 함께 건축에 숨결을 불어넣었다. 전기를 사용하지 않고 식물의 힘을 활용한 고도의 정수 시스템을 도입해 환경 친화적 자연 에너지 순환 시스템을 속에서 쾌적한 실내를 구현했다. 이는 두 전문가와 오카야마 대학교 환경공학부가 협동해 작업한 결과였다.

2007년, 제련소는 산업 발전에 이바지한 점을 인정받아 일본 산업 근대화 유산 33개 중 하나로 지정되었다. 일 년 후인 2008년 '이누지마 제련소 미술관'은 '베네세 아트 사이트 나오시마(이하 아트 사이트)'에 의해 새로운 모습으로 개관하면서 독특한 '예술의 섬, 이누지마'의 상징이 되었다. 이러한 친환경적인 운영 방식은 국제적으로도 주목받고 있다. 티켓 센터와 미술관 그리고 예술제 작품들 모두를 아트 사이트에서 관리한다.

뒤편에서 촬영한 이누지마 티켓 센터. 바다 건너 보이는 곳이 오카야마시의 호덴항이다. 사진_제아라실

무릉도원의 생명력, '아트 하우스 프로젝트'

어둠 속 미술관에 익숙해질 때쯤 밖으로 나오면 세상이 얼마나 밝고 화려한지 새삼 깨닫게 된다. 바로 이런 세상임을 알리듯, 우리가 사는 곳을 특이하게 표현한 여러 작품이 길게 늘어서 있다. 그러니 미술관이 먼저다. 미술관을 다 보고 밖으로 나와서 조금 걸으면, 왼편 낮은 언덕 위에 'F 저택'이 나오고, 옆 골목을 따라가자면 알파벳 S, A, C, I 저택이라 불리는 '아트 하우스 프로젝트' 작품들을 만나게 된다. 앞의 세 집은 2010년, 그리고 다른 두 개는 2013년 설치되었다.

다섯 작품을 둘러본 뒤에 포구 앞마을을 한 바퀴 돌았다. 이곳은 나오시마의 '이에 프로젝트'와는 완전히 다른 분위기다. 나오시마가 진중하고 학술적인 분위기를 풍긴다면, 이누지마는 더욱 자유롭고 활달한 분위기를 연출한다. 마을의 빈 외부 공간에 설치된 작품들은 주변 주택과는 매우 이질적인 형태와 색상을 가진 현대 미술품이었다. 투명한 아크릴 사이의 렌즈, 화려한 색감의 꽃, 바닥에 그려진 문양, 알루미늄 재질 등이 조용한 동네에 생명력을 불어넣는 듯했다.

이 하우스 프로젝트의 아트 디렉터인 '하세가와 유코(長谷川裕子)'는 2022년 예술제 보고서에서, 섬의 풍경과 작품을 함께 둘러보는 것이 선경이나 무릉도원을 뜻하는 '토겐쿄(桃源鄕, 도원향)'과 같다고 빗대어 말했다. 전체 하우스 프로젝트에 건축 자문으로 참여하면서 개인 작품(in08-B)인 '나카노타니아즈마야(中の谷東屋, 정자 전망대로 주변의 소리가 아름답게 들려오게 만듦)'를 출품한 건축가 '세지마 가즈요(妹島和世)'의 이름도 눈에 띈다. 세지마는 건축계의 노벨상이라는 프리츠커상을 수상한 두 번째 여성으로, 데시마미술관을 건축한 '니시자와 류에'와 함께 SANAA를 공동 운영하고 있다. 니시자와 역시 프리츠커상을 수상했다.

야생화가 평화로운 마을 길

이누지마의 마을 길은 평탄해서 가볍게 걸으며 주변 경관과 작품들을 여유롭게 감상할 수 있다. 주민들이 적어서 그런지 야외 공원을 걷는 듯한 기분이 든다. 또한 인위적인 시설물을 거의 찾아보기 어렵고, 집들도 자연 일부처럼 섬 풍경과 어우러져 있다. 길가에는 야생화가 평화롭게 피어 있고, 일부 화단은 주민들이 키운 것도 있었는데 모두 자연스러웠고 서로 잘 어울렸다. 'I 저택'과 주변 다른 작품들을 감상한 뒤 돌아 올라와 서쪽 산길을 넘어서면 또 다른 해변이 나온다. 바다에 인접한 하얀 집에는 엄청나게 큰 개 조각품이 서 있다. 수많은 타일로 만든 이 작품은 '이누지마의 시마 이누(犬島の島犬, 이누지마의 섬 개)'라 불리며, 섬의 충견처럼 이 자리를 지킨다고 했다. 예술제 참여 작품은 아니지만 반드시 볼 만한 매력적인 작품이다.

자립과 체험의 공간, '이누지마 섬 식물원'

세지마가 공동 주관한 작품(in09-B) '이누지마 구라시노 쇼구부쓰엔(犬島くちしの植物園, 이누지마 생활의 식물원)'은 개가 있는 하얀 집에서 좌측으로 해안을 따라 걷다 보면 만날 수 있다. 약 4,500㎡의 그리 크지 않은 부지에, 오랫동안 방치된 유리 온실을 활용해 이누지마의 자연 풍토나 문화에 뿌리내린 식물들이 모여 있었다. '이누지마 섬 식물원'인 것이다. 얼핏 보기에 관리를 제대로 하지 않은 곳처럼 엉성해 보이지만 자세히 보면 정성을 가득 들인 것을 알 수 있다. 이런 방식이 방문객들에게 부담을 주지 않으면서도 지역 주민들의 동참을 끌어내게도 도움이 되었을 것으로 보였다. 자립과 체험의 공간으로 활용될 것으로 기대한다니 건축가의 멋진 꿈이라는 생각과 함께 그의 철학을

마을 골목을 지나다 보면 이런 작은 작품들을 쉽게 만날 수 있다. 비록 정식 등록 작품은 아니지만, 예술제에 참여하고 있는 셈이다. 사진_제종길

예술제 작품 '이누지마, 만나기로 한 장소'로 안내하는 간판. 섬을 걸어서 여행하는 이들에게 꿈같은 장소를 제공하려나 보다 하고 상상하면서 걷게 만드는 꽃길이다. 사진_제아라실

개 오두막이라고도 불리는 흰 집에는 조형가 가와노 류조(川埜龍三)가 만든 '이누지마의 섬 개'가 있는데, 길이 5.1m×높이 3m×폭 2.4m로 거대하다. 사진_제아라실

존중하게 되었다.

새로운 소통과 순환을 체험하게 하는 작품들

섬마을에서는 역동성을 전혀 느낄 수 없었지만 너무나 평화로운 풍경과 작품들 사이에 흐르는 기운이 분명히 느껴졌다. 새로운 소통과 순환을 체험하게 하려는 작품들은 작가들이 이곳에서 오랫동안 힘든 노동과 삶을 하고 살아왔던 주민들과 노동자에게 주는 헌사로 보였다. 바쁜 도시 생활을 벗어나 이누지마 마을을 돌아본다면 마음이 훈훈해지고 생활의 여유를 찾을 수 있는 힐링의 시간이 될 것이

틀림없다. 아니면 단순하고 깔끔한 디자인의 이누지마 티켓 센터에서 간단한 식사와 기념품 구경만으로도 여행의 소소한 즐거움을 느끼게 될 것이다. 또 센터 뒤편 해안을 따라 놓여 있는 화강암에 걸터앉아 세토나이카이를 바라보며 멍하니 있는 것도 괜찮은 선택이리라!

함께 볼 작품들

* **이누지마 제련소 미술관 내부** _ 대체로 어둡다. 안으로 들어가면 빛을 활용해 작품이 드러나며, 일본 근대화를 경고했던 소설가 '미시마 유키오(三島由紀夫)'의 유물도 전시되어 있다. 과거를 지키고자 하는 이미지가 공간 속에 녹아 있다.

* **바이오타**(Biota) _ 아트 하우스 프로젝트 'F 저택'(in01-B)에 있으며, 동물상과 식물상을 합한 생물상을 말한다. 온갖 생물의 형상을 결합해 다소 괴기스러운 느낌을 주지만, 한편으로 집에 살고 있는 생물들을 통합한 것인지도 모른다. 일본 작가 '나와 코헤이(名和晃平)'의 작품이다.

* **옐로 플라워 드림**(Yellow Flower Dream) _ 아트 하우스 프로젝트 'A 저택'(in03-B)에는 작품으로 다채로운 색과 형태가 햇빛을 받아 생동감을 발하며 보는 이에게 활기를 불어넣는다. 브라질 작가 '베아트리스 밀라제스(Beatriz Milhazes)'의 작품이며 남미 특유의 활달한 열정이 잘 표현되었다.

* **콘택트렌즈** _ 아트 하우스 프로젝트 'S 저택'(in02-B). 투명한 벽에 크기가 다른 수많은 원형 렌즈를 배치해 세상을 투영하게 한 작품으로, 다양함과 변화의 의미를 강조한다. 물방울과 같아서 비 오는 날에는 어떻게 보일까 궁금했다. 일본 작가 '코진 하루카(荒神明香)'의 작품이다.

* **셀프 루프**(Self-loop) _ 아트 하우스 프로젝트 'I 저택'(in05-B). 덴마크 작가 '올라퍼 엘리아선(Olafur Eliasson)'의 작품이다. 서로 마주 보는 거울을 통해 두 방향으로 열린 풍경을

바라보게 했으며, 시간과 보는 위치에 따라 달라지는 경관을 경험할 수 있다. 언젠가 이 작품으로 마음속 여행도 할 수 있을지 모른다.

* **빛과 자기 반성의 플라워 벤치**(光と内省のフラワーベンチ) _ 작품 번호 in10-2B인 '이누지마, 만나기로 한 장소'의 두 작품 중 남쪽 해안에 설치된 것이다. 앉을 것을 생각하면 바라만 봐도 설레는 장소이다. 일본 작가 '오미야 에리(大宮エリー)'의 작품이다.

* **이누지마 삶의 식물원**(Inujima Life Garden) _ '세지마 가즈요'와 '아카루이헤야(明るい部屋)'의 공동 작품(in09-B)이다.

* **니카노타니 가제보** _ 처음 방문 때에는 그냥 쉬는 장소인 줄만 알았다. 더군다나 세지마 가즈요의 작품인 줄은 더더욱 몰랐다. 지붕 바깥쪽은 거울처럼 하늘을 담고, 안쪽은 소리를 모아 휴식하는 사람들을 즐겁게 하는 것인가? 다음엔 진지하게 관찰해 봐야겠다. 2010년 설치된 작품이다.

14 쓸쓸함이 가득하지만 동화 속에 머물고 싶다면, **메기지마**

도깨비 이야기가 가득한 메기지마. 해안 길을 따라 섬 전체가 동화 속 세계이자 생활사 박물관 같은 곳이다.

남녀 관계는 없고 도깨비 이야기뿐

2022년 10월 말 화창한 어느 날, 메기지마(女木島)와 오기지마(男木島)를 하루에 방문하려고 아침 일찍 다카마쓰항으로 향했다. 배를 타고 가는 내내 궁금증이 가늑했다. 무엇보다 섬의 이름이 그랬다. 관광 안내서에는 이 두 섬의 이름에 있는 남녀 관계를 설명하는 내용은 없고, 도깨비 이야기뿐이었다. 안내서만 읽으면 실제로 도깨비가 살았던 곳이거나 지금도 가끔 나타나는 곳이 아닌가 느껴질 정도였다. 물

론 일본식 과장과 해학이라는 것을 알지만, 이 섬 사람들은 한 가지 주제에 집중해 그것을 최대한 살리는 데 세계 최고일 거라는 생각이 들었다. 아무튼 메기지마는 도깨비에 열중하기로 한 것이 분명하다. 이 섬의 북쪽에 있는 두 번째로 높은 봉우리인 해발 186m의 '와시가미네(鷲ヶ峰)'에서 1914년에 동굴이 발견되었다. 그 뒤 동물들과 함께 괴물 '오니'를 물리친 영웅 '모모타로(桃太郎)' 전설과 함께 세상에 알려졌다. 도깨비섬, '오니가시마(鬼ヶ島)'의 모델이 된 섬으로 메기지마가

메기지마는 해안을 따라 길쭉하게 마을이 펼쳐진다. 오기지마와는 완전히 다른 취락구조이다. 평화롭고 아늑하게 다가오는 섬이다. 사진_제종길

일약 유명해지는 계기가 되었다. 이후 섬 전체가 '세토나이카이 국립공원'으로 지정되며 더욱 주목받게 되었다.

'오오테'라는 돌남

다카마쓰항에서 배를 타면 바로 내린다고 할 정도로 가깝다. 항에서 항까지 거리가 4km에 불과하다. 남북으로 긴 섬인데 동쪽이 평탄하여 항과 큰 마을 '히가시우라(東浦)'가 있고, 서쪽엔 작은 마을이 있다. 항으로 접근하다 보면 방파제 끝에 도깨비가 방망이를 들고 지키

는 모습이 보인다. 늠름하기는 했으나 어딘가 순해 보였다.

큰 마을 뒤편의 산은 높지 않고 능선이 부드러웠다. 산 정상부에 있는 도깨비 굴은 기원전 100여 년 전에 파 놓은 것으로 추정되는데 길이는 약 400m이다. 관광 브랜드로 자리 잡은 도깨비 덕분에 동굴에 여러 도깨비들이 거주하게 되었다. 일본에는 이와 유사한 도깨비 관광 전략을 가진 지역이 여럿 있다.

이 섬에 또 하나의 두드러진 점은 돌담이다. 겨울엔 '오토시(オトツ)'라 불리는 물을 머금은 돌풍이 자주 불어 집안까지 물방울이 날아든

도깨비가 마을 안쪽을 바라보고 있으니, 외적으로부터 섬을 지키기보다는 섬에 무슨 일이 있나 궁금해 하는 듯하다. 이래저래 동화 속 섬이다. 방파제에 갈매기인 듯 보이는 것은 예술제의 작품이다. 사진_제종길

대합실을 나오면 해안을 따라 난 도로가 펼쳐진다. 노란색 기둥에 한글로 '세토 내해 국립공원 메기지마섬'라 적혀 있어 관광객 유치에 적극적임을 알 수 있다. 돌담 '오오테'는 바람과 함께 밀려드는 바닷물을 막기 위해 쌓은 이 섬만의 독특한 구조물이다. 이제는 기능을 넘어 섬의 풍경을 이루는 상징적인 경관이 되었다. 사진_제종길

해안을 따라 난 작은 시골 마을 길. 마을은 아담하지만 설치된 작품 수는 20개가 넘는다. 방문객이 많아서인가. 사진_제종길

다. 이것을 막기 위해 세운 돌담인데 이를 '오오테(オオテ)'라 한다. 보기에는 해적의 공격을 방어하기 위한 석성 같았다.

메기지마는 야트막하고, 오기지마는 우뚝 솟았다

물론 이 섬이 다카마쓰에서는 가장 가까운 섬이고, 오기지마와도 이웃하니 당일 여행 일정으로는 지리적 조건이 최적임이 분명하다. 하지만 그럴수록 마음속에서는 계속 '왜 이런 이름을 갖게 되었을까?'라는 의문이 떠나지 않았다. 귀국 후 여러 자료를 추적한 결과, 두 섬은 암수를 뜻하는 자웅(雌雄)에서 유래해 일본어로 '시유우지마무라(雌雄島村)'라 불리며 한 행정 구역으로 묶였다는 사실을 알게 되었다. 아마도 섬의 생김새가 암수로 구분되는 형태였던 것이 이름의 계기가 되었을 것으로 보인다.

메기지마는 섬이 길고 상대적으로 야트막해 보이지만, 오기지마는 강한 느낌을 줄 정도로 우뚝 솟은 것이 차이점이다. 지금은 다카마쓰시 소속이지만 과거에는 가가와군(香川郡)에 속해 있었다. 1920년 행정 구역 설정 당시 메기지마의 인구는 1,500명이 넘었으며, 가장 많았을 때가 1940년대 후반인데 2,100여 명이었다. 1955년에 이 행정 구역은 폐지되어 메기지마와 오기지마가 별도 섬으로 나뉘었다. 메기지마만 볼 때 근년까지 인구는 150명에 안팎이었으나, 2023년 기록에 따르면 81세대 124명이 거주하며, 80세 이상의 고령자가 다수다.

1㎞ 내 모여 있는 작품들, "어, 재미있네!"

마을 길은 대부분 평탄하고 경사가 있는 동굴 가는 길로 버스가 오간다. 작품이 모여 있는 큰 마을의 길은 걷기나 자전거 타기에 안성

맞춤이다. 해안을 따라 걷다 보면 이웃한 여러 작품을 만나게 된다. 멀리 걷지 않아도 작품을 바로바로 이어서 볼 수 있는 이곳만의 장점이 있다. 그리고 작품들도 이해하기 쉽고 "어, 재미있네!" 또는 "이런 것도 작품인가?" 싶은 정도로 우리 주변에서 쉽게 볼 수 있는 것들도 있었다. 수집품을 전시하거나, 옛 건물 내부를 활용한 전시 공간, 너무나 평범한 것인데 작품인 것도 있다. 아기자기하다 못해 우리가 사는 동네도 이렇게 꾸며 볼까 하는 욕심이 생기도록 과하지 않고 경비를 크게 들이지 않은 것처럼 보였다. 동굴을 제외하면 항에서 반경 약 1㎞ 내에 다 있으니 감상하는 데 부담이 거의 없었다.

평화로운 해안 풍경

그래도 가로축과 세로축으로 작품이 퍼져 있어서 우리는 두 팀으로 나누어 움직였다. 나는 평탄한 해안 길을 선택해 가로축으로 걸었다. 선들바람과 따스한 햇볕 그리고 빛나는 모래 해안을 한꺼번에 안고 걸을 수 있어서 너무 좋았다. 길가의 숙소나 식당 등도 꾸밈없고 수수해서 바닷물이 잔잔하게 밀려왔다가 나가는 해안 풍경과 잘 어울렸다. 걷다 보니 느리게 움직이는 깨끗한 자연의 일부가 된 듯했다. 이 평화로운 풍경이 너무 좋아 내년에는 며칠이라도 이곳에 머물러야겠다고 다짐했지만, 그 약속을 아직 지키지 못했다. 글을 쓰며 올 6월쯤 다시 가야 하나 망설이다 보니 도무지 글의 진도가 나가지 않아 억지로 한 자씩 적어 내려 간다.

섬 전체가 바닷가 마을의 생활사 박물관

예술제 작품들은 하나하나 찾아보니, 집과 식당, 펜션 들 모두 나

름의 작품이어서 마을 자체가 하나의 작품인 게 아닌가 할 정도로 헷갈렸다. 전체가 바다와 바닷가 마을의 생활사 박물관이었다. 메기지마에서는 이렇게 티를 내지 않고 마을 자체가 한 박물관으로 여겨지도록 기획한 사람이 누구일까, 속으로 계속 궁금해하며 추리까지 해봤다. 작품 가운데 몇 개를 살펴보자. 앞서 소개했던 메기지마 대표작(mg01)인 기무라 다가히토(木村崇人)의 '갈매기의 주차장(カモメの駐車場)'이 있다. 바람에 따라 바라보는 곳이 바뀐 방문객을 싣고 떠나가는 배를 보지 않고 뒤돌아선 갈매기 모습이 여전히 쓸쓸하다.

해안 길에서 산 쪽으로 골목길을 걸어 오르다 보면 금방 마을의 일반 집보다 훨씬 큰 건물이 나온다. 오래된 창고를 활용해서 뉴욕 42번가 극장을 흉내 낸 작품이다. 작가는 일본의 '요다 요이치로(依田洋一朗)'로, 제목은 '메기지마 명화관(Island Theatre Megi, 女木島名畫座)'(mg14)이다. 이곳에서는 작가가 만든 다큐멘터리나 오래된 단편영화를 실제로 상영했는데, 2022년에는 '기타가와 프람'이 해설하기도 했다. 이곳에서 극장은 도시의 뒷모습이 되어 쓸쓸함을 배가했다.

고에비타이 회원이 메기지마를 방문한 관광객들에게 섬에 대한 해설을 하고 있다. 사진_제종길

예술의 비일상과 섬의 일상이 교차

해안에 가까운 마을 길을 따라 북쪽으로 가다 보면 일종의 상점가가 나오는데 섬의 번화가다. 본디 상점들이 있었던 곳은 아니었고, 예전의 민박집과 빈집을 활용해 2019년 '섬 속의 작은 가게 프로젝트'로 시작한 것이 마치 몰 같은 형태의 상점가가 되어 섬 주민들도 이용할 수 있는 명소가 되었다. 이곳을 '메기지마 메이텐가이 몰(Megijima Meitengai Mall, 女木島名店街, 메기지마 명점가)'이라 부른다. 카페(mg05)와 맛집, 재미있는 탁구장(mg08), 빨래방(mg09), 미용실(mg06) 등 건물 내부 대부분이 예술 작품으로 구성되어 있다. 2022년 예술제 보고서는 이를 "예술의 비일상과 섬의 일상이 교차한 새로운 섬의 풍경이 생겨나고 있다."라고 평가했다. 몰의 관리는 자원봉사 단체인 '세토우치 코에비 네트워크(Setouchi Koebi Network)'가 맡고 있었다.

동화의 세계로 빠져드는 작품들

아이들이 보면 좋은 동화의 세계를 구현한 작품들(mg11, mg20, mg27 등)도 있어 가족 단위 방문객들이 상상력의 세계로 빠져들 수 있다. 개인적으로는 일본인 작가 '아키빙고(あさびんご)'의 설치 그림 작품인 '세토우치 카니발(mg23)'이 특히 인상적이었다. 병풍이나 패널에 부착된 대형 그림들은 세토우치의 생태와 문화를 잘 보여 주었고, 세계 각지의 도깨비 그림도 함께 전시되어 있었다. 한쪽에는 이 고장에 관련한 참고문헌을 잘 진열해 놓고 있어서 세토우치를 이해하는 데 훌륭한 공간이 되었다. 더 머물고 싶었고, 또 일부 책들은 내가 꼭 가지고 싶은 책이어서 제목을 다 적느라 일정이 분주해지기도 했다.

가상의 바다를 항해하기 위한 항해 시스템을 보여 주는 작품(mg27) '항해실(Navigation Room)'. 프랑스 작가 니콜라스 다롯(Nicolas Darrot)의 작품으로, 은하계를 운항하는 우주선의 이념적인 설계도를 연상시키는 상상력 넘치는 설치물이다. 사진은 작품 '항해실'이 설치된 주택의 외관이다. 모래사장 바로 배후에 지은 것인데, 펜션들은 대체로 이와 같은 위치에 있다. 과거에 별장이었던 것으로 보인다. 사진_제종길

자전거를 타고 섬을 한 바퀴 돌고 싶은 곳

해안은 얕은 수심에 모래가 훤히 들여다보이지만, 모래가 자꾸 쓸려나가는 탓인지 포락을 막는 석재 방조제가 해안으로부터 수직으로 설치되어 있었다. 그러다 보니 해안은 여러 개의 작은 해안으로 나뉘어 있었고, 여름철 해수욕객들에게 더 인기를 끄는 요인이 될 것 같았다. 이들 해안을 따라 작고 소박한 펜션들이 여럿 있었는데 낡고 오래된 건물들이어서 최전성기는 지난 듯했지만, 가가와현 주민들에게는 여전히 최고의 여름 휴가지임이 분명했다. 잠시 여행객이 되어 자전거를 타고 섬을 한 바퀴 돌며 산에 올라 도깨비가 머무는 동굴을 들렀다가 땀이 나면 바닷물에 발을 담그고 쉬고 싶은 상상을 해봤다. 언젠가 그렇게 되겠지!

함께 볼 작품들

* **20세기의 회상**(20世紀の回想), mg02 _ 2010년 예술제에 출품한 작품으로, 작가는 '하게타카 훈조(禿鷹墳上)'이다. 돛이 네 개가 달려 있지만, 청동으로 만든 초대형 피아노이다. 배 뒤편에 있는 긴빈으로 연주할 수 있으며, 피아노 소리는 파도 소리와 조화를 이룬다.

* **해변에 있는 카페**(Cafe de la Plage), mg05 _ 프랑스 작가 베로니크 주마르(Veronique Joumard)의 작품이다. 너무나 평범해 도저히 작품이라는 생각이 들지 않았다. 열이나 빛에 따라 벽이나 테이블의 색깔이 변해 시간의 구애를 받지 않는 공간이다. 음식도 판다.

* **탁구 바다**(Ping-Pong Sea), mg08_ 몰에 있는 탁구장으로, 여러 명이 동시에 칠 수 있는 탁구대가 있다. 나누어진 구역에 따라 다른 소리가 난다. 하라 린타로(原倫太郎)와 하라 유(原遊)의 공동 작품이다.

* **팅커 벨의 공장**(Tinker Bell's Factory), mg11 _ 방에는 요상하게 생긴 금속이 가득했다. 중세 연금술사의 방 같았다. 타임머신의 원형으로 보이는 기계 의자도 있었다. 나카자토 에루스(中里繪魯洲)의 작품이다.

* **가라스교구텐**(ガラス漁具店, 유리 어구점), mg20 _ 환상적인 실험실이자 유리 제작소. 유리를 만들고, 만든 유리를 전시하고 설치하는 작업장인데, '야나기 켄다로(柳建太郎)'의 작품으로 제목이 재미있다.

* **세토우치 카니발**, mg23 _ 세토우치 병풍이 시원하게 펼쳐져 있다. 도깨비에 가장 특화된 나라가 일본인 것 같다. 도깨비의 얼굴 모습들이 재미있게 표현되어 있다.

* **항해실**(Navigation Room), mg27 _ 가상의 바다를 항해하기 위한 항해 시스템을 보여 주는 작품이다. 프랑스 작가 니콜라스 다롯(Nicolas Darrot)의 작품으로, 은하계를 운항하는 우주선의 이념적인 설계도를 연상시키는 상상력 넘치는 설치물이다.

15 그 섬들에서 한 달살이한다면, **오기지마**지!

문어잡이가 잘 되던 시절을 염원하는 섬, 오기지마. 산비탈 마을 골목과 해안 길을 돌아보며 예술제가 주민들에게 불러일으킨 감성을 살핀다.

생선 비늘 겹치듯 들어선 산비탈 집들

오기지마(男木島)의 남단은 메기지마의 북단과 불과 1㎞ 떨어져 있다. 서로를 그리워하지만, 바다에 가로막혀 쉽게 만날 수 없는 애틋한 사이처럼 보였다. 차라리 멀리 있다면 잊어버리기라도 할 텐데…. 그래서 두 섬이 암수로 불리는 '좌웅행정동'이 되었나 보다. 오기지마에 다가가면서 바라보니 섬의 길이는 짧지만, 우뚝 솟은 봉우리가 있었다. 항에 들어서자 세 가지가 눈에 확 들어왔다. 첫째는 산비탈을 따라 다닥다닥 붙은 집들로, 달동네를 연상하게 했다. 관광 안내서에서는 생선 비늘이 겹친 듯한 모습이라고 했는데, 어촌에서 나올 만한 표현이었다. 지형으로 볼 때 메기지마와는 다르게 어촌의 정취가 느껴졌다. 오기항에서는 보이지 않지만, 섬에는 별도의 어항도 갖추고 있다.

바다에 떠 있는 조개껍데기

두 번째로 눈에 들어온 것은 좁은 해안가에 있는 특이한 구조물, '오기지마노다마시(男木島の魂, 오기지마의 혼)'였다. 작품 번호는 'og01'이며, 2010년 스페인 작가 '자우메 피엔사(Jaume Piensa)'의 작품이다. 보자마자 한눈에 저곳이 오기지마의 입구겠다는 생각이 들었다. '교류관'이라는 다른 이름도 갖고 있다. 이 작품은 물 위에 떠 있는 구조로, 여덟 나라의 문자로 장식된 흰색 지붕은 어디서도 본 적이 없는 모양이었고, 신선했다. 색깔도 물색과 대비되어 강렬하게 다가왔다. 그런데도 낡고 쇠락해 보이는 마을과도 잘 어울렸다. 예술의 힘인가 싶었다. 예술제의 해설문에는 바다에 떠 있는 조개껍데기를 연상시키는 작품이라고 적혀 있었다.

배로 접근하면서 찍은 오기지마 전경. 사진_제종길

오기항 주변과 산기슭에 집들이 모여 마을을 형성하고 있다. 마을 왼쪽 아래 흰색 건물이 오기지마노다마시이다. 사진_제종길

문어잡이가 되돌아오기를 염원하는 놀이 시설

세 번째로 눈길을 끈 것은 사람들이 깃발을 들고 서 있는 장면이 인상적인 '팀 오기(TEAM 男氣)'(og02)의 커다란 '문어단지'였다. 교류관이 마을을 바라보고 왼쪽에 있다면 이곳은 오른쪽에 있어서 전시에 균형을 맞춘 것 같았다. 마을에서 만든 것으로, 특히 아이들에게 문어와 문어잡이를 친근하게 하려는 일종의 놀이 시설이다. 아이들과 함께 온 가족들에게는 좋은 놀이터가 되고 있었다. 하지만 울긋불긋한 여러 깃발을 보니 사라진 문어 자원이 되돌아오기를 바라는 주민들의 염원도 담겨 있는 것 같았다.

자루 모양 지형, 산자락이 해안까지

일본이 많은 나라로 나뉘어 있던 시절, 1838년에 제작된 87국의 지

도인 '텐포구니에즈(天保国絵図, 천보국회도)'를 보면 흥미로운 사실을 알 수 가 있다. 그중 '사누키구니(讃岐国)'는 가가와현의 옛 이름으로 구역도 같다. 그러니까 사누끼 우동의 이름이 바로 옛 나라 이름에서 유래했음을 알 수 있다. 지도를 보면서 오기지마와 메기지마를 다시 떠올려 보자. 두 섬은 서로 매우 가까이 있지만, 모양은 확연히 다르다. 오기지마는 자루가 달린 덩어리 모양인데, 현지에서 보니 중심부에 솟은 212m의 '코미야마(コミ山)'의 산자락이 해안까지 이어져 편평한 땅이 거의 없다. 길을 제외하면 자루 부분에 일부 평지가 있을 정도라 농사를 지을 만한 땅이 부족했다. 마을도 항 주변 산의 경사면뿐이었다. 서쪽 해안 길은 '걷는 방주(og16)'가 있는 방파제 바로 옆 해수욕장

오기항에 정박해 있는 이 배는 한눈에도 문어잡이 전용 어선으로 보인다. 선박에 그려진 그림이 인상적이다. 사진_제종길

옛 지도인 <텐포구니에즈(천보국회도)>에서 '사누키구니' 부분의 해안과 도서들을 나타낸 지도인데, 메기지마와 오기지마를 비교해 볼 수 있다.

인 '오이카이스이요구조(大井海水浴場)'에서 조금 더 가면 끊긴다. 걸어서 섬을 한 바퀴 도는 것은 불가능했다. 반면에 서쪽 해안은 자루 반대편에 있는 등대까지 길이 있다.

옛 지도인 〈텐포구니에즈(천보국회도)〉에서 '사누키구니' 부분의 해안과 도서들을 나타낸 지도인데, 메기지마와 오기지마를 비교해 볼 수 있다.

골목은 많고 길은 흩어지고 오르내리고

방주를 보고 돌아오는 길에 마을을 찬찬히 둘러보고 부두로 가면 시간이 잘 맞겠다 생각했다가 낭패를 당했다. 우선 다카마쓰항에서 '오시마(大島)'로 가는 배가 없었고, 오기항에서 왕복하는 작은 선박이 있어 잠깐 둘러보고 오자고 한 것이 실수였다. 막상 가 보니 볼거리가 많아 시간이 금세 흘러갔다. 여행에서 종종 있는 일이지만, 계획하지 않은 일정 변경 때문에 본래 계획은 틀어지고 말았다.

오기지마를 돌아와 '걷는 방주'를 갔다 오면서 마을의 높은 곳으로 먼저 가려고 했다. 그런 다음 내려가면서 차차 이곳저곳을 보면 시간이 될 것이라고 기대했으나 착각이었다. 골목이 많고 반듯하지 않을 뿐더러 작품의 위치를 찾는 일도 쉽지 않았다. 길은 모였다 흩어지고 막히고 오르내리다 보니 상황이 만만치 않았다. 관광객들의 여행기에 '혼미하다'는 표현이 등장한 이유를 알 것 같았다. 단순히 바다를 보며 골목길을 따라가다 보면 항에 다다를 것으로 생각했었다. 약도를 자세히 보고, 골목 갈림길에 있는 안내 팻말을 살피면서 긴장을

마을 곳곳에 설치된 안내 팻말. 어떤 곳은 팻말이 없어 골목 미로 속을 헤매기도 했다. 배를 놓친 방문객들도 있었으리라. 사진_제종길

풀지 않아야 했다. 결국 부두에 도착하면 찾아가려고 마음먹었던 식당에서 지역 해산물 식사를 하려던 계획을 포기할 수밖에 없었다.

오밀조밀, 동네 주민들의 예술 작품들

걷다가 마주치는 아기자기한 디자인이나 간판 또는 벽화 그리고 집 현관이나 담장에 놓인 해양 생물 장식들까지 발길을 붙잡았다. 나오시마와는 또 다른 매력이 있었다. 시골의 수수함 속에 주민들 스스로 만든 오기지마만의 색깔이 느껴져 사진을 찍고 다시 들여다보게 되었다. 그리고 나서는 종종걸음. 서두르다 보니 땀도 나고 약간 지

카페와 식당을 안내하는 간판. 개성이 강하고 나름대로 조형미를 갖췄다. 2022년 예술제 기간에 지역 어협 오기지마 지소의 주부 회원들이 방문객들에게 판매하려고 문어밥, 다코메시 도시락을 준비하고 있다. 맛은 좋았지만 문어의 양은 줄었을 것 같았다.(오른쪽) 사진_제종길

치던 차에 눈앞에 오아시스가 나타났다. 예술제로 자극받은 주민들의 창의성이 곳곳에 발현되었음을 엿보게 되어 왠지 기분이 좋았다. 분위기가 세련된 카페인 '다몬테쇼카이(ダモンテ商会)'에 들렀다. 우리 식으로 말하면 베이커리 카페였다. 독창적인 빵과 음료 메뉴가 있었고, 인구 150여 명의 섬마을 카페라고 보기엔 믿기 어려울 만큼 멋이 있었다. 마을 중턱에 있어서 마을과 항 일대 그리고 바다를 내려다볼 수 있는 전망도 그만이었다. 아무리 바빠도 주스 한 잔씩 하자며 아주 잠깐 머물렀다.

자매로 보이는 두 여성의 친절함에 한 시간 정도 머물며 쉬고 싶었지만, 배를 타기 위해 지름길을 물어보고는 서둘러 떠났다. 여행을 하다 보면 늘 아쉬움이 남는다. 일행 중 막내가 "이곳의 땅값은 얼마나 할까요?"라고 궁금해하는데 나는 "여기 와서 살고 싶네요."로 들렸다. 오밀조밀한 동네에 거부감 없이 평안했고 사람들은 다 친절했다. 경치도 좋고, 게다가 편안한 쉼터까지 있으니…. 빠른 걸음을 걸으면서도 막내의 엉뚱한 질문으로 인해 다들 이곳에서 며칠 사는 것도 괜찮겠다고 생각했다. 섬 비탈 위 마을의 매력에 세 사나이가 푹 빠져 버렸다.

주민들 일자리는 3차 산업이 60% 이상

지금까지의 글을 읽고 나면 이 섬의 주력 수산물이 문어겠거니 짐작했을 터이다. 어선의 크기와 어구 등으로 볼 때 마을 어업은 주로 문어 채취였던 것으로 보였다. 이 점은 어민과 마을 협동조합에서 문어밥을 판매하는 여성 주민으로부터도 확인되었다. 두 사람 다 자원이 크게 소멸하고 있어 큰 걱정이라 했다. 홋카이도대학교 '맹 큐(Meng Qu)'의 2021년도 박사 학위 논문인 「세토우치 트리엔날레 지방예술제 관광이 세토나이카이 섬들의 재활성화에 미치는 영향(The Influence of Setouchi Triennale's Rural Art Festival Tourism on the Revitalization of Islands in the Seto Inland Sea)」에 따르면 오기지마는 코로나 이전인 2019년 예술제에서 오기지마를 찾은 방문객 수는 약 7만 2천 명으로, 메기시마보다 다소 적었다. 흥미로운 점은 주민들의 고용된 일자리 구성이다. 오기지마에서는 3차 산업에 해당하는 서비스업이 60%가 넘었고, 1차 산업인 어업은 31% 정도였다. 메기지마는 3차가 42%이고 1차는 52%였다. 이렇게 볼 때 오기지마는 어업의 비중보다는 펜션이나 식당과 카페가 주민들의 주된 일거리임을 짐작할 수 있다.

예술제 이후 학교가 재개교했다

12개 섬 가운데 인구가 늘고 있는 섬은 오기지마와 쇼도시마뿐이었다. 그렇다 해도 150여 명이지만. 2014년, 그러니까 예술제를 두 번 치르고 나서는 폐교가 되었던 초중등학교가 재개교를 했다. 비록 어업이 어려워지고 주민들이 떠났지만, 예술제 이후에 관광객이 늘자 마을에 자영업들이 생겨나면서 도시에서 귀촌하는 사람들이 아주 조금씩 늘고 있었다. 과정과 이유가 눈에 보였다. 미래 세대가 만족하는 분위기가 자연스럽게 형성되고 있는 것이 다른 섬과는 달리 보였다. 우리가 배를 타고 떠나올 때 섬에서 일하는 사람들이 문어단지 놀이터에 꽂힌 깃발을 뽑아서 열심히 흔들어 주었다. "꼭 다시 오세요!"라는 인사처럼 느껴졌다.

이 섬은 한때 고양이 섬으로 유명했다. 그러나 2019년 거세와 중성화 수술 이후 그 수가 급감했다고 한다. 그래도 고양이를 간간이 봤다. 오기지마등대 주변 산언덕에 1월부터 3월까지 수선화 1,100만 송이가 핀다고 한다. 참 예쁠 것 같다. 좋은 여행 정보다. 수선화가 바다와 어떻게 어울릴지 궁금하다. 2월이 절정이라고 하니 '사나흘살이'를 위해 훌쩍 떠나 다시 오고 싶다는 생각을 해 봤다.

함께 볼 작품들

* **오기지마노다마시**, og01 _ 스페인 작가 자우메 피엔사의 작품. 재생과 재활을 꿈꾸는 마을에 현대 미술적 건축물이 더해지며, 기능과 예술성을 동시에 갖춘 작품으로 마을 전체의 분위기를 활기차게 바꿔 놓는다.

* **팀 오기**(TEAM 男氣), og02 _ 큰 문어단지와 문어가 그려진 깃발이 가득한 설치물이다. 문어단지를 살펴보고 단지 속 같은 곳을 선호하는 문어 생태까지 알아볼 수 있다. 해설서에는 단순한 놀이 시설로 소개되었지만, 설치물의 단의 모양이나 설치 형태로 봐서 섬사람들의 기원을 품은 장치로 보였다.

* **오기지마 파빌리온**(Ogijima Pavillion), og18 _ 브라질·미국의 '오스카 오이와(Oscar Oiwa)' 그리고 일본의 '반 시게루(坂茂)'가 공동으로 작업한 작품이다. 바다가 내려다보이는 높은 곳의 집을 개조해 목재로 내부를 장식하고 전면 벽을 유리창으로 바꿔, 그림 속의 바다 생물들과 실제 바다가 서로 겹치게 하여 그림에 생명력을 불어넣었다.

* **방 안의 방**(The room inside of the room), og15 _ '오스카 오이와' 작가의 작품으로, 문어의 바다를 그렸다. 아래쪽에 표현된 선박은 오기지마로 들어올 때 탔던 페리 '메온'이다.

* **오기지마 골목 벽화 프로젝트 와랄레이**(wallalley), og05 _ 일본 작가 '마가베 리쿠지(眞壁陸二)'가 2010년부터 시작한 나무와 아크릴 등을 재활용해 설치한 작품이다.

* **철선 공장의 벌룬** _ 폐허가 된 철선 공장에 천으로 만든 벌룬이 여러 개 있다. 사람이 올라타기에 따라 바다이기도, 산이 되기도 한 엄청난 크기의 벌룬이다. 쓰러져 가는 건물에 생명력을 불어넣었고, 그 속에 뛰어든 관객에게는 즐거움과 안식을 선사한다.

* **칠공방 프로젝트**(漆の家プロジェクト), og14 _ 대저택에 있는 일본의 전통 칠공예 공방

에서 진행된 작품이다.

* **학교 선생님들**(學校の先生), og20 _ 옛 주택의 바닥과 벽 등에 세 가지 수채화 작품이 설치되어 있다. 그림들은 기억에 남은 선생님들을 그린 것이다. 러시아/미국 출신 작가 '예카테리나 무롬체바(Ekaterina Muromtseva)'의 작품이다.

16 예술이 풀어 낸 **오시마**의 슬픈 이야기

과거 한센병 환자들의 격리 시설이었던 오시마에 세토우치 예술제 작품들이 그들의 외로움과 분노, 그리고 도피 욕구를 생생하게 표현했다.

한 개의 섬이 문제였다

2022년 예술제를 방문하고 보니, 가장 큰 딜레마는 제한된 일정 내에서 12개 섬을 다 방문하고 그곳에 있는 주요 작품을 직접 감상하는 일이 현실적으로 쉽지 않다는 점이었다. 동쪽에 있는 섬들은 다카마쓰에서 가깝고 직접 배만 타도 갈 수 있는 편한 곳이라 생각했었다. 그런데 한 섬이 문제였다. 오시마(大島)였다. 예전에는 직항 배가 있었지만, 우리의 이른 이동 시각과 달라 일정을 잡기가 어려웠다. 오기지마에서 하루에 두 번 운항하는 작은 배가 있다는 정보를 팸플릿에서 보았다. 하지만 그곳에 가서도 겨우 두 시간 반만 머물다 되돌아와야 하는 빡빡한 일정을 짜야 하고, 작품을 찬찬히 볼 여유가 있을지도 좌불안석이었다. 만약 이 일정이 불가능하면 하루를 더 연장해

야 하는데, 코로나의 여파로 직항편이 줄고, 항공 노선과 공항까지의 접근 방식 등 여러 가지를 고려해야 할 상황이어서 불안했다.

여객선 요금이 무료?

이름 자체는 큰 섬, 대도여서 크고 웅장한 무엇이 있을 거라 지레 짐작했지만, 오시마로 가는 방문객이 아주 적다는 점과 다카마쓰에서 들어가는 배가 무료라는 점에서 의아함이 생겼다. 오기지마에서 오시마까지는 불과 15분 거리였다. 점심 시간대에만 운행되는 유료 선박이 있어 다행히 섬에 들어갈 수 있었다.

섬에 도착하자마자, 나병 환자 수용 시설이 있는 섬이라는 사실을 알게 되었다. 도로 입구에서 안내와 주의 사항을 설명하는 자원봉사

오시마는 관광 안내서 그대로 예쁜 모래 해안과 해송 군락으로 대표되는 섬이었다. 멀리 보이는 언덕 방향이 북쪽이다. 사진_박진한

자들, 그리고 다른 섬과는 확연히 다른 건물 외형과 분위기를 통해 알 수 있었다. 출입이 금지된 곳도 있었다. 항 주변에는 작지만 조용한 작은 모래 해안과 오래된 소나무가 우리를 반겨 주었지만, 안타까운 사연이 있는 장소임을 알고 나서는 자세를 고쳐 잡았다. 섬에는 14개의 예술제 작품이 설치되어 있었다.

국립요양소와 역사 유적지

섬은 메기지마와 오지기마의 동쪽으로 거의 등거리에 위치하며, 두 섬보다는 작다. 다카마쓰항에서는 메기지마보다는 멀고 오기지마보다는 조금 가까웠다. 섬의 면적은 약 0.62㎢이며, 전체 모양은 마치 군화처럼 생겼다. 본래 두 개의 섬이 있는데, 현재는 센터 주변인 발목 부분의 모랫바닥이 연결되어 하나가 되었다. 짐작건대 국립요양소인 '오시마 세이쇼엔(大島青松園, 오시마 청송원)'을 지으면서 두 섬을 연결했던 것으로 보인다.

섬에서는 2,000여 년 전부터 사람들이 거주한 유적이 발견되어 이를 학습하려는 학생들이 간혹 들린다. 또한 다카마쓰의 '야지마(屋島)'에서 벌어진 '겐페이갓센(源平合戰)'에서 히라(平) 세력이 겐씨에게 패한 뒤 도피해 동료들을 묻었던 자리에는 소나무들이 자라 800년 넘게 유지되고 있어 역사적인 장소로 알려져 있다.

한센병 환자가 격리되었던 곳에 예술제가 열렸다

우리나라와 마찬가지로 일본도 한센병, 일명 나병에 걸린 환자들을 일반 사회로부터 격리하는 정책을 오랫동안 추진했었다. 그 격리 장소 중 하나가 오시마였는데, 수용자가 많았던 1950년대 후반에는

오시마는 두 섬이 이어져 하나의 섬이 되었으며, 남북으로 야트막한 봉우리가 솟아 있다. 멀리 보이는 봉우리 방향이 남쪽이고, 건물이 밀집된 곳이 두 섬을 연결한 지점이다. 사진_제종길

700여 명이 공동생활을 해야 했고, 당시 간호 직원이 한 명뿐이어서 치료를 전제로 한 돌봄이 사실상 불가능했다. 2022년 RSK 산요호소(山陽放送, 산요 방송)에서 방영된 내용과 현재 생존한 거주자의 증언에 의하면 생활 환경은 상상을 초월할 정도로 열악했으며, 결혼한 부부가 두 평 남짓한, 그것도 개방된 공간에서 살 수밖에 없는 환경이었다고 한다. 상상보다 훨씬 고통스러운 생활이었음은 분명해 보인다.

법적 제재는 1996년에야 해제되었지만, 여전히 사회적 편견과 차별이 남아서 완치된 사람들조차도 고향에 돌아갈 수 없었다고 한다. 현재 섬에는 평균 80세가 넘은 입소자 40여 명과 일부 직원들만 살고 있다. 이젠 수용 시설도 낙후되었고 대부분의 집들이 비어 있다. 하지만 2010년 예술제가 진행되면서 오시마도 예술제에 참여하게 되었고, 일반인들의 방문이 손쉬워지면서 외부와 소통의 길도 열렸다.

작품에 담긴 외로움, 분노, 간절함

군화 모양의 섬 남쪽 발바닥 지역의 언덕 아래에는 건물들이 많이 들어서 있었지만 출입이 제한되었고, 발목 위쪽에 있는 사회교류센터를 지나, 북쪽으로 해안을 따라 일자로 늘어선 작품이 있는 곳(지도 참조)은 모두 오래된 연립주택이었다. 작품 설치를 위해 실내를 고치거나 개선하지도 않았다.

우리는 주택 내의 작품들을 먼저 보고, 북쪽 언덕 위를 한 바퀴 돌고 내려와 센터에 전시된 작품을 감상했다. 센터에 전시된 일부 작품을 제외하고는 작품들에서 처절한 외로움과 분노 그리고 도피하고 싶은 간절한 마음들이 고스란히 느껴졌다. 가슴 아팠다. 작품을 만든 작가들이 환자인 당사자는 아니지만, 그때 그 사람들이 느꼈을 감정을 고스란히 작품에 담아 냈다는 점이 더 놀라웠다. 이 책에 실은 사진들은 이런 감정이 없는 풍광 사진이지만, 어쩌면 글만으로도 전율을 느낄지도 모른다.

멀티미디어를 이용한 괴기스러움

예술제 보고서에서는 이동 동선보다는 작가별로 작품을 설명했는데, 세 작가가 두 편 이상씩 전시했고 공통점이 있었다. 모두 자연과 동물에 대한 감수성을 바탕으로 멀티미디어를 활용해 작품을 제작했는데, 정형화하지 않았고 일본 특유의 괴기스러움을 지녔다. 그래서 오시마라는 섬과 어울리는 작가들을 잘 선정했다는 생각이 들었다. 먼저 '다시마 세이조(田島征三)'를 보자. 그는 삽화가로, 그림책으로 많은 상을 받았다. 2009년 '대지의 예술제, 에치고 쓰마리 예술제'에 참여했고, 그곳에서 '하치와 다시마 세이조 그림책과 나무 열매의 미

술관(鉢&田島征三 絵本と木の実の美術館)'을 만들었다.

오시마에서는 섬 중앙에 있는 사회교류센터를 지나 맨 먼저 만나는 작품이 '아오조라 스이조구칸(青空水族館, 아오조라 수족관, Blue Sky Aquarium, os01)'이다. 얼기설기 얽힌 철봉에 상어와 문어가 다정하게 안고 있는 입구 간판이 작품을 안내하고 있었다. "우리라도 서로"라고 말하는 것 같아 왠지 마음이 짠했다. 수족관은 과거 입소자들이 살던 연립주택 안에 설치되어 있었다. 건물 안으로 들어서자 창살로 가로막혀 눈물을 흘리는 인어가 관객을 맞이했다. 물론 이 수족관 안에는 상어와 문어뿐만 아니라 다양한 전시물이 함께 배치되어 있어, 관람객이 여러 상상을 할 수 있도록 구성되어 있다.

또 다른 작품 os03인 'N상노진세이 오시마 나나주넨(Nさんの人生·大島七十年, N씨의 인생·오시마 칠십 년)'은 작품을 바라보는 것조차 힘들었다. 벽에 적힌 글자는 그가 한평생을 어떻게 살아왔는지를 설명하고 있었다. 예술은 누구도 말하지 못했던 일들, 한 많은 시간, 그리고 억울한 사람들의 목소리를 대신 전하고 있었다.

한센병 환자들을 추적한 작품

'야마가와 후유기(山川冬樹)'는 작품 os06 '걸음걸이를 따라(歩みきたりて)'와 os07 '카이쿄노 우타(海峡の歌, 해협의 노래)'의 작가이다. 공연 예술가이자 현대 미술 작가로, 멀티미디어를 능숙하게 이용한다. 두 작품에서도 작가의 개성이 잘 드러난다. 그는 오시마에 거주했던 두 사람의 삶을 추적해 작품으로 구현했다. 한 작품에서는 오시마에 거주하던 노래하는 사람이 만주로 출정했다가, 한센병 환자임이 밝혀져 억류당하고 다시 돌아오는 과정을 담았다. 다른 작품은 오시마에서 헤엄

쳐 시코구 해안으로 도망친 환자의 긴 여정을 담았다.

도피를 소망하다

오시마 예술제 작품군의 대표 작가는, 작품군에 담긴 의미나 보고서에 담긴 편집 구성으로 볼 때 '고노이케 도모코(鴻池朋子)'였다. 일본에서 왕성하게 활동하는 현대 미술 작가로, 대규모 설치 작업과 일본화 스타일의 초현실적 그림으로 잘 알려져 있다. 그녀는 os08(두 작품), os11, os12 등 네 작품을 설치하면서 섬의 여러 공간을 활용했다.

산책길 작품 os11의 제목은 '링반데룽(Ringwanderung)'으로, 산행 중 길을 잃어 쳇바퀴 돌 듯 걷는 상황을 말한다. 스케치한 작품 '토소 카이단(逃走階段, 도주 계단)'은 제목만 검색해도 흥미로운 그림을 만날 수 있다. 이곳에 있는 환자라면 누구나 도피를 꿈꾸었을 것이다. 원형 산책길

북쪽 언덕 주변에 난 길과 길의 안내도를 볼 수 있다. 이 길은 고노이케 도모코의 작품 os11과 관련된 곳으로, 1933년에 젊은 환자들이 파서 만든 1.5km 길이의 길이었으나 시간이 지나 훼손되었다. 작가는 2019년 이 길을 복원하고, 환자들이 이 길에서 도피하고 싶었던 적벽 길이 있었을 것이라는 상상을 덧입혀 스케치 작품을 완성했다. 사진_제종길

을 걸으며 그 소망이 이뤄지길 간절히 빌었을 것이다. 이제 일반인도 자유롭게 볼 수 있다는 꿈이 이루어졌지만, 대다수가 사망하고 남은 이들도 고향으로 돌아갈 수 없다는 사실이 마음을 무겁게 한다.

예술제에서도 물리적 이동과 제도적 제약은 해소되었지만, 여전히 이곳에 남아 있는 사람들은 자유롭게 다닐 수 없다. 이곳을 찾는 사람들이 섬에 머물렀던 환자들의 상황을 이해하며, 섬의 자연과 역사적 유적을 살펴보려 한다는 점을 잘 알고 있기에, 이런 방문객을 맞이하기 위해 작가들은 작품을 준비하고 있다.

예술제를 준비하는 사람들은 시작하기 3년 전부터 그러니까 2007년부터 이 섬을 방문해 이곳 주민들과 대화했다. 주민들은 이 섬과 이곳에 살았던 사람들을 기억해 주는 작품을 부탁하며 작품 전시를 수락했다고 한다. '맹 큐(Meng Qu)'의 2021년도 박사 학위 논문 자료에

고노이케 도모코(鴻池朋子)의 설치 작품 중 하나로, 테이블 위에 나열되어 있어 이 사진에서는 볼 수는 없다. 이 수용 시설인 '오시마 세이쇼엔(大島青松園)'의 이야기를 담고 있다. 벽에 있는 그림 중에 '이야기하는 황금돼지(物語る金の豚)'가 이 작가의 작품이다. 사진_제종길

따르면 오시마의 방문객 수는 다른 섬과 비교해 너무나 적었다. 2010년에 나오시마는 방문객이 29만 명 이상, 이누지마는 8만 명 이상이 방문했지만, 이 섬에는 고작 5천여 명이 다녀갔다. 고무적인 것은 2019년에 이전 회차보다 두 배 이상 늘었다는 점이다.

함께 볼 작품들

* **시오사이**(潮騷, 파도 소리) _ 한센병 작가 '요시야마 야스히코(吉山安彦)'의 작품이다. 예술제 출품작은 아니나 사회교류센터에 전시되고 있었다. 작가는 17세에 발병하여 시설에 격리되면서도 긍정적인 생활을 하려고 그림을 독학했다. 24세부터 71년 동안 그림을 그렸으니 현재 나이는 95세다. 주로 고향을 그리워하며 문어, 물고기, 조개 그리고 해변 등을 많이 그렸다.

* **아오조라 스이조구칸**(靑空水族館, Blue Sky Aquarium), os01 _ 얼기설기 얽힌 철봉에 어디에도 갈 수 없는 상황에 놓인 인어가 눈물을 흘리고 있다. 입소자들의 안타까운 상황을 대변한 것이리라. 생물들을 잘 수집해서 배치했으며, 강렬한 색감으로 표현했다. 마치 우리는 여전히 생존하고 있다고 이야기하는 듯하다.

* **N상노진세이 오시마 나나주넨**(Nさんの人生·大島七十年, N씨의 인생·오시마 칠십 년), os03 _ 다시마 세이조의 작품으로, 제목이 심상찮다. 부제는 우리말로 '목제 변기의 방'이다. 실제로 보면, 이 방은 한 사람이나 한 가족이 사용한 공간이 아니라, 여러 사람이 함께 쓴 방이다.

* **해협의 노래**(海峡の歌), os07 _ 야마가와 후유기의 작품. 건너갈 수 없는 바다를 바라보며, 그가 살아온 길을 벗어나려던 심정을 담았다.

***고에노쿠사비**(声の楔), os13 _ 섬에 살았던 사람들의 목소리를 모아 둔 설치 작품이다. 온실 바깥에는 낡고 찌그러진 스피커와 라디오가 놓여 있다.

17 **쇼도시마**, 나오시마와는 다른 지역 중심 예술 섬이 될 수 있다

세토우치의 쇼도시마 예술 여행. 세토우치 트리엔날레에서 눈에 띄는 섬인 쇼도시마는 방대한 면적과 함께 다양한 음식 문화, 풍부한 해산물, 그리고 흥미로운 예술 작품들이 가득하다.

두 번째로 큰 섬

세토우치 트리엔날레 행사가 열리는 지역을 방문할 날을 꿈꾸면서 늘 주목한 섬이 '쇼도시마(小豆島)'였다. 다른 섬들과 비교가 안 될 만큼 규모가 크고, 뚜렷한 문화적 특성과 함께 자살한 매력적인 요소가 가득해 보였기 때문이다. 섬의 면적을 보면 약 153㎢로, 이제까지 본 섬들 중 가장 커 보였던 나오시마(14.2㎢)와 데시마(14.5㎢)를 비교하면 그 규모를 상상할 수 있다. 조금 걷고 한두 번 버스를 타고 이동할 수 있는 면적이 아니었다. 단연 예술제 섬 중에서는 월등히 크고, 전체 세토나이카이에서도 두 번째다. 나오시마를 세 번 방문한 경험을 가지고는 추측할 수 없는 뭔가가 있을 거라 확신했다.

못 보고 온 것이 너무 많다

2022년 가을 예술제가 열리는 세토우치로 출발하기 전에 관광 안내서를 다시 읽어 보니 쇼도시마는 물산이 풍부하여 음식이 다양하고, 좋아 보이는 숙소도 있어 이틀을 머물자고 일행을 설득했다. 하지만 계획한 일정에서는 무리라는 의견이 나오고, 기대했던 숙소의 예약도 불가능했다. 예산 문제도 뒤따랐다. 11개 섬을 오가며 대중교통을 이용해야 하는 처지에서 다카마쓰만큼 이점이 많은 장소는 없었다. 중심에서 멀어지면 시간과 경비가 낭비된다는 결론을 내리고, 마침내 쇼도시마에서 머무는 것을 포기했다. 지금 와서 생각하면 내가 더 우겼어야 했는데 하고 후회하고 있다. 글을 쓰면서도 그 문제를 생각할 때마다 '이틀만 더 머물렀더라면' 하고 되뇌이게 된다. 짐작하겠지만 못 보고 온 것이 많아서다.

히시오, 올리브, 쓰쿠다니, 소면, 문어, 돌

이곳 쇼도시마의 자랑은 첫째 '장'이다. 뭐니 뭐니 해도 장맛 하면 쇼도시마를 으뜸으로 친다. 일식에서 맛을 좌우하는 중요한 요소가 간장인데 일본에서는 일반 간장인 '쇼유(醤油)'와 쇼도시마의 '히시오(醬)'로 나눈다. 섬 이름에 '콩 두(豆)'가 들어간 것도 흥미롭다. 어쨌든 농수산물이 풍부한 이 섬의 음식을 주목할 만하다. 지역 주민들이 쓴 소개서에 따르면 대표 음식 세 가지는, '히시오', '올리브' 그리고 히시오를 기반으로 해조류를 졸인 조림인 '쓰쿠다니(佃煮)'를 꼽았다. 주민이 선정했고, 사정을 잘 모르긴 해도, 외지인 입장에서 두세 가지를 더 꼽자면, 소면과 문어 요리도 빠뜨릴 수 없다.

장의 고장 '히시노후루사토(醬の郷)'에는 마을 자체가 장 공장으로 이루어진 것 같으며, 거리를 지나가면 약간 달콤한 냄새가 위를 자극할 정도였다. 큰 공장 한 곳에서는 여러 가지 기념품과 함께 '장 아이스크림'도 판매하고 있었다.

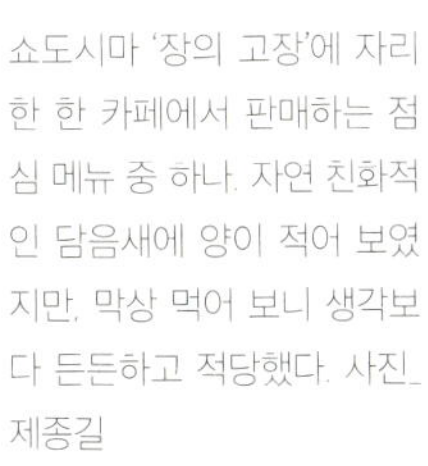

쇼도시마 '장의 고장'에 자리한 한 카페에서 판매하는 점심 메뉴 중 하나. 자연 친화적인 담음새에 양이 적어 보였지만, 막상 먹어 보니 생각보다 든든하고 적당했다. 사진_제종길

또 올리브를 강조하는 것은 다분히 이곳이 '지중해'로 불리는 점과 관련이 있으며, 그 중심인 쇼도시마를 강조하기 위한 정책적인 홍보가 아닌가 한다. 그 뿐만 아니라, 이 섬에서 생산되는 '돌'도 유명하다.

주꾸미, 낙지, 돌문어

섬에서는 해산물이 중요할 수밖에 없다. 섬이 크고 해안선이 복잡하며 크고 작은 만이 많다 보니, 해안에 따라 특산물이 달랐다. '히라노 기미코(平野公子)' 등 지역 주민 19명이 쓴 섬 소개서인 〈오이데요, 쇼도시마(おいでよ, 小豆島, 쇼도시마로 오세요)〉(2016)에서는 "남쪽 바다는 잔잔하고, 동쪽은 거칠고, 북쪽에는 작은 섬들이 많다."라고 했다. 또 "섬의 명물은 문어(島名物はタコ)"라고도 덧붙였는데, 이 섬의 해안에서는 이 연재에서 문어라고 칭한 '주꾸미(イイダコ)' 외에도 '낙지(テナガダコ)'와 '돌문어(マダコ)'까지 세 종류가 나오니, 이는 연안 서식지가 다양하다는 것이 입증된 셈이다. 맛이 각기 다른 문어를 한 곳에서 맛볼 수 있는 곳은 일본에서도 결코 흔한 일이 아니다. 당연히 이외의 다른 수산물도 다양하게 생산될 것으로 짐작된다.

쇼도시마쵸와 도노쇼쵸

앞서 언급했듯이 쇼도시마는 다카마쓰항에서 북동쪽으로 약 20㎞ 떨어져 있으며, 두 개의 '쵸(町)'로 구성되어 있다. 현재 쇼도시마의 인구는 약 2만 6,000명이며, 고령화율은 2022년 현재 43% 정도다. 두 쵸의 인구 규모는 비슷하지만 쇼도시마쵸가 도노쇼쵸보다 약간 많다. 섬 인구 자체는 많지 않지만 조금씩 늘어나고 있다. '맹 큐(Meng

쇼도시마에는 유난히 귀신이나 도깨비 등 괴기스러운 낙서와 그림이 그려진 건물과 벽이 많았다. 사진_제종길

Qu)'의 2021년도 박사 학위 논문에 따르면 2010부터 2019년까지 네 차례 예술제 기간 동안 쇼도시마를 찾은 관광객은 2010년을 제외하고는 나오시마 다음으로 많았다. 당시에는 데시마가 2위를 차지했으나, 데시마와 쇼도시마의 방문객 수 차이는 6만 명이 넘었고, 다음 예술제부터 역전이 되어 계속 같은 추세를 이어 가고 있다. 어쩌면 관광지로서 상당한 잠재력을 지니고 있음을 보여 주는 지표로 보인다. 넓은 면적과 특장점을 잘 활용하면 쇼도시마 역시 나오시마에 못지않을 것이라는 생각도 들었다. 문제는 기획 역량과 적절한 투자다.

항구와 거리에서 만나는 작품들

도노쇼항에서 한국 작가의 작품을 만날 수 있다. 우선, 도노쇼항 중심에 자리한 금빛 올리브 월계관(太陽の贈り物 타이요 노 오쿠리모노, 태양이 주는 선물)이 있다. 한국 작가 최정화의 작품(sd01)이다. 처음 항구에 도착한 사람은 바다에서 육지를 바라보면 뭉클해지고, 항에 서면 다시 꿈의 바다를 마주하게 된다. 월계관 잎사귀에는 섬의 초등학생 100여 명이 바다에 보낸 메시지가 새겨져 있다.

역시 도노쇼항에 있는 한국 작가 김경민의 작품(sd03)인 '후타타비...(再び..., 다시...)'가 있다. 둥근 형상은 해와 달을, 그리고 그 앞의 실루엣은 쇼도시마를 상징한다. 언제나 변하지 않고 이곳에서 여러분을 기다린다는 의미가 있다고 한다.

도노쇼항과 가장 가까운 곳인 '메이로노마치(迷路のまち, 미로의 거리)' 주변에 있는 작품(sd41)으로, 2m 높이의 철로 된 얼굴 모양의 형상이 두 점 있다. 얼굴을 주요 모티브로 작업해 온 작가 스타시스 에이드리게비치우(Stasys Eidrigevicius, 리투아니아/폴란드)의 작품으로 제목은 '잇쇼니/도모다치(いっしょに/ともだち, 함께/친구)'이다. 다르지만 서로 기대는 관계를 잘 묘사했다.

'미로의 거리' 주변에 있는 작품(sd04)으로, 외벽부터 내부까지 온통 흰색이어서 하얀 동굴로 들어가는 것 같은 건물이 있다. 그런데 제목은 의외로 '메(目, 눈)'이다. 있던 집을 변형한 것이라 창도 있고 기둥도 있는데, 창이 눈이라면 우리가 걸어 들어간 공간은 머릿속일까?

구사가베(草壁)항에 설치된 작품(sd50) '우리가 다가가는 해안(辿り着く向こう岸)'은 중국 작가 시앙 양(向阳)의 작품이다. 희망을 안고 다른 해안으로 건너가는 배를 형상화했다. 여러 가지 건축 폐기물로 제작되었

으며, 가옥 내부에는 중국 실내 장식품들이 배치되어 있다.

실제로 사용 가능한 화장실 형태의 작품도 있다. 구사가베항에 설치된 작품 sd21 '돌섬의 돌(Ishi no shima no ishi, 石の島の石)'로, 일본 나가야마 히데유기(中山英之) 건축설계사무소의 작품이다. 돌의 산지로 유명한 쇼도시마의 화강암을 사용했으며, 이 화강암은 오사카성 석축을 쌓는 데에도 쓰인 재료다. 밤에는 가로등 역할을 하면서 조형미를 더해 관광 자원으로서의 가능성도 있다.

'히시노후루사토'에는 '모카 히시오 노 사토(MOCA Hisio no Sato: Hishio-no-sato Museum of Contemporary Art, 醤の郷現代美術館, 히시오노사토 현대미술관)'가 자리하고 있다. 2022년 가을, 프랑스 사진작가 조르주 루스(Georges Rousse)를 초청해 미술관 앞 고가에서 여러 작품을 전시했다. 작품 sd27은 이 전시를 포함한 전체 미술관의 전시를 포함한다.

특이한 헤어스타일의 머리 형상이지만, 정작 머리는 올리브 열매를 닮은 작품도 만날 수 있다. 일본 작가 시미즈 히사가즈(清水久和) 작품 '올리브밭의 리젠트(sd25)'이다. 입 부분은 무인 판매대의 기능을 한다. 작가는 이 작품 외에도 인근에 작품이 하나 더 있는데 근처 창고에서 작품 구상과 제작을 했다고 한다. 이 창고 역시 방문객들이 많이 찾는 장소다. 작품은 2013년에 설치되었다.

택시를 잡아 돌다

여행할 때마다 늘 그랬지만 현지에 도착해서야 현실을 실감하게 된다. 나오시마보다 열 배는 크다는 자료를 보고도, '섬에는 버스 노선도 많고 하니 조금 부족하면 많이 걸으면 되겠지' 하고 안이한 생각을 했다. 어떻게 되겠지 한 것이 결국 낭패를 초래했다. 버스는 생

쇼도시마는 큰 섬답게 볼거리가 많고 다양하다. 우선 마을마다 큰 옛집들이 있고 다 품위가 있었다. 이 건물은 오래된 장 공장인데 탄와목으로 지었음이 분명하다. 근대 산업 유산과 문화청 등록 유형 문화재로 지정하여 관리하고 있다. 사진_제종길

각보다 자주 오지 않았고, 좀 멀리 있는 목적지는 적어도 한 번은 갈아타야 했다. 지도에서 이웃한 장소의 설치 작품을 보러 가는 데에도 최소 20~30분은 걸렸다. 주 항인 도노쇼항과 '미로의 거리' 주변을 보는 것만으로도 거의 반나절이 소요됐다. 섬 전체에 38개의 작품이 흩어져 있고, 구역을 크게 나누어도 산중 작품을 제외한 곳만 여섯 곳이었다. 애초에 작품을 다 보는 것은 불가능했다. 항에서 남쪽 해안을 따라 버스를 타고 차근차근 접근해 보자는 생각으로 움직였지만, 반도에 있는 작품들은 아예 보지도 못한 채 사가테항 주변 작품을 보고 나니 어느덧 오후 3시가 되어 있었다. 난감했다. 음식을 즐길 여유도 사라졌다. 그래도 작품이 가장 많은 반도인 '미토한토(三都半島,

항으로 되돌아오는 길에 휴대폰으로 찾아보니 책방이 가까이 있었다. 시간에 쫓겼지만 잠시 들러 마음의 휴식을 취했다. 사진_제종길

미토 반도)'를 놓칠 수가 없어 가려는데, 버스로 가면 해는 저물고 말 것이고 육지로 가는 배도 놓칠 참이었다. 바로 택시를 잡아 반도를 포함해 나머지 길을 안내해 달라고 요구했다. 아쉽지만 탁월한 결정이었다. 서둘러 이동한 덕분에 항에 도착하고 보니 오히려 시간이 조금 남아서 섬의 동네 책방까지 들렀다. 당시로서는 유일한 위안이었다. 마음의 안식처인 책방에서 짧은 시간이지만 책 구경과 차 한잔으로 쌓인 피로를 풀었다.

후구다에 있는 다섯 작품

쇼도시마에서 끝내 방문하지 못했던 두 곳이 있다.

하나는 섬의 동북쪽 끝에 있는 마을 '후구다(福田)'이다. 이 지역에는 다섯 작품(sd 10, 34, 35, 52, 53)이 설치되어 있는데, 모두 '후구다케 하우스(福武ハウス)'와 연계된 것으로 보인다. 이름에서 알 수 있듯이 '후구다케 재단'에서 관여하고 있다. 2013년부터 폐교된 후구다초등학교를 무대로 시작한 이 프로젝트는 지역과 글로벌을 동시에 초점을 맞춰 '아시아 갤러리', '음식 프로젝트', '아시아 아트 플랫폼' 등을 전시하고 있다(2022년 예술제 보고서에서 인용).

'구원'을 말하는 세 작품

쇼도시마에는 세토나이카이의 최고봉인 해발 817m의 산 '호시가죠산(星ヶ城山)'이 있다. 이 산줄기를 따라 일본 3대 계곡 중 하나인 '간가케이(寒霞溪)'와 후구다의 산중 그리고 또 다른 산인 나가야마(中山)에 일본, 한국, 대만 작가들이 각각 한 점씩 특출한 작품을 올려 놓았다. 일본 작가 '아오기 노에(青木野枝)'는 쇠로 된 링으로 만든 구슬 형태의 '소라노다마(空の玉)(sd54)'를 선보였고, 한국의 이수경은 큰 황금빛 돌로 '그곳에 있었다(そこにいた)'(sd55)를 만들었다. 그리고 대만 작가 '왕웬치(王文志)는 거대한 대나무 구조물로 '제로(Zero)'(sd44)를 만들었다. 서로 다른 재질로 작품을 완성했지만 세 작품이 일맥상통하는 점이 있어 보였다. 한 단어로 말하자면 '구원'이다.

음식 맛보기는 다음에

쇼도시마에는 계승되어 내려오는 전통 축제와 풍습들이 적지 않

일본에서 일반적으로 간장을 '쇼유(醬油)'라고 부르지만, 쇼도시마는 '히시오(醬)'라고 한다. 일반 간장과는 사용하는 누룩이 달라 맛과 제조법에도 차이가 있다. 쇼도시마는 '히시노후루사토(醬の鄕)', 즉 '히시오의 고장'으로 불리며, 간장 공장이 모여 있는 동네 이름도 같은 이름을 사용한다. 사진은 이곳에서 가장 큰 공장의 도로변 외벽이다. 사진_제종길

다. 이러한 요소들이 섬의 자연환경, 그리고 현대 미술과 조화를 잘 이룬다면 경쟁력 있고 지속이 가능한 독자적인 예술제로도 발전할 가능성이 충분해 보인다. 이 섬에서 실제로 일어나는 일들을 잘 살펴보고, 지역 주민들과 작가들이 경험한 장단점을 배우며, 문제를 최소화할 수 있는 접근 방식을 찾아낸다면 우리가 얻을 교훈이 많을 것이다.

작품 감상에 시간을 다 써 버린 탓에, 정작 지역 음식 맛보기는 다음으로 미룰 수밖에 없었던 점이 못내 아쉬움으로 남는다.

함께 볼 작품들

* **앵거 프롬 더 바텀**(Anger from the Bottom), sd31 _ 괴기스러운 모습이긴 하지만 자연을 아낀다고 하니 귀엽게 보인 작품이 있다. 2013년에 설치되었으며, 지붕 아래 설치된 조형물에 주목해 보면, 우물 속에 살던 괴물이 인간의 자연 파괴에 분노하고 있는 모양이다. 작품 sd51과 함께 사가테항 주변에 자리하고 있다.

* **히토쿠사야도가리**(ヒトクサヤドカリ), sd45 _ 아이디어가 좋아서 감탄이 절로 나온 작품이다. 오래된 주택을 고둥껍데기처럼 삼아 그 안으로 들어간 집게를 형상화한 작품인데, 제목이 의미심장하다. 류큐 창세 신화에 인간의 기원으로 등장하는 집게에서 착안했다. 이름 앞부분의 '히토쿠사(人草)'는 풀처럼 사람들이 번성하라는 의미가 있다고 했다. 그러니 빈집 속에 집게를 넣어 놓은 의미를 생각해 보자.

* **다이다라우루토라보우**(ダイダラウルトラボウ), sd46 _ 미토 반도 끝의 동쪽에서 작품 sd10을 본 뒤 언덕을 넘어 서쪽 해변으로 향하다가, 정상에서 막 내려서면 오른쪽에 나무 거인이 다리를 펴고 앉아 마을과 세토나이카이를 바라보고 있다. 마을 돌담에서 돌을, 그리고 폐선박의 자재와 흘러들어 온 목재를 활용해 만들었는데, 높이 9m에 길이는 17m나 된다. 옛날을 그리워하는 듯한 표정이 인상적이다. 2022년에 설치된 작품(sd46)으로, '이토 토시미쓰(伊東敏光)+히로시마대학교 예술대학'이 공동으로 작업했다. 제목이 거인의 이름을 연상시킨다.

* **천국 수용소-천국의 지시**(Utopia dungeon-Command from Utopia), sd49 _ 목조 건물인 민가를 고쳐 조각가의 작업 공간으로 재생한 모습을 한눈에 보여 주는 작품이다. 일본 작가 '다나가 케이스케(田中圭介)'의 작품이다. 자연과 사람들을 그리워하며 작업에 몰두하는 상태는 천국이자 동시에 감옥인 것이다.

18 **샤미지마**, 땅의 역사가 숨 쉬는 섬

지금까지는 다카마쓰항을 기준으로 동쪽 7개 섬을 다뤘고, 여기서부터는 서쪽 5개 섬을 찾아간다. 그 첫 번째로 다카마쓰항에서 보자면 가장 가까운 샤미지마의 역사와 문화, 예술 작품을 살피고, 다카마쓰항과 우노항 주변의 예술 작품들도 바라 본다.

다카마쓰항을 기준으로 서쪽 다섯 섬들

샤미지마(沙弥島)를 시작으로 세토우치 트리엔날레가 열리는 열두 개 섬 가운데 서쪽 다섯 개 섬을 소개하고자 한다. 예술제 참여 작품 수와 방문객 규모, 시설 등의 비중으로 볼 때 동쪽의 일곱 개 섬이 압도적이어서 그런지 서쪽 다섯 개 섬을 소개할 때는 다카마쓰항과 우노항을 묶어 다룬다. 하지만 섬 다섯 곳과 두 항구 지역은 서로 연계가 많지 않다. 그냥 비중 맞추기이다.

다카마쓰항과 우노항은 동과 서쪽 섬의 경계라고 할 만큼 동쪽 섬의 가장 가장자리에 있다. 그런 의미에서 이 두 항을 서쪽 섬과 함께 소개하는 데에도 큰 이견은 없을 것이다. 하지만 두 항에서 배로 갈 수 있는 서쪽 섬은 한 곳도 없다. 섬들은 다카마쓰항을 기준으로 가

사가이데시의 옛 지도. 샤미지마가 시의 서쪽 해안으로부터 떨어져 있는 섬이었음을 뚜렷이 볼 수 있다. 사진_다카마쓰번(高松藩) 군용 지도, 아노군 북부 지도(阿野郡北絵図), 공익재단법인 가마다 공제회 향토 박물관 소장(公益財団法人 鎌田共済会郷土博物館所蔵)

까운 곳부터 차례로 소개하고자 한다.

샤미지마는 엄밀히 따지면 1965년 이후 산업 단지 조성을 위한 매립으로 육지와 연결되어서 더 이상 섬은 아니다. 그럼에도 예술제에서는 여전히 섬으로 호칭하고 있기에 이 글에서도 그대로 이름에 섬을 붙이기로 한다. 숙소가 있는 다카마쓰에서 동쪽 섬들을 다닐 때는 항에서 배를 타면 바로 목적지 섬에 도달할 수 있었지만, 샤미지마부터는 일차 이동 수단이 열차였다.

미술가와 지역 전문가의 대담

2022년 예술제 공식 안내 책자에는 미술가 '난조 요시다케(南条嘉毅)'와 지역 전문가 '하마모토 토시히로(濱本敏広)'가 샤미지마에서 '땅의 역사를 추적하며(土地の歴史を掘る)'라는 주제로 대담한 내용을 실었다. 섬을 소개하는 데 가장 잘 정리가 될 것 같아 대담 내용을 다음과 같이 요약 정리했다.

"해안이나 농지에서 석기와 토기가 많이 출토되었으며, 파도에 마모되지 않은 수천 년 된 깨끗한 것도 나왔음. 코끼리 상아도 나와 오래된 지층이 있을 것으로 추정하고 있음. 해안에서는 파도가 거칠어질 때 유물들이 노출되었음. 사가이데(坂出)시의 시사에는 바닷물이 세토나이카이에 들어오기 전인 2만 년 전의 역사도 기록되어 있음. 지금은 섬이지만 그 이전엔 전체가 육지였던 때도 있었음. 해안선이 전진과 후퇴를 거듭했으니 지금 섬의 형태라는 것도 한순간의 모습임. 요즈음에는 해수면 상승이 일어나는 것을 주민들이 알고 있음. 화강암의 풍화 등으로 섬의 풍광이 지속해서 변하고 있음. 에도시대엔 봉화와 염전이 있었는데 그 자리에 '아케시소우(アッケシ草, 퉁퉁마디)'

가 군락을 이루고 있음. 이 식물의 DNA를 분석한 결과 한국에서 온 것으로 파악됨. '시오구쇼도(塩飽諸島)'는 세토나이카이에 있는 섬들을 가리키는 명칭으로, 오카야마현과 가가와현에 속한 크고 작은 28개의 섬(예술제 섬 중에 샤미지마를 비롯한 서쪽 섬들이 이부키지마를 제외하고 모두 포함됨)을 포괄하는 제도임. 이 섬들에는 조선과 해운에 전문 역량을 가진 주민들이 살았음."

통통마디는 아마도 임진왜란 이후에 이곳의 선박들이 조선과 왕래하면서 유입되었을 가능성이 크다. 샤미지마는 연육되기 전까지 육지에서 약 4㎞ 떨어져 있었으며, 면적이 0.28㎢에 불과했다.

좁은 해역 위에 놓은 긴 다리, 세토대교

샤미지마의 앞바다는 '비쇼세토노카이(備讃瀬戸の海)', 즉 비쇼세토의 바다인데 세토나이카이에서 가장 좁은 해역에 해당한다. 이 구간에는 시코구에서 혼슈 연안까지 여섯 개의 작은 섬들이 열 지어 있었다. "다리를 놓는다면 바로 이곳"이라는 생각이 자연스럽게 들 만한 지형이다. 그래서 그랬는지 실제로 1988년 개통한 '세토오하시'가 바로 이들 섬을 잇는 방식으로 건설되었다. 샤미지마는 이미 육지로 연결된 뒤였지만, 시코구 쪽으로 가장 가까운 곳이어서 교량의 종점이 되었다. 주변 매립지에서 바라보는 대교는 멋진 풍경이 되었으며, 일대에 기념 공원과 기념관, 미술관도 생겼다. 예술제 역시 2013년부터 이 일대에 작품을 설치하기 시작했다. 서쪽 해변인 '니시노하마(西ノ浜)'는 전국 100대 해수욕장 중 하나에 들 만큼 관광지로서의 면모도 갖추게 되었다. 그래서 이 섬은 한때 연간 수백만 명이 찾는 관광지였지만, 현재는 다소 줄었다. 그럼에도 2024년 기준으로 주민 수는

45세대 85명으로, 섬이 연육된 이후에도 인구 감소가 크지는 않은 편이다.

소라고둥 같은 초록 동산의 편안함

사가이데역에 내려 샤미지마까지 버스로 이동했다. 이슬비가 내려 불편했지만, 촉촉한 대지와 생기 넘치는 녹음을 바라보니 느낌이 싱그러웠다. 마을 초입에 들어서자 소라고둥 같은 초록색 동산이 눈에 들어왔다. 편하게 오르내릴 수 있는 아이들 놀이터 같았다. 어른들에게도 자극을 주어 동심을 이끌어 내는 묘한 매력과 편안함이 있었다. 동산에 올라 꼭대기에 서서 내려다보니 앞쪽에 포구가 보이고 작은 어선들이 여러 척 정박해 있었다. 평화롭기도 하고, 작지만 포구를 남겨 둔 것이 주민들에겐 참 다행이라 싶었다. 굳이 고향을 떠나지 않아도 되고, 결코 버릴 수 없는 바닷일을 때때로 이어 갈 수 있으니 말이다.

샤미지마에 있는 작품은 모두 네 곳에 분산되어 있다. 가운데 동산을 제외한 세 곳 중 동산에서 제일 멀리 있는 곳—세토대교를 가장 가까이 볼 수 있는 지점—을 먼저 걸어가다 보니, 다른 두 곳이 있는 곳과 마을에서 한참 떨어진 또 다른 한 곳 중 하나를 선택해야만 했다. 결국 마을 뒤편의 작품 둘을 포기하고, 작품 소속은 다카마쓰(tk)이지만 지도상으로 사가이데시에서 가까운 '세토나이카이 역사 민속 자료관(瀨戸内海歷史民俗資料館)'으로 향했다. 해안 도로와 산길을 굽이굽이 돌아 산중에 외롭게 서 있는 이 독특한 바다 세토나이카이의 해양 문화의 보고를 어렵사리 찾아갔다. '이곳을 과연 누가 찾아올까?' 하는 생각이 스쳤지만, 막상 도착하고 보니 정말 잘한 선택이라는 확

아직도 매립지에는 어선들이 정박에 있는 포구가 있어 어촌의 정취를 느낄 수 있었다. 사진_제종길

바다 위를 가로지르는 다리가 세토오하시이다. 인근 기념 공원에는 여러 가지 시설이 있어 관광객과 행사 참여자들을 수용할 수 있는 기반을 갖추고 있다. 사진_제종길

신이 들었다. 어느새 저녁노을이 짙어지고, 시내로 가는 마지막 버스 시간이 우리를 재촉했다.

세토우치 지방에서 바다로 나가는 문

앞에서 잠시 언급했듯이, 우노항과 다카마쓰항은 동편에 속하지만 서편 섬들과 함께 묶어 보면 지리적으로는 가장 동쪽에 치우쳐 있다. 다카마쓰시는 항구만이 아니라 시 전체에 예술제 작품이 분포해 있는데, 그 수만 해도 16개나 되었다. 시코구에서 가장 큰 도시라는 점은 이미 소개가 되었고, 항의 여객 수송량이 연간 270만 명에 달하는 다카마쓰항은 일본에서 네 번째 규모를 자랑한다. 가까운 곳에 철도역과 버스 터미널이 있고 공항도 멀지 않아 섬 예술제 주관 도시로 최적의 조건을 갖추고 있다.

이번에는 시내 야시마에 있는 '다카마쓰시 야시마산상 교류 거점 시설 야시마루(やしまーる, 야시마풍)'(tk22)와 다카마쓰항 주변에 설치된 몇몇 작품을 소개하고자 한다. 이곳은 오시마(大島)와 관련된 장에서 소개한 '겐페이 갓센(源平合戦)'의 전투가 일어난 현장으로, 화가 '호시나 토요미(保科豊已)'의 길이 40m, 폭 5m에 달하는 거작(tk23)인 '야시마에서의 한밤의 꿈(屋島での夜の夢)'이 설치되어 있었다. 하지만 아쉽게도 이번 답사에서는 입구 현판만을 보고 왔다.

그 밖의 작품들은 기존 건축물이거나 미술관 또는 박물관 등—'가가와현 현립 뮤지엄', '다카마쓰시 미술관', '시코구무라(四国村) 뮤지엄'—이 있었으며, 이 가운데 가까운 해양과 가장 관련 깊은 '세토나이카이 역사 민속 자료관(Seto Inland Sea Folk History Museum)'을 방문하고 소개하려고 한다. 이렇게 뮤지엄과 미술관도 하나의 작품으로 예술제

다카마쓰시 야시마 정상부에 있는 교류 거점 시설인 '야시마루'이다. 산중에 굴곡진 지붕을 가진 이 공간은 다양한 형태의 모임이나 행사를 할 수 있게 설치되어 있다. 작은 전시 공간도 여럿 있었다. 사진_제종길

1973년에 설립된 '세토나이카이 역사 민속 자료관'(tk25). 건축가 '야마모토 다다시(山本忠司)'가 설계한 것으로, 1975년 일본건축학회에서 작품상을 받았다. 세토우치 11개 부현 전역에서 수집한 해양 문화와 어업 자료 및 유물 1,000여 점을 전시·연구하는 시설로, 국가 중요 유형 민속 문화재로 지정되어 있다. 사진_제종길

세토나이카이 역사 민속 자료관에 전시된 문어잡이용 단지(위)와 어선(아래). 사진_제종길

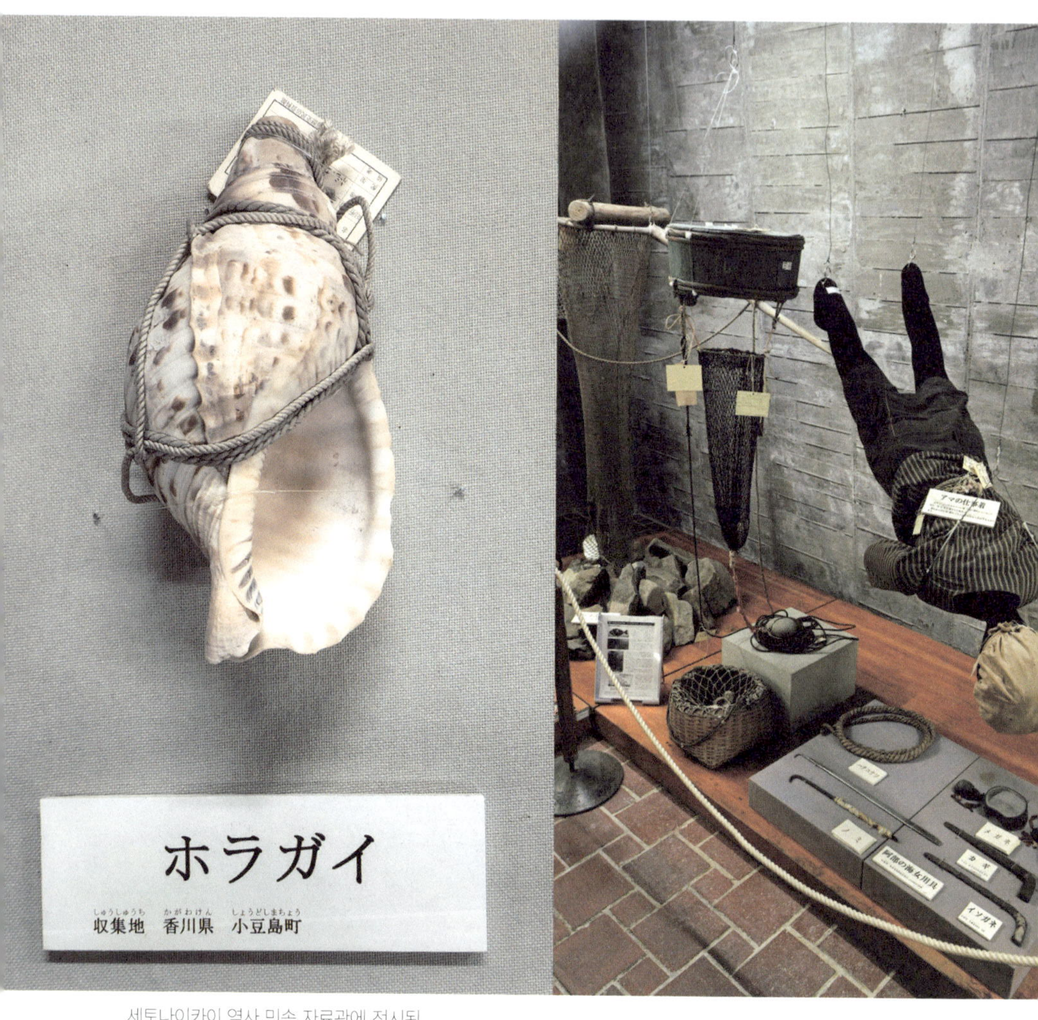

세토나이카이 역사 민속 자료관에 전시된 '호라가이(ホラガイ, 나팔고둥)'로 만든 나팔. 이 종은 주로 아열대 해역에 서식하는데 이 표본은 쇼도시마 인근에서 채집된 것이다. 사진_제종길

잠수 어업을 하는 해녀 등도 자료관에 전시되어 있다. 사진_제종길

에 참여하는 것도 눈여겨 볼 만하다. 나는 나오시마와 다까마쓰에 있는 몇 곳을 가 보기 위해 2025년 11월이 지나가기 전에 부랴부랴 와서 보고 갔다.

다카마쓰항에는 넓은 공간이 있어 항을 오가는 사람들에게 편리함을 제공한다. 이곳에는 근처 고층 빌딩에서 도로를 밟지 않고 오도록 해 놓은 2층 고가도로가 있어, 작품을 설치하고 항을 보는 데 좋은 장소가 된다.

우노항, 옛 시절의 영화를 다시 꿈꾸며

한편 혼슈 쪽에서 예술제로 들어오는 관문이라고 할 수 있는 오카야마현의 우노항 지역에도 모두 열 곳에 작품이 설치되어 있으며, 그중 항 주변에 여섯 작품이 집중되어 있다. 한때 조선, 철강, 소금 산업이 번창했던 곳인데, 항 주변 상가에 그 옛 시절을 재현해 놓아 둘러보는 재미가 있었다.

다시 지역이 살아나길 소원하는 프로젝트인 '우노코마치나가 프로젝트(宇野港街中プロヅェクト)'에는 다섯 작품이 참여하고 있다. 또한 이탈리아/오스트리아 작기 '에스테르 스토커(Esther Stocker)'는 우노항으로 오는 철도 노선인 'JR우노미나토센(JR宇野みなと線)'을 제목으로 한 예술 프로젝트(un05)를 선보였다.

우노항은 나오시마와 그 이웃 섬들로의 접근성은 양호하나, 항 주변 교통 시설이나 숙소 등은 다카마쓰와 비교가 되지 않을 정도로 적었다. 그럼에도 불구하고 육지의 활기를 섬으로 불어 넣는 역할을 톡톡히 해내고 있었다.

오카야마역에서 우노항까지 다니는 열차. 노란색이 푸른 하늘과 너무나 잘 어울린다. 사진_제종길

함께 볼 작품들

* **계층, 단층, 층**, sm01 _ 납작한 소라고둥을 닮은 탑 모양의 작품. 전 소련 출신으로 현재 이스라엘에서 활동하는 작가 '탄야 프레민거(Tanya Preminger)'의 작품으로, 높이는 6.5m이다. 편하게 걸어 오를 수 있도록 길이 나 있고, 오르면서 주변 경관을 살펴볼 수 있다.

우노항 일대에는 재활용과 재생을 주제로 한 작품들이 많은데, 이에 맞춰 기획된 예술제 전용 쓰레기통이다. 사진_제종길

* **팔인구각**(八人九脚), sm10 _ 일본 작가 후지모토 슈조(藤本修三)의 작품이다. 여덟 명이 함께 앉을 수 있는 의자와 두 사람이 마주 보며 앉는 의자가 나란히 놓여 있다. 두 의자 모두 흰색에 밝고 깨끗한 줄무늬를 지녀 푸른 바다 그리고 다리와 잘 어울렸다.

* **리미널 에어 코어**(Liminal Air -core-), tk01 _ 다카마쓰항에 들어서면 가장 먼저 시선을 사로잡는 두 개의 거대한 기둥이 있다. 항을 대표하는 작품으로, 일본 작가 '오마키 시진(大巻伸嗣)'이 만늘었다. 일핏 보면 색동무늬 갇기두 하나 분명한 것은 바다와 육지의 보이지 않은 경계를 형상화한 듯 보인다.

* **종이 바다**(Paper Sea) _ 예술제 방문객들이 정보를 얻는 일종의 터미널인데, 이 건물의 바다 쪽 입구에 종이로 만든 바다 생물이 가득하다. 일본/미국 작가인 '오다 아사키(Asaki Oda)'의 작품으로, 문을 통과하는 순간 바닷속에 들어온 것 같은 착각에 빠지도록 기대하게 한다.

* **걷는 사람들 은행가, 간호원, 형사, 변호사**, tk03 _ 잘 알려진 작가 줄리안 오피(Julien Opie)의 작품. 항에서 시내로 가는 인도 옆에 설치되어 있어, 이동 중 잠시 발걸음을 늦

추고 작품을 감상하며 걸을 수 있어 좋았다.

* **기다리는 사람/우쓰미씨**(待つ人/内海さん), tk04 _ 다카마쓰역 옆 시외버스 터미널 벽에 설치된 작품으로, 도드라지지 않아 작품 옆에 서 있다가 깜짝 놀랐다. 안내 간판이 있었는데도 말이다. 일본 작가 혼마 준(本間純)의 작품이다. 수줍게 손님을 기다리는 섬사람들의 겸손함이 전해졌다.

* **JR우노미나토센** _ 종점이 우노항인 열차. 작품 속에 등장하는 흑/백의 열차와는 달리 실제 운행 열차는 노란색이다. 2016년 작품으로, 여러 역을 오가며 감상하는 작품이다.

* **종점 앞으로**(終点の先へ), un03 _ 거꾸로 매달린 자전거 역시 하나의 작품이다. 일본 작가 오자와 아쓰시(小沢敦志)의 작품이다. 렌트 바이커인데, 우노항이 있는 다마노시에서 버려진 자전거와 쇳조각을 활용해 예술적으로 재생했다. 우노항을 통해 예술제에 간다면 이 자전거를 이용해 보기를 권한다.

19 시와구 제도의 중심 섬인 **혼지마**의 유산

시와구쇼토의 중심 섬 혼지마. 자치권을 가진 수군의 거주지였던 역사, 국가가 지정한 채석장, 능숙한 항해 기술 등 혼지마의 독특한 역사와 문화를 찾아간다.

남쪽에서 바라본 혼지마 전경. 조류가 센 바다라고는 하지만 우리가 가는 날은 너무나 평온했다. 사진_제종길

혼지마의 도마리항. 왼쪽 멀리 보이는 마을까지가 도마리 마을이다. 항 주변에 있는 작품은 모두 아홉 점이 설치되어 있으며, 그중 일곱 점은 'ho05'로 분류된 작품이다. 모두 집이나 가게의 처마 끝에 작은 판을 달아 옛 전설이나 추억을 그려 놓은 형식이다. 사진_제종길

마루가메항의 대합실에 설치된 지역 어린이들의 작품으로 보이는 일종의 설치 미술이다. 왼쪽 위에는 '세토나이카이는 우리 모두의 보물'이라는 문구가 적혀 있다. 미술 활동을 통해 바다 보전 교육이 훌륭하게 이루어진 것 같다. 대합실에 들어서는 순간 마치 수족관에 들어와 있는 기분이었다. 사진_제종길

瀬戸内海
丸亀港
瀬戸内海は
みんなの宝物

제법 큰 건물, 잘 정렬된 야자나무 가로수

지명에 '혼(本)'이 들어가면 웬지 중심이라는 생각이 든다. '본도'라는 섬 이름을 처음 우리말로 접했을 때도 범상찮은 섬일 것이라 생각했다. 우리나라에서도 '본동'이라는 지명은 대개 지역의 중심지이거나 처음 동네가 시작된 행정 구역을 지칭한다고 알고 있다.

마루가메(丸亀)시의 항에서 약 10㎞ 떨어진 혼지마까지는 제법 큰 여객선을 타고 30여 분이 걸렸다. 섬의 주 항인 도마리(泊)항을 들어서기 전부터 이미 선입관이 생겨 뭔가 다를 것이라는 기대에 충만했다. 다가서면서 보니 마을은 단정하고 품위 있어 보였고, 섬에서는 보기 드문 큰 관공서 같은 건물들도 있었다. 야자나무 가로수도 잘 정렬되어 있었다. 역시 혼지마!

섬 동편에 세 동네

그러나 막상 섬을 걸어 다니면서 작품을 감상하다 보니 돌아갈 배 시간을 염두에 둘 수밖에 없어 마음이 바빴다. 작품 설명 해설자가 안내하는 이야기조차 머릿속에서 제대로 정리하지 못한 채 섬을 떠나야 했다. 어쨌든 혼지마가 다른 섬들과는 확연히 격이 다르다는 인상만은 분명했다.

섬에 전시된 작품은 모두 동편에 있는 세 마을—도마리, 고쇼(甲生), 가사시마(笠島)—에 있었는데 서로 가까웠다. 그중에서도 가사시마는 오래된 양반가 집성촌을 떠올리게 할 만큼 집과 마을 길이 깔끔하고 잘 정리되어 있었다. 마을 입구의 입석에는 '시와구혼지마쵸 가사시마 전통 건축물 보존 지구(塩飽本島町笠島伝統的建造物群保存地区)'라고 적혀 있었다. 국가가 지정한 중요 사적지임을 알리는 표시였다.

가사시마 마을 입구. 국가가 지정한 보존 지구로, 보존 대상은 마을의 건축물들이다. 마을 안에는 미로처럼 여러 갈래의 골목이 이어지고 길가에서 보이는 창의 디자인이나 흰 벽 등이 특이했다. 사진_제종길

소금 생산 방식과 빠른 조류

현지에서도 그랬지만, 돌아와 원고를 준비하면서도 '혼지마면 혼지마지 왜 굳이 시와구혼지마일까' 하는 의문이 계속 남았다. 섬에서 본 각종 지명에도 혼지마보다는 시와구를 붙여 표기한 것이 훨씬 많았다. 혼지마가 '비산쇼토(備讃諸島)' 서쪽에 위치한 시와구쇼토(塩飽諸島) 28개 섬 가운데 하나인 것은 알고 있었지만, 왜 유독 이 섬에만 그 이름이 붙었는지는 쉽게 이해되지 않았다. 그러다가 글을 쓰며 가사시마의 고급 주택 단지와 혼지마의 '혼(本)'의 의미를 엮어 생각하다 보니 다 연결이 되었다. '쇼토'는 여러 섬이 모여 있는 제도를 뜻하는 말이다. 혼지마를 비롯하여 이웃한 여러 섬인데, 지도에서 보는 것과 같이 좁은 수로에 몰려 있으니 조류가 빠를 수밖에 없다. '시와구'라

세토나이카이에서 가장 거친 바다로 알려진 '비산쇼토'의 28개 섬(초록색)을 시와구쇼토(시와구 제도)라 부르며, 이 섬들 중에 혼지마가 중심이다.

는 지명 또한 이 일대의 특이한 소금 생산 방식과 빠른 조류에서 유래했다는 설명이 있다. 결국 혼지마는 시와구쇼토 전체를 대표하는 중심 섬, 말 그대로 '본섬'이었던 셈이다. '다카미지마(高見島)'와 '아와시마(粟島)'는 시와구쇼토에 포함되지만, 서쪽 멀리 외따로 떨어져 있는 '이부키지마(伊吹島)'는 이에 해당하지 않는다.

항해 기술에 능했던 섬 주민들

혼지마는 제도의 중심 섬이었고, 거친 조류에 익숙한 주민들은 기본을 갖춘 수군이 될 수밖에 없었다. 배의 조타에 능한 섬 주민들은 항해 기술을 높이 평가받아, 16세기 전국시대에는 '시와구스이군(塩飽水軍)'으로 불리며 전선의 선원으로 활약했다. 임진왜란을 일으킨 '도요토미 히데요시(豊臣秀吉, 1537~1598년)' 이래, 토지와 자치권을 부여받은 닌묘(人名)를 선정해 이 지역을 관할하는 제도가 생겼다. 전체 섬에 닌묘는 650명이 있었고, 이들로부터 선출된 네 명의 '토시요리(年寄 실무 책임자)'에 의해서 정치와 행정이 행해졌다. 이러한 자치 체제는 메이지 유신(1868년)까지 계속되었다. 토시요리들이 행정 업무를 보던 일종의 관청인 '시와구긴반쇼(塩飽勤番所)'가 지금도 혼지마에 남아 있다.

이렇게 자치권이 인정되자 혼지마를 중심으로 독자적인 역사와 문화가 발전했다. 가사시마에는 권한을 가진 수군들의 주요 거주지이자 조선업의 요지였던 100년이 넘은 주택들이 현재도 다수 남아 있다.

국가가 관리하던 채석장

행정적으로 혼지마는 가가와현에서 두 번째로 인구가 많은 도시인 마루가메시 혼지마쵸(本島町)에 속한 섬으로, 면적은 6.74㎢로 나오시마의 절반보다 약간 작다. 해안선은 비교적 복잡하며, 그 둘레는 16.4㎞나 된다. 해안을 따라 수려한 모래 해안이 발달해 있어 인기 있는 해수욕장이 여러 곳에 자리하고 있다. 섬의 최고봉은 해발 214m의 '코자가야마(小坂山)'이다.

또한 혼지마는 '돌의 섬'으로도 잘 알려져 있다. 이 돌들이 오사카성 등을 축조하는 데 쓰였는데, 채석은 가사시마 마을 뒤편의 '다강

보야마 이시기리쵸바(高無坊山 石切丁場)'라는 산의 채석장에서 이루어졌다. 이 채석장은 역사적 명소로서 일본 유산으로 등재되어 있다. 이렇게 볼 때 세토나이카이에 있는 여러 섬의 돌들이 다 우수했을 것으로 보이나, 이 채석장을 국가가 관리할 정도였다는 점에서 혼지마의 돌이 특별히 뛰어났을 것으로 짐작된다. 특히 예술제 작품 가운데 돌과 채석을 주제로 한 작품이 다섯 점이나 있었는데, 모두 가사시마 마을의 주택 공간에 전시되어 있었다.

여기도 인구 감소가 빠르게 진행 중

혼지마의 인구는 1970년에 1,818명에 달했으나, 여러 기록에 나타난 인구를 살펴보면 2018년에 333명, 2022년에 174세대 292명이었으며, 2024년엔 262명으로 감소한 것으로 나타난다. 특히 2022년 당시 65세 이상 주민이 176명으로 전체의 약 60%였고, 14세 이하 인구는 약 5%에 불과했다. 여러 가지 역사 유산이 많고 자연환경이 좋아 관광객이 자주 찾는 혼시마 역시 고령화와 인구 감소가 빠르게 진행되고 있음을 알 수 있다.

네덜란드 증기선 군함, 칸린

예술제의 작품은 앞서 언급한 것처럼 항구가 있는 도마리를 비롯한 세 마을에 집중되어 있다. 도마리 마을에는 작품 위치를 표시한 점이 아홉 개이지만, 작품 수는 세 개(ho01, ho05, ho06) 뿐이었다. 그 이유는 작품 ho05가 일곱 곳에 나뉘어 설치되어 있었기 때문이다.

작품 ho05는 일본 작가 무라오 가즈코(村尾かずこ)의 '석고 단청 간판 프로젝트(漆喰·鏝絵かんばんプロジェクト)'로, 섬의 전설이나 섬이 번창했

을 시절의 이야기들을 작은 석고판 위에 그림을 디자인하여 민가 처마 밑에 붙여 놓은 프로젝트였다. 도마리 마을의 다른 작품 ho06에서는 '칸린'이라는 배 이름이 등장하는데, 이 배의 항해 일지가 시와구쇼토를 관리하던 건물에 전시되어 있을 정도로 일본에서 역사성이 있는 선박이다. 네덜란드에서 들여온 군함으로, 일본에서는 두 번째로 운항된 증기선이었다. 혼지마에 설치된 작품들은 모두 선박과 돌이 주제이지만, 자세히 들여다보면 '시와구혼지마'의 자긍심을 나타내고 있다. 지역에서 전수되어 온 뛰어난 조선과 건축 기술이 작품의 바탕이 된 것이다. 그래서인지 마루가메시(혼지마가 속한 시)에는 일본에서 제일 큰 조선소가 자리하고 있다.

아기자기한 소품들과 벽화

혼지마의 도마리항에 도착하면 바로 자전거 대여소가 보인다. 이곳을 자주 찾는 사람들은 줄을 서서 자전거를 빌린다고 했다. 우리도 망설였지만, 지리를 완전히 알지 못해 걸어서 돌아보기로 했다. 걸어서도 지루하지 않게 세 마을을 다닐 수 있었지만, 자전거가 있었다면 구석구석을 더 살펴볼 수 있었을 것 같다. 길은 평탄하고 잘 정리되었으며 차도 적어 안전했다. 특히 동쪽 해안 도로에서는 '세토오하시(세토대교)'와 아름다운 바다 풍경을 함께 즐길 수 있어서 참 좋았다.

혼지마도 다른 섬들과 마찬가지로 아기자기한 소품과 벽화가 마을을 한층 예쁘게 만들고 있었다. 마치 별장촌으로 여행 온 느낌이라고나 할까? 마을 곳곳에는 '다코메시(문어밥)'를 파는 가게가 있고, 문어가 그려진 담 벽화 광고도 여럿 있었다. 문어가 주민들의 생활에 녹아들 정도로 잡히는 곳이라는 생각이 들었지만, 왠지 주된 어업 대

혼지마에는 일주 도로가 잘 나 있고 가파른 경사도 없어 자전거 여행에는 이상적인 장소이다. 자연과 현대 미술을 함께 즐길 수 있다는 점이 큰 장점이다. 사진_제종길

상이라거나 주요 수입원이라는 생각은 들지 않았다. 섬 북쪽의 일반 어민들이 사는 어촌에는 어떤 수산물이 잡히는지 못내 궁금했다.

함께 볼 작품들

* **마루가메시 이노구마 켄이치로**(猪熊弦一郎) **현대 미술관**, ho18 _ 혼지마는 마루가메시에 속한다. 혼지마 예술제 작품들은 이 작품을 제외하면 모두 혼지마에 전시되어 있다. 2022년 처음 소개된 작품으로, 지역 화가 이노구마가 소장한 현대 미술 기획전이다. 그는 "미술관은 마음의 병원"이라고 했다.

* **레볼루션**(Revolution), ho12 _ 혼지마 역시 돌로 유명하다. 여러 섬 가운데 채석이 가장 전문적으로 이루어진 곳으로 보인다. 큰 채석장이 가까이 있는 가사시마 마을에는 돌

을 주제로 한 작품이 여럿 전시되어 있었다. 집은 시와구의 대목장이 지었다. 집의 구조와 규격을 고려하여, 폴란드/독일 작가 알리샤 크와데(Alicja Kwade)가 만든 작품이다. 우주에 있는 수많은 행성의 궤도를 혼지마의 돌이 중심에서 잡아 준다고 하면 과한 해석일까?

* **돌이 시력을 잃지 않았듯이 맹인도 시력을 잃지 않았다**(石が視力を失っていないように, 盲人も視力を失っていない), ho18 _ 방이 여럿 있는 이층집 내부에 설치된 작품이다. 천장에 매달린 대나무와 종이로 만든 붉은색 풍경에서 이어진 붉은 실이 곧게 내려와 돌멩이에 깔려 있다. 수직으로 내린 직선이 긴장감을 유지하고 있었다. 태국 작가 아린 룽장(Arin Rungjang)의 작품으로, 돌의 정체성과 상징성을 묻고 있는 듯했다.

* **젠콘유 x 한치구 프로젝트**(善根湯×版築プロジェクト), ho09 _ 가사시마 마을 초입에 있는 작품으로 일종의 사우나인데, '유'는 목욕탕을 말한다. 여기서 '한치구(版築, 판축)'는 흙을 층층이 쌓아 벽을 만드는 전통 기법이다. '사이토 다다시(齊藤正)'와 시와구의 목수들이 만들었으며, 예전에 실력이 뛰어났던 목수, 즉 대목들이 많았던 시절을 생각하며 만들었다고 한다.

* **간린노이에**(咸臨の家, 간린의 집), ho06 _ 도마리 마을에 있는 집으로, 여기서 선박 '간린마루(咸臨丸)'의 선원 요코이 쇼타로(横井松太郎)가 태어났다. 화려한 세로 판넬을 이어 만든 방 무늬가 바닥에 비치고, 산과 하늘, 구름 그리고 바다가 어우러진 풍경과 돌들이 섬처럼 놓여 있다. 과거의 아름다웠던 시절을 그리워하는 듯했다. 일본 작가 '마가베 리쿠지(眞壁陸二)'의 작품이다.

* **물밑의 하늘**(Bottom Sky, 水の下の空), ho13 _ 러시아 작가 '알렉산드르 포노마레프(Alexander Ponomarev)'의 작품. 가사시마 마을(笠島集落)을 지나 북쪽 해변에 설치된 작품이다. 배에 빈 그물과 어구 등이 감겨 있고, 바닥에 있는 거울에는 옛 마을과 배경 하늘이 비친다. 배들이 세토대교를 바라보고 있다는 점도 의미심장하다. 역사 속 최고의 수군들의 영광을 상징하는 듯했다.

20 다카미지마, 문어와 사람이 떠난 자리에 예술이 남아

세토우치 섬 다카미지마에서 만난 섬의 역사와 예술제 작품들. 이 섬의 과거 영광을 돌아보고 현재의 쇠락을 아쉬워하며 사람의 공간을 문어의 공간으로 대체하여 표현한 작품들이 많다.

남쪽 경사가 급하고 북쪽이 완만한 섬

지금까지 살펴본 '세토우치 트리엔날레' 섬들은 다 개성이 뚜렷하며 서로 닮은 섬이 하나도 없다. 본래 세토나이카이의 섬들이 다 그런 것인지 알 수 없지만, 상식적으로 보기엔 그럴 것 같지 않고 예술제를 준비하는 사람들의 탁월한 선택으로 보인다.

다카미지마(高見島)는 지금까지 살펴본 섬들과 확실히 다른 매력을 지닌 섬이다. 우선 지형이 독특하다. 섬은 석기시대 손도끼 모양을 닮았는데, 북쪽이 뾰족하고 남쪽은 둥글넓적하다. 지도에서 보자면 섬의 북쪽 끝이 약간 서쪽으로 기울어 있다. 산세도 남쪽이 높고 북쪽으로 갈수록 점차 낮아진다. 남쪽에서 바라보면 원뿔꼴 산봉우리만 보인다. 산 정상은 약 300m인데, 남쪽에서 약 3분의 1 지점에 위치해 있어 남쪽 경사는 급하지만 북쪽으로는 상대적으로 완만하다. 이런 경사를 이해하면 남단에 자리한 두 마을 중 큰 마을인 우라(浦)가 급경사 언덕 위에 자리 잡고 있는 이유와, 이곳에서 농사가 거의

마을 '하마'에서 '우라'로 이어지는 길. 왼쪽 건물은 이 지역 어업협동조합과 세토나이카이를 보호 캠페인을 하는 '일본재단'이 위치한 건물이다. 사진_제종길

불가능한 점, 그리고 인구가 급격히 줄어든 이유를 자연스럽게 이해할 수 있다. 항 주변에는 '하마(浜)' 마을이 있다.

이다모치에는 더 이상 사람이 살지 않는다

2020년 기준, 섬의 인구는 25명이다. 가장 많았던 전후에는 천여 명에 달했으며, 2000년대만 하더라도 100명 이상이었다. 섬에는 원래 세 개의 마을이 있었지만, 앞서 언급한 두 마을 외에 북동쪽 해안에 있었던 '이다모치(板持)' 마을에는 이제 더 이상 사람이 살지 않는다.

다카미지마의 전체 면적은 2.33㎢이고, 해안선 둘레는 6.4㎞로, 면적으로 보면 혼지마의 3분의 1이지만 인구는 10분의 1에 불과하다. 그만큼 섬을 떠난 주민의 비율이 매우 높다. 원인이 무엇일까? 현장을 방문하고는 척박한 생활 환경 때문일 것이라는 결론을 쉽게 내릴 수 있었다. 우선 농토라고 할 만한 땅이 없었으니 주업은 어업이었을 것이다. 어항에 세워진 선박이나 항구에 버려진(아니면 남겨둔) 문어단지들을 보면 문어잡이가 과거 주된 어업이었음을 알 수 있었다. 그런데 문어가 더 이상 잡히지 않게 되면서, 섬 주민들은 삶의 터전을 유지하기 어려워졌다.

오징어잡이 배를 어항에서 볼 수 없다

가가와현에서 발행한 '이이다코(イイダコ, 이 책에서 문어라고 하는 종의 우리말 이름은 주꾸미이다.)' 보호 전단에 따르면, 20년 전 어획량과 비교해 현재 어획량은 100분의 1에 불과하다고 한다. 이렇게 어획량이 급격히 줄어든 상황에서 어찌 수지 타산을 맞출 수 있었겠는가? 어항에 있는 어구 상태를 보니 사용하지 않은 지 족히 4~5년은 넘었을 것으로 보였

다. 토기로 된 단지는 깨진 것이 많았고, 밧줄도 풍화로 삭아 가고 있었다. 지역 안내서에는 다카미지마의 산업이 수산물 중심이며 어종은 오징어라고 적혀 있었지만, 오징어잡이 배를 어항에서 찾아볼 수 없었다.

문어 자원의 감소, 그리고 빈집들

섬의 최고봉인 류오잔(龍王山, 요왕산)에서 용왕제를 지냈던 것으로 미루어, 주민들에게는 풍어와 물 부족 해결에 대한 간절함이 기원 제례로 발전했을 것이라는 생각이 들었다. 그나마 부업이라는 것도 건조한 환경에 자라는 제충국(除虫菊) 재배인 것만 봐도 물 부족이 일상적이었음을 짐작할 수 있다. 1960년대에는 이 국화꽃으로 섬 전체가 흰색으로 뒤덮였다고 하는데, 이마저도 화학 제품이 등장하자 제충제 재료였던 국화 재배도 곧바로 쇠퇴했다.

또, 주변 바다에서 문어 자원이 급격히 감소한 것이 이다모치 마을

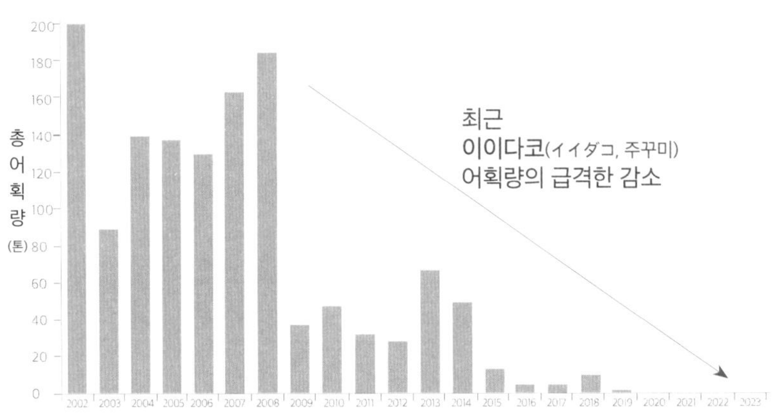

가가와현에서 '이이타코' 어획량의 연도별 변동 현황. 가가와현 수산과 어업조정실 홍보 자료(2023)에서 인용 번역.

다카미지마의 빈집 마당에서 바라보이는 너무나 평온한 세토나이카이의 전경. 사진_제종길

폐쇄의 직접적인 원인이었을 가능성이 크다. 우라 마을의 급경사 지형 위에 조성된 집의 규모나 장식 등을 보면, 한때 수산 자원이 풍부했던 시절이 있었음을 한눈에 알 수 있었다. 돌담 사이로 난 골목길을 오르내리며 대부분 빈집인 집들 사이로 내려다보이는 바다 전경은 보는 사람의 가슴을 아프게 했고, 또 슬프게도 아름다웠다.

빈집에 들어서 문어의 공간

2013년에 이 섬의 빈집에 작품 '다코노이에(蛸の家 문어의 집)'를 설치한 작가 요시노 오지(吉野央子)의 작품 설명에는 이런 표현이 나온다. "사람이 살지 않게 된 집에 문어가 자리를 잡은 것이다. … 그런데 빈집에 사는 문어는, 이런 사람의 처지를 몰래 바라보고 뭐라고 생각할까?" 문어가 사라진 바다를 떠난 어민들을 바라보며 문어는 어떻게

다카미지마가 다른 섬과 다른 특징 중 하나는 '다카미지마 프로젝트'가 있는 것이다. 교토세이카대학(京都精華大學) 팀이 2013년부터 예술제에 참여해, 빈집과 빈터를 대상으로 하는 12개의 작품을 통해 섬의 시간을 추적하고 있다. 특히 '다카미지마 인사이드 갤러리'를 만들어 작품집을 만들고, 참여 작가의 작품도 판매하는 점이 돋보인다. 갤러리의 내부이고 작가들의 작품 중에 문어 조각도 있다. 사진_제종길

어항에는 사용한 지 오래된 문어잡이 단지들이 가득하다. 토기로 만든 것에서부터 플라스틱, 그리고 큰 소라껍데기 등 다양한 재질과 형태의 단지가 있었다. 이 규모를 봐서는 문어잡이가 이 섬의 핵심 어업이었음을 알 수 있다. 사진_제종길

인근 시와구 제도에 속한 혼지마, 다카미지마, 아와지시마를 오가는 선박. 배에는 '다코', 즉 문어라는 글자가 적혀 있어 사람들은 이를 '다코택시'라 부른다. 사진_제종길

우라 마을에서 어항으로 내려가는 경사진 계단. 얼마나 비탈진 곳인지 짐작하기를 바란다. 사진_제종길

느끼는지 작가는 알고 싶었을 것이다.

아직 남아 있는 육지의 부촌들

에도시대 우라 마을의 대형 화재 이후, 시와구 지역 대표들이 중심이 되어 경사면에 돌담을 쌓아 작고 독특한 촌락 구조의 부촌을 체계적으로 만들었다. 이러한 배경에는 섬에서 남동쪽으로 7.4㎞ 떨어진 다도쓰의 과거 역사와도 연관이 있었을 것으로 보인다. 배로 이동하면 약 25분 거리다.

다카미지마는 행정적으로 가가와현 나카타도군(仲多度郡) 다도쓰쵸(多度津町)에 속한다. 비록 지금은 작은 군 지역에 속하지만, 다도쓰는 시코구에서 근대 산업을 선도했던 지역으로 유명하다. 철도와 전력 시설이 처음 도입된 곳이며, 최초의 사립은행이 설립된 곳이기도 하다. 그뿐만 아니다. 선박 무역을 하는 거상들이 있던 곳이었으니 같은 구역으로서 다카미지마의 자부심이 대단했을 것으로 짐작된다. 게다가 어업도 번성했으니….

이곳 다도쓰에서는 다카미지마 이름과 순번을 가진 예술제 작품 네 점이 전시되고 있었다. 섬으로 가려면 반드시 다도쓰항을 거쳐야 한다.

지구의 바다가 다 이럴진대

다카미지마에는 모두 13개의 작품이 있는데, 그중 11개가 우라 마을에 집중되어 있었다. 이곳의 작품들은 다 가까이 있었으며, 모두 빈집에 설치되어 있었다. 섬에 거주하는 주민이 없어 쇠락한 큰 빈집들의 현실을 아쉬워하면서도 과거를 회상하는 작품의 무대로 너무나 잘 맞아떨어졌다. 작품들을 감상한 뒤, 집 마당을 에워싼 돌담 뒤에 서서 세상 돌아가는 것을 애써 모른 체하며 태평하게 잔잔한 바다를 보고 있자니 가슴이 아려 왔다. 지구의 바다가 다 이럴진대…. 마을의 집들을 보면, 과거 활기가 넘쳤을 때는 기품이 있었고, 시와구 제도의 일원으로서 당당했던 마을이었고 집이었을 텐데…. 모든 집이 남쪽 바다를 바라보고 서 있으니 그 옛날 늘 바다를 품고 살면서 바닷일에도 자신만만했음이 틀림없었다.

개인적으로 예술제에 참여한 전체 마을 중 가장 마음에 들었다. 앞서 소개한 작품(ta11), 노무라 마사히토(野村正人)의 '나이카이의 테라스(內海のテラス)'는 나의 감정을 풀어 놓기에 최고의 장소였다. 너무나 평화로워서 더 슬픈 풍경이었다.

우라 마을의 작품들

우라 마을에 있는 작품 몇 점을 살펴보자. 먼저 나가시마 가야코(中島伽耶子)의 작품(ta02) '도기노후루이에(時のふる家 오래된 집)'이다. 이 작가는 2013년 니가타 산골에서 열린 '에치고 쓰마리 아트 트리엔날레'에도 참가한 바 있다. 벽을 관통한 아크릴판을 통해 실내로 들어온 빛을 형상화한 것으로 이해했다. 빛은 변하지 않았는데 세상은 어떻게 되고 있는가를 묻는 듯 보였다.

눈꺼풀의 뒤, 과거와 미래의 불확실성

우라 마을의 또 다른 작품 '마나우라노케시기 2022(まなうらの景色 2022)'(ta05)는 일본 작가 무라타 노조미(村田のぞみ)의 작품이다. 연기가 몽글몽글 올라오는 모습을 연출하여 과거와 미래에 대한 불확실성에

바다를 보호하자는 구호와 운동은 여러 곳에서 진행되고 있건만 정작 수산 자원의 회복은 기약이 없다. 사진_ 제종길

대해 질문을 던진다. 마나우라노는 '눈꺼풀의 뒤'를 의미하며, 마음 속 깊이 간직된 어떤 기억을 상징한다. '경색(景色, 케시기)'은 경치 또는 풍경을 뜻하니, 마음에 남는 추억이나 원래 풍경을 작품 제목으로 나타냈다.

또 다른 빈집에는 일본 여성 작가 후지노 유미코(藤野裕美子)의 작품 '가지쓰노도쿄(過日の同居, 지난날들과의 동거)'(ta07)가 있었다. 화려한 문양과 색채로 풍요로웠던 지난날을 회상하고자 하는 의도가 엿보이나 현실이 아닌 허상인 것을…. 사람이 살지 않아 퇴색된 벽과 천장이 밝고 선명한 색상의 그림과 극한 대조를 이룬다. 영원히 되돌아갈 수

없는 시간과 기억을 나타내었다고 해야 할까.

마지막으로 소개할 작품은 ta10 '하나노코에·코코로노이로 2022(はなのこえ·こころのいろ2022)'로 고에다 시게아키(小枝繁昭)의 작품이다. 제목을 우리말로 풀면 '꽃의 소리·마음의 색채'이다. 화가이자 판화가인 작가는 다카미지마에서 만난 꽃을 주제로 한 사진, 후스마(襖, 큰 문)에 그린 전통 회화, 도예 기법으로 만든 오브제를 결합해 화려하게 표현했다. 작품은 보는 이가 보고 느끼는 것을 함께 체감하도록 구성되었으며, 궁극적으로 한때 섬을 화려하게 장식했던 '제충국'을 소환해 '조추기쿠노이에(除虫菊の家, 제충국의 집)'를 보여 주고자 했다.

다카미지마라는 섬 이름은 '높은 곳이 있어 멀리 바라볼 수 있는 섬'이라는 뜻을 담고 있다. 한눈에 멋진 바다 경관을 바라볼 수 있는 섬이라고 해석할 수 있다. 이 섬에는 특이한 매장 문화가 있는데, 실제로 매장된 묘를 의미하는 '우매바가(埋め墓, 매장한 묘)'와 성묘하는 장소 '마이리하가(参り墓, 참배하는 묘)'로 구분된다. 이를 '료보세이(両墓制, 양묘제)'라 부르며, 이 지역 세 섬에서만 볼 수 있는 독특한 매장 풍습이다. 이것 또한 이들 섬이 가진 환경 때문에 만들어지지 않았을까?

함께 볼 작품들

* **행복한 문**(Merry Gates), ta18 _ 다카미항에 배로 들어서면 오른편에서 만날 수 있는 작품이다. 폭 7m, 높이 3m의 철제 조각으로, 상단부가 위아래로 움직인다. 제목은 다카미지마를 찾는 사람들을 즐겁게 맞이한다는 의미를 담고 있다. "어서 오세요" 하고 인사하는 듯하다. 작가는 우치다 하루유기(内田晴之)이다.

* **약간 생뚱맞아 보이는 큰 기린상** _ 예술제 작품은 아니지만 항구 방파제 끝에 놓여 있어 방문객들의 눈을 즐겁게 한다. 기린상 뒤로는 섬의 최고봉 '류오잔(龍王山, 용왕산)'

의 산이 보이는데, 산정은 남쪽으로 치우쳐져 있고 북쪽으로 갈수록 완만하게 낮아지지만, 평지는 형성되지 않는다.

* **리:마인드**(Re:mind), ta19 _ 이 작품은 한눈에 봐도 일본 작품 특유의 괴기스러움이 느껴진다. 작가 야마시타 아카리(山下茜里)가 2022년에 제작했으며, 오래된 집에 남아 있을지도 모르는 무언가를 나타냈다. 이층집 구석구석에 정령들이 숨어서 집 떠난 이들을 애처롭게 기다리고 있는 것일까?

* **플로우**(Flow), ta20 _ 남아프리카/벨기에 출신 작가 켄델 기어스(Kendell Geers)의 작품이다. 앞에서 소개했던 '나이카이의 테라스(ta11)'와 같은 공간에 있다. 작품은 기본적으로 창문 구조로 되어 있는데, 창문을 통해서 창틀에 있는 거울이나 기판에 비친 전경을 보면서 최대한의 상상력을 동원하라는 의도이다. 주변 바다 풍경과 작품이 자연스럽게 어우러져, 끊임없이 흘러가는 풍경과 시간을 아쉬움 속에서 바라보는 장소다.

* **마나우라노미치 2022**, ta05 _ 역시 빈집 작품이다. 아주 가는 스테인리스 철사로 안개 같은 분위기를 연출했다. 작품을 보고 있자니 '그리움'이라는 단어가 떠올랐다.

* **가지쓰노도쿄**(過日の同居), ta07 _ 작품 제목은 지난날들과의 동거를 뜻한다. 동거는 함께 있고, 같이 머문다는 의미가 있듯, 과거 화려했던 시절, 화양연화를 되돌리고 싶은 소망이 깃든 작품으로 느껴진다.

* **하나노코에·코코로노이로 2025**(はなのこえ·こころのいろ2025), ta10 _ 역시 과거를 회상하는 작품이다. 마치 '조추기쿠(除虫菊)가 산에 가득 피었을 때가 살기 좋았었지.'라고 말하는 것 같다. 작가 고에다 시게아키(小枝繁昭)는 사진과 그림을 조합한 기법으로 꽃을 묘사하고, 이 꽃들이 의미하는 상징을 찾으려고 한 것 같았다. 제목을 풀자면 '꽃의 의미·마음의 색채'이다. 이 집은 곧 제충국 국화를 담은 '조추기쿠의 집'이다.

21 예술제를 통해 박물관 섬이 된 **아와시마**

생김새가 남다른 아와시마섬에는 일본 최초의 선원 양성 학교가 있었고, 예술가들이 모여 활동하는 예술가촌이 있으며, 용궁 전설이 전해 내려온다. 이제 이 섬의 과거 전통이 어떻게 현대 미술로 작품화되었는지 살펴본다.

아와시마항 전경. 숲 전면 하늘색 건물이 '국립 아와시마 해원학교'이고, 그 앞 부두에는 두 척의 특이한 배가 정박해 있다. 사진 왼편 끝에서 더 왼쪽(보이지 않음)이 여객선 부두이다. 사진_제종길

생김새부터 남다른 섬

시와구(塩飽) 제도의 가장 서쪽에 있는 아와시마(粟島)는 다른 섬과는 확연히 다른 개성을 지니고 있었다. 앞의 혼지마 글에서 본 시와구 제도 지도에 따르면, 아와시마는 다카미지마와 손가락 모양으로 돌출한 반도 '쇼나이한도(荘内半島, 쇼나이 반도)' 사이에 위치한다. 지도에는 언뜻 섬의 서쪽 부분이 분리된 것처럼 보이나, 서쪽과 북쪽이 사주(砂州)로 연결되어 있던 것을 인공적으로 하나의 섬으로 만들었다.

생김새에서부터 이런저런 점이 달라서 섬마다 독특함을 찾는 게 예술제 여행의 새로운 즐거움으로 다가왔다. 섬에 오르기 전 안내 유인물을 읽었는데, 과거 이곳에 선원 양성 기관이 있었다는 점이 눈길을 끌었다. 지도를 살펴보면 한눈에도 알 수 있는 특이한 섬 모양이 여러 상상을 불러일으켰다. 글을 쓰며 고백하지만, 시와구 제도에 속한 섬 주민들은 바다에서 단련된 강인함을 오랫동안 발현해 왔고, 제도 중 어느 섬에서라도 이런 선원 교육 기관 하나쯤은 있을 만했다.

군이 아와시마였던 이유는 상대적으로 시내가 가까운 섬이어서가 아닐까 추측해 보았다.

생김새가 독특한 섬인 아와시마. 예술제가 열리는 다른 섬들과 달리 작품들은 풍성하지만, 작품 번호가 매겨진 수는 적다.

센초고야, 선장의 오두막

아와시마항에 도착하기 전부터 눈길을 끈 것은 특이한 모양의 배 한 척과 조사선으로 보이는 또 다른 선박이었다. 여객선이 도착한 곳에서 약간 떨어진 부두여서, 그쪽으로 걸어 나가는 길에 작품 설명 간판이 있는 작은 집 한 채가 보였다. 작품 aw11이었다. 건축 양식은 전통 방식으로 보이나 외관은 작은 용궁을 연상시키는 건물이었다. '센초고야(船長小屋, 선장의 오두막)'라는 간판을 보고 그냥 선장 집이거니 하고 큰 기대를 하지 않았는데, 실내를 보니 해양 생물 실험실처럼 꾸며져 있었다. "아니, 연구하는 선장이 있나?" 흥미가 부쩍 동했다.

직감적으로 부두에 있는 선박과 연관이 있다는 걸 알았다. 특이한 모양의 배 이름은 '다네후네(種は船, 씨앗은 배)'이고, 작품명은 '다네후네 TARA JAMBIO 아트 프로젝트'였다. 작가는 히비노 가쓰히코(日比野克彦)로, 그는 2010년부터 전국 해안을 다니면서 망가져 가는 바다를 조사해 왔다. 'TARA JAMBIO'는 일본 타라해양재단과 일본해양생물학협회가 공동으로 2020년부터 전국 해역에서 미세 플라스틱 오염을 조사해 온 조직의 이름이었다. 자국의 바다 상태를 걱정하는 두 주체가 만나 작품을 선보인 것이다.

이런 배를 하나 가졌으면…

이뿐이 아니다. 조사선처럼 보이는 배는 미술관이었다. 다네후네를 작업한 히비노 가쓰히코 작가의 작품(aw01)으로, 공식 명칭은 '세토나이카이 해저 탐사선 미술관 프로젝트·그저께 배/소코소코 상상소/리잉-에이(瀬戸内海底探査船美術館プロジェクト·一昨日丸/ソコソコ想像所/Re-ing-A)'로 매우 길다. 히비노는 해양학자는 아니고, 활발히 활동하는 현대 미술가로서 당시에는 동경예술대학교 학장이기도 했다. 이 미술관 배는 2013년부터 예술제의 작품으로 이 항에 세워져 있다. 선박 안에는 잠수복과 수중에서 채취한 여러 가지 표본이 전시되어 있었다. 그러니까 '그저께 배 미술관', '소코소코 상상소', 해저에 가라앉는 배에서 건져 올린 벽돌로 만든 코끼리 조각 '리잉-에이(Re-ing A)', 이렇게 세 개를 한 작품으로 구성했다.

이 작품을 보며 문득 "나도 예술가가 될 수 있을까?"라는 생각을 해 봤다. 한때 이런 배를 하나 가졌으면 했었다. 지금 생각해 보면 안 하길 잘했다고 생각하지만 당시에는 진정성이 있었다. 노년에 해양 박물학자로 살고 싶었기 때문이었다. 아직도 그 꿈을 간직하고 있다. 이런 내 꿈을 다시 소환한 작품이 아와시마에 있어 이 섬이 특히 마음에 들었다.

일본 최초의 선원 양성 학교

섬의 규모는 작았지만 마을은 의외로 컸고, 그만큼 빈집도 많았다. 한때 중학교였던 건물은 2010년부터 '아와시마 예술가촌(粟島藝術家村)'이라는 이름으로 작가들의 창작 공간 프로그램이 진행되고 있었다. 2014년부터 히비노가 감독을 맡으면서 보다 활발해졌고, 특히 작품

aw04를 제작한 두 작가가 두드러지게 활동했다고 한다. 이들의 작품들이 곳곳에 전시되어 있었다. 타라(TARA) 일본재단의 활동을 소개하는 전시(aw03), 아와시마의 전경을 그려 놓은 '아와시마 큰 그림 지도(粟島大繪地圖)', '삼림에 사는 생물들의 이야기(aw04)' 등이 있었다. 앞서 소개한 히비노의 두 작품과 연계된 작품들도 있었다. 초등학교와 유치원에도 작품이 설치된 것으로 봐서 이미 폐교된 공간으로 보였다.

1897년 일본 최초로 개교한 선원 양성 기관 '국립아와시마해원학교(国立粟島海員学校)'(현재 '아와시마해양기념관 粟島海洋記念館')는 90년 동안 운영되었다. 활발히 유지되던 시절, 이 섬에는 분명 많은 사람이 살았을 것이다. 그러나 2020년 정부 조사에 따르면 약 102가구에 154명이 거주하고, 그중 홀로 사는 가구가 50세대나 된다고 했다. 게다가 고령화 비율이 85%로 시내보다 두 배를 훌쩍 넘으니 그야말로 소멸하는 섬마을이라는 생각이 들었다.

갯반디가 반짝이는 밤바다

아와시마는 미토요(三豊)시 다구마쵸(詫間町)에 속한다. 시내의 사가마항에서부터 북서쪽으로 약 4.5㎞, 배로 15분 거리다. 면적은 3.72㎢인데, 해안선 둘레는 16㎞로 면적 대비 상당히 길다. 서쪽 해안을 '니시하마(西浜)'라 하는데, 이 섬에서 가장 주목받는 해수욕장이자 석양이 아름다워 찾는 사람들이 많다. 시의 자료에 따르면 '우미호타루(ウミホタル)'가 많아 밤의 경치가 좋다고 했는데, '우미'는 바다, '호타루'는 반딧불을 뜻한다. 우리말로 '갯반디'라고 하는데, 이는 패충류에 속하는 아주 작은 동물로 발광 물질을 갖고 있어 밤바다를 반짝이게 한다. 또 섬 주변에서는 상괭이(돌고래의 일종)와 여러 종의 고래도 관찰

된다고 하니 이 특별한 자연환경이 예술 작품에까지 반영되었다는 점도 놀랍다. 물론 이 해역에서도 문어는 빠질 수 없는 존재다.

미요토시는 가가와현에서 인구수로 볼 때 세 번째로 큰 도시다. 해안 개발로 도시가 커지고 인구도 늘었을 것이다. 반면 새로운 산업의 등장과 해양 자원의 감소는 젊은 세대들이 고향 섬마을 떠나게 하는 주된 원인이 되었음을 누구나 다 짐작할 수 있다. 한때 '시와구스이군(塩飽水軍, 시와구수군)'의 영광도 기억을 뒤로 한 채 마을 사람들은 갈 길을 잃었다. 예술제로 생긴 박물관(미술관)이 유난히 눈에 띄는 것은 이런 이유에서일까?

벽화와 맨홀 뚜껑에 표현된, 용궁 전설

아와시마 '모모테마쓰리(百々手祭)'는 일종의 활을 쏘는 궁사 의례로 미토요시 전역에서 열린다. 일부 지역의 의례는 국가 '무형 민속 문화재(無形民俗文化財)'로 지정되어 있으며, 아와시마 모모테마쓰리는 가가와현의 지정 문화재이다. 이 의식은 액운 쫓기, 대어 풍년, 해상 안녕을 기원하는 뜻을 담고 있다.

아와시마에서는 전래 동화 '우라시마다로(浦島太郎)' 이야기가 전해진다. 위험에 처한 거북을 구해 준 후 용궁에 함께 다녀온다는 이야기이다. 이런 이야기는 여러 해안 지역에서 전해 내려오는데, 예술제 섬 중에서는 아와시마가 유일하게 이를 지역 전승으로 간직하고 있다. 항구의 제일 큰 건물에 이 이야기를 벽화로 그려 놓았는데, 재미있는 것은 관련 문양이 맨홀 뚜껑 디자인에도 반영되어 있다는 점이다. 일본 나가사키의 다른 섬에서도 자랑거리를 맨홀에 디자인해 놓은 것을 본 적이 있었는데, 아와시마에서도 직접 보니 일상 공간에

전래 동화 주인공 '우라시마다로'는 거북이를 도와준 보은으로 류큐 용궁에 가게 되고, 그곳에서 궁녀들의 향응을 받고 지낸다. 어느 날 고향에 돌아왔지만, 용궁에서 보낸 시간이 짧다고 느껴졌던 것과 달리 세상에는 훨씬 긴 세월이 지났음을 알고 실망한다. 사진_제종길

자연스럽게 녹여 낸 점이 인상적이었다.

아와시마는 섬 예술 박물관

아와시마는 예술제 작품들을 통해 섬 전체가 하나의 해양 또는 섬 예술 박물관으로 그 이미지가 바뀌었다. 여기에 오래된 선원 양성 학교, 예술가촌, 그리고 용궁 전설까지 합쳐져 시너지 효과를 내고 있었다. 또한 이곳은 우리가 가지고 있었던 현대 미술의 한계가 존재하지 않는다는 것을 보여 주었다. 최신 트렌드를 따르거나, 남들이 시도하지 않은 기법을 동원하거나, 새로운 예술 세계를 개척하지 않더라도 현대 미술의 세계에 뛰어들 수 있음을 말이다.

함께 볼 작품들

* **다네후네, 선장의 오두막 등**, aw11 _ 다네후네는 그물망으로 덮인 둥그스름한 배로 나팔꽃씨 모양이다. 부두가에 해양생물 실험실인 '선장의 오두막'이 있고, 부두 입구에 놓인 수많은 물건과 생물 표본들 그리고 예술촌에 있는 일종의 토론장까지 다 포함해서 하나의 작품이다.

* **세토나이카이 해서 탐사신 미술관 프로젝트·그저께 배/소코소코 상상소/리잉-에이**(瀬戸内海底探査船美術館プロジェクト·一昨日丸/ソコソコ想像所/Re-ing-A), aw01 _ 탐사선이 바로 미술관이다. 선박 내부를 보면 잠부복을 비롯해 다양한 해양탐사 도구들이 있다. 그리고 해저에서 올린 벽돌로 만든 코끼리인 '리잉-에이'가 물 위에 떠 있다.

* **TARA**, aw03 _ 프랑스 해양 보전 단체의 조사선인 '타라(TARA)호'가 해 온 일들을 사진으로 전시한 작품이다. 수행 중인 미세 플라스틱 오염 조사 방법, 그리고 전 세계 해양에서 진행 중인 오염 조사 궤적 등이 설명되어 있고, 수집된 표본들과 모형들도 전시되어 있다.

* **아와시마 다이에 지도**(栗島大繪地圖), **생명의 소리를 듣다**(いのちの声を聴く), aw04 _ 다른 섬에서와는 달리 아와시마에서 작품 활동을 했던 작가들은 '아와시마 예술가촌'에 머물면서 작업을 했다. 독특하게 두 작가의 작품이 하나의 번호(aw04)로 묶여서 소개된다. 먼저 작가 '사토유(佐藤悠)'의 '아와시마 다이에 지도(栗島大繪地圖)'로, 아와시마 전체를 한눈에 담은 그림 지도이다. 아와시마항의 모습이 세밀하게 표현되어 있어 자세히 살필 수 있다. 다음은 '모리 나나(森ナナ)'의 작품 '생명의 소리를 듣다(いのちの声を聴く)'이다. 바다를 헤엄치는 멧돼지를 잡고 활용하는 과정을 그리고, 그 부산물을 채취해 함께 전시했다. 모리는 서예가이다.

* **모두 가 버린 어린이들의 노래**(The song of the children all gone), aw07 _ 2016년 아와시마초등학교에 설치된 작품으로, 모로코/프랑스 작가 무니르 파트미(Mounir Fatmi)가 제작했다. 텅 빈 학교 건물 안에 파도 소리와 교가, 초인종 소리가 공허하게 울려 퍼진다. 교실에는 여러 개의 시계가 놓여 있거나 벽에 걸려 있는데, 이곳을 다녔던 사람들의 시간이라는 생각이 들었다. 허무함이 배어 있는 작품이다.

* **생각의 윤곽**(Contours of Thinking), aw06 _ 아와시마유치원은 아와시마초등학교 인근에 있었는데 지금은 폐원했다. 여기에 설치된 작품이다. 이탈리아/오스트리아 작가 에스테르 스토커(Esther Stocker)의 작품이다. 벽과 바닥에 검은 선으로 공간을 구성해 2차원과 3차원의 경계를 넘나들게 한다. 비어 있는 공간에 움직임을 연출했으나 실체가 잡히지는 않는다.

* **정물화**(Still Life), aw12 _ 마을 니시하마에는 두 점의 작품이 설치되어 있다. 그중 하나는 이탈리아 작가 마시모 보르톨리니(Massimo Bortolini)의 작품이다. 2022 예술제 보고서에서는 "정물을 재해석한 설치 작품"이라 설명한다. 인공 연못에 '갈릴레오 치니(Galileo Chini)'의 연꽃이 그려진 꽃병이 있다. 풍경-화병-물-꽃이 서로 안과 밖의 관계가 반전된다고도 했다. 화병 속 물이 육지의 풍경과 연못에도 영향을 미칠지도 모른다.

* **아웃, 아웃, 브리프 캔들**(Out, out, brief candle), aw13 _ 니시하마에 있는 또 다른 작품이

다. 알제리아/프랑스 작가 아델 압데세메드(Adel Abdessemed)가 빈집에 만든 작품이다. 영어 제목인 'Out, out, brief candle'은 셰익스피어의 『맥베스』 5막 5장의 유명한 구절에서 따온 것이다. '빛'의 근원을 꺼버림으로써 맥베스가 자신의 과거에 대한 죄책감과 후회를 인정하는 모습이 떠올랐다. 그것은 인간 수명이 짧음을 의미하기도 한다. 이 또한 흘러가는 시간임을 암시해 준다.

22 멸치와 예술과 생활이 동화된 섬, **이부키지마**

세토우치 트리엔날레를 통해 알려진 작은 섬 이부키지마는 멸치 어업으로 유명하며, 섬 곳곳에서 멸치 문양을 볼 수 있다. 예술제 개최 이후 인구가 조금씩 늘고 있으며, 주민들은 섬의 가치를 인정받기를 바라고 있다.

앞에 섬들과 너무 다른, 가장 서쪽에 있는 섬

생태학에서 지역이나 서식지를 구분하고 비교할 때 '군집 분석'을 활용한다. 분석을 하는 방식을 '클러스터링(clustering)'이라고 하는데, 유사한 속성을 기준으로 묶는 작업을 말한다. 예를 들면 서식지 간의 출현하는 종을 가지고 비슷한 것끼리 묶고, 다음으로 유사도의 정도에 따라 덩어리, 즉 군집을 형성하면 현상을 설명하기가 한결 수월해진다.

독자들 또한 이미 소개한 11개 섬의 이야기를 읽으며, 개성이 강한 섬들이지만 그래도 유사해 보이는 섬들이 있었는지 궁금할 것이다. 글을 쓰는 내내 그 점을 염두에 두었는데, 서로 인접해 있고 섬의 크기도 큰 차이가 없는 메기지마와 오기지마가 가장 비슷해 보였다. 쇼도시마는 워낙 큰 섬이라 다른 섬과 일대일로 비교하기는 어렵지만, 같은 행정 구역에 속한 데시마와 유사성을 언급할 만하다. 두 섬 모두 올리브나무도 키우니 말이다.

그밖에 나오시마, 이누지마와 오시마는 서로 닮았다고 보기는 어렵다. 반면, 서쪽의 시와구 제도에 속한 혼지마, 아와시마, 다카미지마는 다른 듯해도 공통점이 있었다. 샤미지마는 매립되어 육지가 된 섬이라 다른 섬들과 성격이 다소 다르다.

결국 이 섬들은 크게 동서 두 집단으로 나뉜다. 그런데 가장 서쪽에 있는 이부키지마는 이 두 집단과도 확연히 다른 특성을 지닌다. 이 이야기를 하고 싶어서 서론이 다소 길어졌다.

쇼나이한도 서쪽, 멸치 바다

다른 섬들과 크게 다른 이부키지마는 '멸치 섬'이라 불린다. 섬 홍

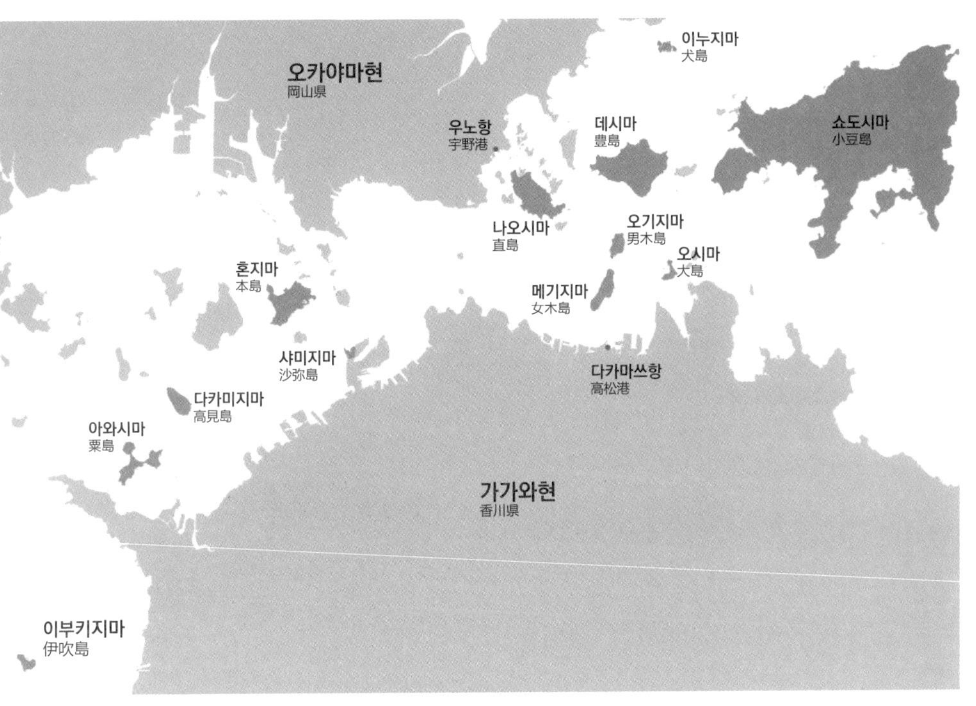

예술제 안내 지도. 이부키지마(伊吹島)가 가장 서쪽 아래에 외롭게 있다. 이부키지마는 다른 섬들과는 달리 넓은 해역을 품고 있다.

보물에도 멸치가 등장하고, 주민들 역시 자신들의 섬에서 생산되는 멸치에 큰 자부심을 갖고 있다. 섬 곳곳에는 멸치를 형상화한 디자인이 가득하다.

이부키지마에 대한 멸치 섬 홍보는 '간온지(観音寺, 관음사)항'에서부터 시작된다. 섬은 항에서 서쪽으로 약 10km 거리에 있다. 배를 기다리는 동안 항의 맛집에 걸린 멸치 간판과 사진을 찍고, 멸치 우동 한 그릇을 하고 나서, 돌아올 때 시간이 안 될 것 같아 멸치 문양이 있는 기념품도 하나 샀다. 섬으로 가는 배를 타기 전부터 흥미진진했다. 반도 '쇼나이한도(荘内半島)', 그 하나 차이로 '문어 바다'에서 '멸치 바다'로 바뀌었다. 지도에서 잘 보면 반도 왼쪽에는 너른 바다에 작은 섬, 이부키지마만 덩그러니 놓여 있다. 그러니 반도 서쪽의 시와

구 제도와는 환경이 완전히 다를 수밖에 없다. 그쪽 섬들보다는 어업에 더욱 집중할 수도 있었고 경쟁도 적었으리라. 한창때는 멸치뿐만이 아니라 도미의 산지로도 유명했는데 다 옛날 일이 되었다.

해안 절벽 위 넓은 평지에 마을이 있다

이부키지마는 면적 1.09㎢, 둘레 5.5㎞에 불과한 아주 작은 화산섬이다. 문어잡이로 유명했던 다카미지마의 절반에도 못 미치는 크기다. 그런데도 1956년에 인구가 4,500여 명이었다니 놀랍기만 하다.

이부키지마의 마우라항의 방문객들이 타고 온 여객선 모습. 선박의 크기와 선박 이름을 봐서는 이 섬만을 다니는 배이고 오가는 여객이 적지 않아 보인다. 사진_제종길

수입도 있고, 일거리가 그만큼 많았다는 이야기이다.

항에 내려서 마을 중심지로 가려면 제법 가파른 비탈길을 올라가야 한다. 한참을 오르고 나면 널따란 평지가 나타난다. 섬 정상부가 평지여서, 고원 같다. 해안 절벽 위의 큰 마을, 성을 지었어도 좋았을 지형이었다. 마을에 다가가면 집들이 많이 나타나고 학교와 박물관 등이 보이니 와글와글했을 때가 그려진다. 정말 이곳에 수천 명이 살았나? 싶다. 섬은 군화 모양인데 발목 부분에 집들이 몰려 있었고, 서쪽 전체가 경사면으로 이루어져 있다. 항공 사진을 통해 내려다보니

두 사진을 보면 마을 중심지가의 경사면 기울기를 짐작할 수 있다. 비가 오락가락하던 날이라 빗물이 경사면을 따라 흘러내리는 것을 볼 수 있었다.

섬의 남쪽과 북쪽 해안의 상당 부분이 항으로 조성되어 있다. 이 또한 어업 활동이 왕성했다는 증거다. 그 많은 인구를 수용하고도 땅이 남았는지, 인구가 많았을 당시는 농업, 주로 밭농사와 어업을 겸했다고 한다. 이젠 농업은 거의 하지 않는 것 같았다.

"사누키 우동이 멸칫국물 때문에 유명해졌지!"

이부키지마는 간온지시 이부키쵸에 속한다. 세토나이카이 전체 바다의 중간에 자리해 있어 동서의 바다를 오가기 좋은 위치 덕분에 어업 세력을 키워 나갈 수 있었나 보다. 과거 어획고의 3분의 1은 주변 바다에서, 또 3분의 1은 오사카만 등 내해의 다른 바다에서, 나머지 3분의 1은 대한해협 등 먼바다에서 올렸다고 하니 그 규모를 짐작할 만하다. 현재 멸치 어업은 주변 바다에서 잡은 멸치를 뱃전에서 빠르게 삶고, 바로 섬으로 올려 약 20시간 만에 말리는 방식으로 이루어진다. 이렇게 해야 독성이 없고 모양과 품질이 좋은 마른 멸치, '이리코(いりこ)'가 된다. 이 섬에서는 멸치에 대한 주민들의 자부심이 대단해 "사누키 우동이 우리 멸칫국물 때문에 유명해졌지!"라고 말하기도 한다.

2020년 무렵까지도 열다섯 채의 '후릿그물망어업(パッチ網漁)'으로 조업을 했다. 2011년 9월에는 이부키어업협동조합의 신청으로 「이부키이리코伊吹いりこ」가 특허청의 지역 단체 상표(지역 브랜드)로 등록되었다. 그런데 멸치 어획량은 예전만 못하다. 자원이 급감하고 선박용 연료가 올라서 수익도 예전 같지 않다고 한다. 그럼에도 주민들은 아직 희망을 접지 않고 있다.

이부키지마에 가려면 간온지시의 항에서 배를 타야 한다. 이곳에는 유명한 멸치우동 맛집이 있다. 다른 우동과는 풍미가 달랐고, 맛 또한 뛰어났다. 식당 안에는 '이부키 이리코'의 홍보물과 기념품이 가득했다. 사진_제종길

섬에서 만난 이런저런 멸치 디자인들. 더 많았으나 사진으로 남은 것이 이뿐이다. 사진_제종길

과소화, 한계집락, 낙도

이부키지마가 다른 섬들과 구별되는 점 가운데 하나는 인구 밀도이다. 한창때를 기준으로 보면 12개 섬 가운데 최고였다. 인구는 1960년대를 기점으로 심하게 감소했고, 이후에도 지속해서 줄어들었다. 2025년 현재 인구는 395명으로, 가장 많았을 때와 비교하면 약 9%에 불과하다. 그래도 5년 전보다는 72명이 늘어났으니 인구가 증가하는 드문 경우가 되었다. 그런데도 여전히 카소카(過疎化, 과소화)가 진행되고 있다. 카소카는 인구 감소와 함께 지역 주민의 생활 수준이 저하되는 상태를 말한다. 과소화가 심해지면 학교나 병원 등의 공공시설이 폐쇄되고, 지역 경제가 쇠퇴하는 등의 문제가 나타난다. 과소화의 원인으로는 대도시로의 인구 유출, 고령화, 농업이나 임업 등의 1차 산업의 쇠퇴 등이 꼽힌다.

이부키지마가 과소화와 고령화 측면에서 '겐가이 슈라쿠(限界集落, 한계집락)'임을 부정할 수는 없다. 한계집락은 고령화와 인구 감소로 사

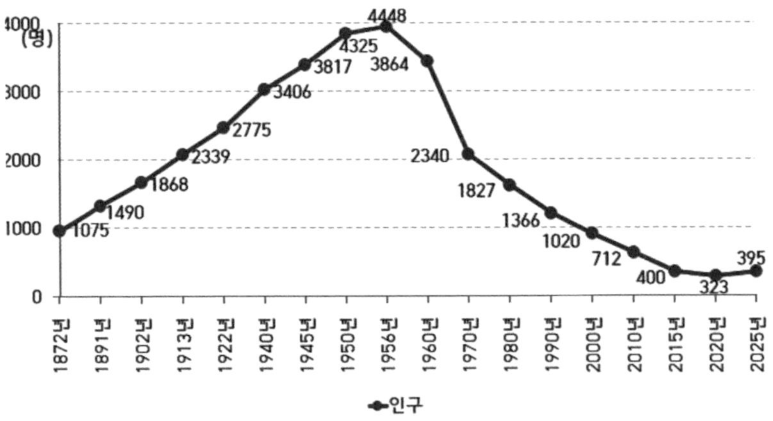

이부키지마의 인구 변동 추이를 나타낸 그래프. 1960년 이후 가파른 감소세를 보인다.

회적 공동생활의 유지가 어려운 마을을 가리킨다. 보통 주민의 절반 이상이 65세 이상일 때 해당한다. 또한 이곳은 오래전부터 '리토(離島, 이도: 육지나 큰 섬으로부터 멀리 떨어져 있는 섬, 이른바 낙도)'임을 부정할 수 없다. 간온지시 전체의 고령화는 34%가량인데, 이부키지마는 50%를 넘은 지 오래다.

'과소화', '한계집락', '낙도'라는 세 용어는 세토우치에서 예술제가 열리게 된 동기이기도 하다. 이는 일본과 한국이 공동으로 겪고 있는 심각한 사회 문제이기에, 설명을 조금 덧붙였다.

예술제 이후, 인구가 아주 조금씩 늘고 있다

그러나 이부키지마에는 빈집이 가득하다. 어떤 거리에는 모두가 빈집이라고 했다. 지금 약간의 인구 증가가 새로운 기대를 품게 하는 전환점은 아닐까? 주민들은 이 섬에 아직도 도시 지역에서 맛볼 수 없는 풍요로움이 있어, 그 가치를 인정받을 때가 올 것이라 믿고 있다. 예술제 개최 이후 이러한 분위기는 더 고조되었고, 2016년 예술제 때부터는 섬의 주부들이 모여 도시락을 준비하는 등 다양한 노력을 펼치고 있다. 인구 증가가 2015년 이후의 일이므로 예술제의 영향으로 보는 것은 조금 성급하지만, 많은 이들이 바라는 변화임은 분명하다. 지역의 향토 연구가인 '미요시 가네미쓰(三好兼光)'가 2015년경에 쓴 「이리코의 섬, 이부키섬의 현상과 과제(イリコの島 伊吹島の現状と課題)」에서 문제점을 여럿 열거하고, 이를 해결하기 위해서는 리더십을 발휘할 리더가 필요하다며, 인재 양성이 무엇보다 중요하다고 강조했다.

이 섬에는 모두 일곱 점의 작품이 있는데 다른 섬들에 비하면 작품

맛은 그저 그랬으나, 멸치햄버거는 히트 메뉴였다. 이 작은 가게에서 이것저것을 사 먹으며 제법 긴 시간을 보냈다. 사진_제종길

수가 적은 편이다. 간온지 시내에 있는 한 개를 포함하면 여덟 점이다.

섬이 가진 독특한 매력에 주민들의 자부심이 큰데, 역량 있는 리더들이 나타나 인구 회복과 더불어 지속 가능한 발전을 이루기를 기대해 본다. 그렇다면 이곳은 예술제가 인구를 늘게 한 좋은 사례가 될 것이다.

함께 볼 작품들

* **파상**(Pasang), ib06 _ 네덜란드 작가 '멜라 얄스마(Mella Jaarsma)'와 인도네시아 작가 '닌디티요 아디프르노모(Ninditiyo Adipurnomo)'가 지역 주민과 함께 만들었다. 작품명은 인도네시아어로 '짝'을 의미한다. 바닷일의 안전과 두 척이 한 조로 어업하는 멸치선단에

서 아이디어를 얻었다고 한다. 2019년에 전시했고, 2022년에 작품을 네 곳에 설치했다.

* **섬의 정원**과 **바다의 정원** _ 생활과 어업에 쓰이던 여러 가지 도구와 어구로 구성했다. 섬에서는 물과 관련된 물건들이 많았는데 물 부족에 힘들었던 상황을 드러낸다. 정원 너머 아련하게 보이는 바다와, 화려한 듯하지만 거친 섬살이의 애환과 그리움이 섞여 있다.

* **사물들이 꾸는 꿈**(The Dreaming of Things), ib08 _ 왠지 모르게 마음을 저미게 하는 제목이다. KASA 소속의 러시아 작가 알렉산드라 코발레바와 일본 작가 사토 타가시(佐藤敬)가 공동으로 만들고 2022년 처음 출품했다.

* **이어지는 바다**(Though The Sea), ib09 _ 단번에 인도네시아 작가의 작품임을 알아볼 수 있었다. 작가는 '게게르보요(Gegerboyo)'이고, 더 이상 이용하지 않는 옛 우체국 건물에 전시했다. 바다는 섬을 나누는 것이 아니라 서로 이어준다는 의미의 작품으로, 자연재해가 많은 두 나라의 세계관을 잘 드러낸다고 한다. 복잡한 주제임에도 쉽게 의미를 받아들일 수 있었던 것은 작품 재료가 소박해서였다.

* **화장실 집**(トイレの家), ib01 _ 일본 작가 이시이 다이고(石井大五)의 작품으로, 폐교된 이부키초등학교 교정에 설치되어 있다. 별다른 문이 없는데도 화장실을 편안하게 이용할 수 있도록 설계되었다. 거울의 열린 방향은 세계 6대 도시로 향하며, 여러 갈래에서 스며드는 빛은 섬의 골목을 연상하게 한다니 생각을 많이 하고 만든 작품이었다.

* **이부키노키**(伊吹の樹, 이부키의 나무), ib05 _ 일본/인도네시아 작가 구리바야시 다카시(栗林隆)의 작품이다. 예전에 조산원이 있던 터에 세워진 작품으로, '생명의 나무'를 형상화해 제작되었다. 외부는 나무이나 내부는 유리거울로 마감해 섬의 풍경이 비치도록 했다. 엄마 배에서 나온 아기가 가장 먼저 볼 세상을 암시했다고 하니 훌륭하다.

23 대지의 예술제, **에치고 쓰마리 아트 트리엔날레**

일본의 대표적인 지역 예술제인 '에치고 쓰마리 아트 트리엔날레'는 마을 사람들과 자연의 숨결을 예술로 승화시켜, 사람과 작품이 조화롭게 공존하는 독특한 문화 예술 공간이다.

예술이 마을을 살릴 수 있을까?

일본의 지역 예술제를 이야기할 때면 흔히 세토우치 트리엔날레부터 언급된다. 그러나 이 예술제가 등장하기 훨씬 이전, 예술로 지역을 되살린 또 다른 사례가 있었다. 바로 '에치고 쓰마리 아트 트리엔날레(Echigo-Tsumari Art Field, 越後妻有 大地の芸術祭, 이하 '대지의 예술제')'다.

2000년 처음 막을 올린 '대지의 예술제'는, 일본 지역 예술제의 원조 격이라 할 수 있다. 거슬러 올라가면 1994년, 니가타현이 10년짜리 지역 활성화 프로젝트 '에치고 쓰마리 아트 네클리스 마스터플랜(Echigo-Tsumari Art Necklace Masterplan)'을 발표하면서 시작되었다. 10년 동안 차곡차곡 준비한 끝에 마침내 예술제가 열렸고, 대지의 예술제는 3년을 주기로, 코로나로 한 차례 연기된 사례를 포함해 지금까지 아홉 차례 이어져 왔다. 버려졌던 농촌 마을은 어느새 전 세계 사람들이 찾는 문화의 성지가 되었다.

놀랍게도, 이 예술제는 단순히 규모만 놓고 보면 세계 최대다. 760㎢라는 어마어마한 면적 위에 약 200점의 작품이 전시되고, 지금까지 조성된 상설 작품만 800점을 넘어선다. 참고로 서울의 면적은 605㎢다. 인구 6만 3천 명의 시골 마을에 2022년 한 해에만 무려 57만 명이 방문했다는 건, 예술이 단순히 '보는 것'을 넘어서 '경험하고 머무는 것'으로 확장되었음을 보여 준다. 동시에 예술이 마을을 얼마나 강력하게 변화시킬 수 있는지를 보여 주는 수치이기도 하다.

에치고 쓰마리—지도에도 잘 나오지 않는 그곳의 이름

처음 '에치고 쓰마리'라는 이름을 들었을 때, 어디에 있는지도 몰랐다. '에치고?', '쓰마리?'. 혹시 '에치고쓰 마리?' 아니면 '에치 고쓰마리?'인가? 낯설고 발음의 조합도 어려운 이 이름은 심지어 지도에서도 바로 찾기 어렵다. 행정 구역 이름이 아니기 때문이다.

에치고 쓰마리는 니가타현 남부의 넓은 지역을 일컫는 일종의 지명 관용어로, 도카마치시(十日町市), 가와니시쵸(川西町), 나가사토무라(中里村), 마쓰시로마치(松代町), 마쓰노야마마치(松之山町), 그리고 쓰난쵸(津南町)까지 여섯 개 구역에 걸친 광대한 지역을 통칭한다.

'에치고'는 예전 일본의 지방 행정 단위였던 '에치고노쿠니(越後国)'에서 유래했고, '쓰마리'는 이 일대를 오래도록 살아온 사람들이 부르던 옛 지명의 흔적이다. 행정 명칭이 아니라 지역 주민의 입에서 전해 내려온 이름, 바로 그 점에서 이곳의 정체성이 고스란히 드러난다.

한국의 서울보다 훨씬 넓은 땅에 펼쳐진 시골 마을들. 논이 겹겹이 층을 이루며 뻗어 있고, 겨울엔 수 미터씩 눈이 쌓이는 이곳은 일본에서도 손꼽히는 다설 지역으로, '눈의 나라'라는 별명이 붙을 정도다. 하지만 한때 이 지역은 일본의 수많은 농촌과 마찬가지로 심각한 고령화와 인구 감소로 황폐해져 가고 있었다. 도쿄에서 하네다공항에 내려 다시 버스로 3시간 이상 달려야 닿는 거리. 그만큼 먼 곳이고, 그만큼 잊힌 곳이기도 했다. 그러나 그 고립성과 고요함이 오히려 이곳만의 예술을 가능하게 했다.

작품이 자연을 따라 배치되고, 마을을 품고, 사람들의 삶에 녹아드는 방식은 도시에서 상상할 수 없는 경험을 만든다. '에치고 쓰마리'는 그저 '시골'이라 불리기엔 너무나 많은 이야기를 품고 있다. 그리고 그 변화의 중심에는 단지 유명한 작가나 거창한 작품만 있는 게 아니라, 오래도록 그 땅을 지켜 온 마을 사람들과 그들이 만들어 낸 이야기, 그리고 자연의 숨결이 함께 자리하고 있다.

이동하는 동안 유난히 시선을 끄는 창고가 있었다. 가마보코(かまぼこ)식이라 불리는 형태로, 기차의 아치 구조물에서 비롯되었다고 한다. 최소한의 재료 두 장으로 벽체부터 지붕까지 이어 붙이고, 지붕 꼭대기에서 양쪽 면을 맞붙인 간단한 구조다. 군더더기 없는 디자인에 절로 감탄이 나왔다. 폭설이 내리는 지역에 특히 적합한 형태이며, 크고 작은 것, 낡은 것과 새것이 공존하고 있는 모습에서 오랫동안 이 지역에서 유용하게 쓰였음을 짐작할 수 있었다. 이 지역만의 독특한 개성으로 봄 직했는데, 실제로 여러 개의 예술 작품이 이 창고에서 영감을 얻었다고 한다. 사진_고은정

불친절한 예술제가 주는 진짜 친절

이곳에서 처음 마주하게 되는 감정은 '약간의 당황스러움'이다. 작품들이 너무 흩어져 있기 때문이다. 효율적인 동선? 그런 건 기대하기 어렵다. 대신 버스에서 내려 마을 길을 걷고, 산자락을 오르며, 그 풍경 속으로 스며들기를 요구받는다.

예술제인데 예술이 중심이 아니라, 마을과 자연이 중심이다. 예술은 그저 그 배경 속에 곁들여져 있을 뿐이다. 그 가운데 핵심 개념은 '사토야마(里山)'다. 사람과 자연이 오랫동안 공존해 온 일본 전통의 농촌 풍경이자 생활 양식을 말한다. 뒷산과 계단식 논, 흙냄새 나는 마을 집이 어우러진 공간이다. 작품은 바로 이런 일상 풍경 속에서 조용히 말을 건다.

작품이 말해 주는 이야기들

대지의 예술제에는 자연과 사람, 재해의 흔적까지도 예술로 승화시킨 작품들이 많다. 그 대표적인 사례가 2015년 예술제의 상징이었던 '토석류의 모뉴먼트(土石流のモニュメント)'다. 이 작품은 동일본 대지진 당시의 토사 유출을 기억하기 위해 만들어졌다. 당시 지진으로 약 16만m^3의 토사가 흘러 도로를 매몰시키고 논까지 덮쳤는데, 그 현장은 지역 사람들에게 깊은 상처를 남겼다. 이 흔적을 잊지 않기 위해, 작가는 노란색 폴 230개(높이 3m)를 토사가 흘러내린 흔적의 경계선을 따라 설치했다. 부지 전체를 조망할 수 있는 계단과 전망대도 있어, 그곳에 서 있으면 지진 당시에 얼마나 충격이었을지 직관적으로 가늠할 수 있다.

폭염 주의보? 그래도 여름에 여는 이유

에치고 쓰마리 아트 트리엔날레는 왜 하필이면 폭염이 기승을 부리는 7~9월 사이에 열릴까? 보통 축제나 문화 행사는 날씨 좋은 봄이나 가을에 열린다. 그러나 덥고 습한 니가타의 여름 한복판, 이 불편한 시기를 선택한 데는 분명한 이유가 있다.

구라마타초등학교 부근에 설치된 작품 '포템킨(POTEMKIN)'으로, 핀란드의 '카사그란데 앤 린탈라 건축사무소(Architectural Office Casagrande & Rintala, Finland)'의 작품이며, 2003년 예술제에 참여했다. 한때 주민들이 놀던 장소가 산업 폐기물을 불법으로 투기하는 곳으로 바뀌어 민원이 끊이지 않던 유휴 부지였으나, 이 작품을 통해 다시 아름다운 공원으로 되돌린 사례다. 기존 수목을 최대한 살리면서 공원의 둘레에 내후성 강판을 세웠으며, 내부는 매우 단순하게 마감했다. 눈부신 하얀 자갈은 더 이상 쓰레기에 이곳을 내주지 않겠다는 주민의 굳은 결의를 드러내는 듯하다. 놀라울 정도로 청소가 잘 되어 있었는데, 이 공간을 향한 주민들의 섬세한 손길이 느껴졌다. 사진_고은정

봄과 가을은 농사로 가장 바쁜 시기이고, 겨울엔 폭설로 이동조차 쉽지 않다. 결국 여름이야말로 마을 사람들이 예술제를 함께 준비하고 즐길 수 있는 유일한 시간이다. 이 예술제에서 작품의 상당수는 마을 사람들이 직접 운영하고, 누군가는 가이드를 맡고, 누군가는 카페를 열어 손님을 맞이한다. 관람객보다 주민을 먼저 생각한 기획. 이것이 이 예술제가 오래도록 사랑받는 이유다.

겉은 시골집, 속은 미술관

'빈집 프로젝트' 역시 이 예술제를 특별하게 만드는 중요한 요소다. 외관은 시골집 그대로인데, 문을 열고 들어서면 전혀 다른 세계가 펼쳐진다. 방문객들은 문 앞에서 몇 번이고 지도를 들여다보며 "정말 여기 맞나?"라고 확인하게 된다.

그중에서도 가장 인상적인 작품 중 하나는 '탈피하는 집(脱皮する家)'이다. 평범한 목조 민가의 내부를 통째로 조각해 껍질을 벗기듯 표현한 이 작품은, 기획부터 완공까지 무려 2년 반이 걸렸다고 한다. 수공으로 만들어 낸 목재 패턴은 마치 살아 움직이는 듯한 유기적인 감각을 자아낸다.

이처럼 외형은 그대로 두고 내부만 탈바꿈한 방식은, 마을 풍경을 해치지 않기 위한 배려에서 출발했다. 이미 있는 것을 소중히 여기고, 일상을 해치지 않는 방식으로 예술을 끌어들이는 마음. 그 따뜻함이 '대지의 예술제'를 더욱 특별하게 만든다.

예술도 시스템도, 모두가 예술

이 글에서 다 다루지는 못했지만, 대지의 예술제가 감동을 주는 가장 큰 이유는 '운영 자체가 예술'이라는 데에 있다. 기획, 구성, 동선, 커뮤니케이션, 커뮤니티 운영까지 어느 하나 허투루 이뤄진 것이 없다. 예술과 삶, 자연과 사람, 외부와 내부 모든 것이 유기적으로 연결된 이 공간에서는, 그 자체로 하나의 거대한 작품이다. 세토우치 트리엔날레와 종종 비교되지만, 에치고 쓰마리는 더 투박하고, 더 불편하고, 더 인간적이다. 그래서 더 매력적으로 보이는 걸까?

함께 볼 작품들

* **쓰마리 인 블룸**(Tsumari in Bloom) _ 2003년에 제작된 구사마 야요이(Kusama Yayoi)의 작품이다. 쓰마리가 예술을 품어 주는 관용적이고 풍요로운 땅임을 은유한다. 작가가 일본과 세계 여러 곳에 제작한 야외 조각들 중 가장 좋아하는 작품으로 알려져 있다.

* **키스 앤 굿바이, 도이치역**(Kiss & Goodbye, Doichi station) _ 대만 작가 '지미 리아오(Jimmy Liao)'의 2015년 출품작이다. JR이야마센(JR飯山線)을 배경으로 한 그림책 『키스 앤 굿바이』를 해석한 작품으로, 눈이 많이 내리는 이 지역 특유의 창고에서 영감을 얻은 형태이다. 창고 안에는 개와 함께 기차를 타고 할아버지를 방문하는 그림책의 이야기가 그림, 영상, 음악으로 펼쳐진다. 전시된 그림 곳곳에는 숨은그림찾기처럼 주인공과 강아지가 등장하는데, 그 모습이 정말 귀엽다.

* **많은 잃어버린 창을 위하여**(たくさんの失われた窓のために) _ 일본 작가 우쓰미 아키코(内海昭子)의 2006년 작품이다. 언덕을 올라 만나게 되는 작품인데 제목만으로도 작가의 의도가 파악된다. 마치 창문을 연 것처럼 바람을 느끼고 풍경을 재발견하게 된다. 작가는 자연에 순응하며 햇살과 사토야마의 바람을 소박하게 재현하고자 했다.

* **토석류의 모뉴먼트**(土石流のモニュメント) _ 이소베 유키히사(磯辺行久)의 작품으로, 2015에 설치되었다. 토사의 유출을 막기 위한 댐도 만들었는데 콘크리트가 아니라 이미 있는 토사를 담을 수 있도록 원통의 구조물로 만들었다. 또한 이런 일이 다시 발생하더라도 토사가 흐를 수 있도록 중앙의 높이를 낮췄다. 이 사방댐은 기능적이면서도 아름다우며 누구도 의심할 수 없는 현대 예술품이라 할 수 있다.

* **탈피하는 집** _ '구라카케 준이치+일본대학 예술학부 조각 코스 유지(鞍掛純一+日本大学藝術学部彫刻コース有志)'가 함께한 작업으로 2006년 예술제에 출품되었다. 평범한 외부와는 달리 내부는 전혀 다르다. 아니 어떻게 이런 건물 안에 이런 작품이 들어 있지? 그 반전에 감동이 배가된다. 디테일에 소름이 돋을 정도였다.

24 예술로 부흥을 기대하는 **도시와 마을들**

일본 지방에서 열리는 혁신적인 예술제들을 소개한다. 예술로 지역을 살리고, 주민들과 소통하며, 살아 있는 지역 문화를 만들어 내는 예술의 힘을 보여 준다. 이 중에는 실패의 사례도 있지만 그 도전과 노력 그리고 상상력에 찬사를 보낸다.

요즘 일본에서 가장 뜨거운 예술 현장은 어디일까? 의외로 대도시의 미술관이 아니다. 인적 드문 시골 마을, 섬, 골목이 오히려 예술의 최전선이자 실험의 무대가 되고 있다.

일본의 예술제는 단순한 전시를 넘어, 예술로 지역을 재해석하고, 사람과 공동체를 연결하며, '살아 있는 문화'를 만들어 낸다. 그 대표적인 예로 세토우치 트리엔날레를 깊게 들여다보고 있고, 앞 장에서는 '에치고 쓰마리 대지의 예술제'도 소개했다. 이 두 예술제를 총괄하는 인물은 '지역 예술제의 전설'이라 불리는 기타가와 프람(北川Fram)이다. 그가 이끄는 프로젝트는 세토우치 바다의 작은 섬들과 눈덮인 산골 마을을 세계 예술 지도의 중심으로 끌어올렸다. 예술제를 통해 버려졌던 장소가 다시 살아나고, 잊혔던 기억이 되살아나며, 예술은 어느새 지역의 얼굴이자 자부심이 되었다.

그가 이끄는 다른 예술제들도 좀 더 살펴보려 한다. 모든 예술제가 성공한 것은 아니다. 하지만 저마다의 다양한 개성을 지닌 예술제에서 우리가 배울 점이 분명히 있기 때문이다.

오쿠노토, 예술로 그린 외딴 끝자락: 오쿠노토 트리엔날레

이시카와현(石川県)의 가장 북쪽, 바다와 산이 교차하는 고요한 끝자락에 자리한 '오쿠노토(奥能登)'는 마치 세상의 가장자리처럼 느껴지는 곳이다. 하지만 이 적막한 땅에 예술이 스며들면서 놀라운 변화가 시작되었다.

2017년 첫선을 보인 오쿠노토 트리엔날레(Oku-Noto Triennale, 奥能登国際芸術祭)는 '극지의 예술'이라는 말이 어울릴 정도로 고립된 지역을 무대로, 예술의 힘이 공간과 사람을 어떻게 바꿀 수 있는지를 생생히 보여 줬다. 이 예술제는 단순한 전시가 아니라, 살아 있는 장소를 매개로 한 대화에 가깝다. 작가들은 현지에 머물며 마을 주민들과 시간을 보내고, 그들 삶의 기억과 이야기를 작품으로 풀어 냈다. 폐가에 설치된 조명, 옛 여관에 펼쳐진 설치 미술, 오래된 항구에 띄운 사운드 아트는 그 자체로 마을의 기억 복원이자, 주민의 삶을 기리는 노래다.

오쿠노토의 예술은 느리고 조용하지만 깊다. 관광객을 위한 이벤트가 아닌, 지역의 호흡에 맞춰 천천히 진행되는 이 축제는 현대 미술이 어떻게 공동체와 조화를 이룰 수 있는지, 그리고 예술이 어떻게 삶의 일부가 될 수 있는지를 잘 보여 준다.

이치하라, 일상 속으로 스며드는 예술 : 이치하라 아트 × 믹스

도쿄에서 기차로 약 한 시간에 닿는 지바현(千葉県) 이치하라시(市原市)는 도심과 자연이 공존하는 독특한 공간이다. 이곳에서 열리는 이치하라 아트×믹스(Ichihara Art×Mix)는 예술과 마을, 그리고 사람이 어떻게 어우러질 수 있는지를 실험하는 독창적인 예술제다. 2014년 처음 열린 이래, 이치하라 아트×믹스는 '혼합(mix)'이라는 이름처럼 다양한 장르, 다양한 사람들을 엮어 내는 무대로 자리 잡았다. 전시장과 공연장은 도심에 국한되지 않는다. 폐선 직전의 기차역, 공장 외벽, 비어 있는 민가와 논두렁마저 예술 공간으로 탈바꿈한다. 도시 재생과 현대 미술, 자연과 기술, 주민과 예술가가 혼합된 이 축제는 지역 예술제가 가질 수 있는 가장 실험적인 가능성을 보여 준다.

무엇보다 이 축제의 주인공은 지역 주민이다. 그들은 예술가와 대화를 나누고, 작업에 참여하며, 일부는 작품의 해설자 역할까지 맡는다. 참여와 소통이라는 키워드는 축제를 단순한 관람이 아닌 '체험'

으로 바꿔 놓았다. 예술은 마을의 일상이 되고, 마을은 예술의 일부가 된다.

북알프스의 풍경 속에서 : 북알프스 예술제

나가노현(長野県)의 시나노오마치(信濃大町)에서 펼쳐지는 북알프스 예술제(北アルプス国際芸術祭, Northern Alps Art Festival)는 말 그대로 '산의 축제'다. 해발 3,000미터에 이르는 일본 북알프스 산맥의 웅장한 자연을 배경으로, 예술이 그 풍경을 다시 그려 낸다.

도시를 벗어나 자연과 예술이 교차하는 공간에서 열리는 이 축제는 현대 미술과 자연환경의 공존을 탐색한다. 작품들은 산책로 위, 삼림 속, 강가에 설치되어, 관람은 곧 하이킹이 된다. 예술 감상과 자연 탐방이 동시에 이뤄지는 셈이다. 전통 목재를 활용한 건축 구조물, 바람과 소리로 반응하는 인터랙티브 아트, 생태계와 공생을 테마로 한 조각 작품 등은 사람과 자연, 예술의 관계를 끊임없이 질문한다.

이 축제 역시 예술가 혼자만의 무대가 아니다. 지역의 장인, 청년,

기타가와 프람이 설립한 출판사 '겐다이기가구시쓰'에서 2024년에 발간한 책이다. 이 출판사는 예술과 예술제 그리고 사회문제에 대한 책을 주로 출판하는데, 다음은 이 책을 소개하는 출판사의 글을 축약해 인용한다.
"3,000m급 산들이 이어져 깨끗한 원류가 흐르는 나가노현 오마치시(長野県 大町市)를 무대로 세 번째인 '북알프스 국제예술제'가 개막합니다. 11개국과 지역에서 36팀의 아티스트가 참가합니다. 전 작품과 이벤트의 해설과 함께 토지의 배경 등을 정중하게 소개해 작품 감상을 보다 깊게 하는 가이드가 됩니다. 예술제의 순회 방법 정보 등을 컴팩트하게 정리한, 북알프스에의 아트 여행 필수의 가이드북입니다."

자원봉사자들과 협업하며, 그렇게 축제를 함께 만든 주민들은 축제가 끝난 뒤에도 예술의 기억을 일상 속에 간직한다. 북알프스 예술제는 관광지 중심의 이벤트에서 벗어나, 지역의 존재 자체를 예술의 일부로 만들어 낸다.

예술제를 통한 '재생의 스토리'

일본 곳곳에서는 이러한 예술제의 정신을 잇는 다양한 축제가 열리고 있다. 그중 하나가 동일본 대지진 이후 시작된 '리본 아트 페스티벌(Reborn-Art Festival)'이다. 미야기현(宮城県)'의 이시노마키(石巻)를 주 무대로 하는 이 종합 예술제는 재난의 아픔을 딛고 회복을 이야기한다. 폐허가 되었던 이시노마키 해안가에 다시 생명이 깃들고, 작품과 공연, 지역 음식과 사람들의 이야기가 한데 어우러진다.

'아이치 트리엔날레(愛知国際芸術祭)'는 예술을 더욱 대중적으로 풀어낸다. 현대 미술, 연극, 음악, 무용 등 다양한 장르를 아우르며, 강연과 대화 프로그램으로 관객과의 거리도 좁힌다. 예술은 어렵지 않아야 하며, 누구나 즐길 수 있어야 한다는 철학이 느껴진다.

'요코하마 트리엔날레(横浜トリエンナーレ, 神奈川)'는 일본과 세계를 잇는 플랫폼이다. 글로벌 예술가들의 실험적 작품들이 도심 곳곳에서 펼쳐지고, 사회적 이슈를 반영한 워크숍과 토크는 예술의 공공적 역할을 묻는다.

'사이타마 트리엔날레(埼玉国際芸術祭)' 역시 예술의 장벽을 낮춘 축제다. 지역민과 방문자, 신진 작가와 기성 예술가가 어우러지는 현장은 예술의 민주주의라는 말이 어울릴 만큼 다채롭고 열린 분위기를 느낄 수 있다.

축제의 뿌리, 일본 문화

이처럼 일본의 예술제가 특별한 이유는 일본 문화 전반에 녹아 있는 축제의 DNA 때문이 아닐까 생각된다. 단순히 유명한 몇 개의 축제만 있는 것이 아니라 거의 모든 지역마다 사계절 내내 수천 개의 축제가 열린다. 공식적으로 집계된 축제 수만 해도 연간 3만 개가 넘는다고 한다. 하루 평균 약 80개 이상의 축제가 일본 어딘가에서 열리는 꼴이다. 사계절이 뚜렷한 자연 속에서 생긴 풍요와 재해, 감사와 위로는 늘 축제의 형태로 표현됐다. 봄에는 꽃 축제, 여름에는 불꽃놀이와 야시장, 가을엔 수확 축제, 겨울엔 눈 축제가 있다. 또 일본에는 약 8만 개가 넘는 신사가 있고 대부분 자기만의 축제를 하고 있으니 이게 지역마다 연례행사가 되기도 했다. 이렇다 보니 축제는 단지 이벤트나 관광 자원이 아니라 생활 문화가 되었다.

예전부터 자연과 인간, 과거와 현재가 만나는 하나의 전통적인 의식이 이어져 왔다. '함께 살아가는 확인의 시간'이라고나 할까. 예술제 역시 이 문화의 연장선에 있는 것 같다. 게다가 지역 분권이 활발한 나라이다 보니 지역마다 자부심을 바탕으로 독자적인 축제를 발전시켜 왔다. 그리고 이 축제를 이제 문화 산업과 지역 경제를 살리는 관광 전략으로 적극 활용하고 있다.

예술은 '함께' 만드는 것

일본 예술제의 가장 큰 특징은 '참여'다. 작가 혼자가 아니라, 지역 주민, 자원봉사자, 관람객이 함께 만들어 가는 예술이다. 예술은 더 이상 관람의 대상이 아니라, 함께 살아가는 과정 속으로 스며든다. 그래서 일본의 예술제는 늘 현재 진행형이다. 완결된 예술이 아니라,

계속해서 확장되고 변화하며, 새로운 이야기를 만들어 간다. 그것이 예술제를 찾는 관람객에게 감동을 주고, 그곳에 사는 사람들에게 자부심이 된다.

일본의 예술제를 둘러보며 공통적으로 느낀 점이 있다. 첫째, 예술은 지역의 정체성을 재조명한다. 낡고 버려진 공간이 예술을 통해 다시 의미를 얻고, 과거의 기억은 예술 속에서 다시 살아난다. 둘째, 주민이 주체다. 예술제는 단순한 문화 소비가 아니라, 지역 주민의 자발적인 참여로 이뤄지는 창작의 현장이다. 셋째, 예술은 현재 진행형이다. 3년마다 열리는 트리엔날레는 지속성을 바탕으로, 그때마다 새로운 이야기와 얼굴을 보여 준다. 그리고 이 모든 과정을 통해 예술은 더 이상 특별한 무언가가 아니라, 마을의 일부가 된다. 마치 오래된 골목길에서 피어난 꽃처럼, 예술은 자연스럽고도 조용하게 사람들의 삶에 스며든다.

예술이 마을을, 그리고 사람을 바꾼다. 일본의 예술제가 우리에게 보여 주는 가장 큰 감동은 바로 그 지점이다. 이 기적은 일본에만 국한된 이야기가 아니다. 우리도 충분히 시작할 수 있다. 지역을 바라보는 새로운 시선, 예술의 가능성을 믿는 용기, 그리고 사람과 함께 가는 길—이 세 가지가 있다면, 어디든 예술의 마을이 될 수 있다.

함께 볼 작품들

* **오쿠노토 트리엔날레** _ https://oku-noto.jp
* **이치하라 아트×믹스 예술제** _ https://ichihara-artmix.jp
* **북알프스 예술제** _ https://shinano-omachi.jp
* **2021~2022 리본 아트 페스티벌** _ https://2022.reborn-art-fes.jp/en/

*아이치 트리엔날레 _ https://aichitriennale2010-2019.jp/2019/en/index.html

*요코하마 트리엔날레 _ https://www.yokohamatriennale.jp/korean

25 현대 미술로 짓는 **일본의 도시들**

일본의 여러 도시는 현대 미술을 전시 공간에 가두지 않고, 도시의 구조와 일상, 정책과 경관을 재구성하는 언어로 활용하고 있다. 도쿄에서 구마모토까지 이어지는 사례는 예술이 미술관을 넘어 광장 · 건축 · 자연 · 인프라 속으로 스며들며 '예술의 도시'가 만들어지는 과정을 보여 준다.

예술이 도시를 설계하다

전통적인 의미에서의 미술관·갤러리는 여전히 도시 속 중요한 거점이지만, 최근 일본의 흐름을 조금만 들여다보면 예술이 더 이상 건물 안에만 머물지 않는다는 사실이 또렷하게 드러난다. 도시의 스카이라인, 공공 건축, 골목, 공원, 심지어 논과 숲까지도 예술의 매개가 되고 그것들이 다시 도시의 정체성과 이미지를 만들어 낸다.

이미 세토우치, 에치고 쓰마리, 오쿠노토 트리엔날레를 통해 작은 마을과 섬이 예술로 변화하는 모습을 살펴봤다면, 이번에는 스케일을 조금 넓혀 도시 단위에서 일어나는 변화에 주목해 보고자 한다. 작은 마을이 '예술의 마을'이 된다면, 도시는 어떻게 '예술의 도시'가 되는가?

도시를 예술적으로 만든다는 것은 단순히 미술관을 하나 더 짓는 일이 아니다. 도시 계획과 건축, 문화 정책, 민간 개발, 시민의 일상과 관광이 서로 얽히며 공간 구조, 이동 동선, 도시의 이미지와 브랜드, 그리고 시민의 생활 감각을 바꿔 가는 복합적인 과정이다. 이 지점에서 일본은 흥미로운 실험을 이어 오고 있다. 도쿄, 가나자와, 교토, 가루이자와, 구마모토—서로 결이 다른 다섯 도시를 따라가다 보면, 현대 미술이 어떻게 도시의 전략, 장소성(placeness), 삶의 방식을 다시 짜고 있는지 자연스럽게 읽힌다.

도쿄는 거대한 예술 생태계가 도시 전체로 확산되는 모델을 보여 준다. 가나자와는 전통 도시가 현대 미술과 겹쳐지는 방식을 실천하고, 교토는 역사 도시가 사진 예술을 통해 장소를 다시 읽어 내는 방법을 보여 준다. 가루이자와가 자연과 건축이 예술적 감각을 주도하는 사례라면 구마모토는 정책이 도시를 예술의 실험장으로 만든 드

보통 도쿄에서 대표적인 미술관을 꼽으라면 이 국립서양미술관(National Museum of Western Arts)과 도쿄현대미술관(Museum of Contemporary Art Tyoko, MOT)을 든다. 국립서양미술관은 6,000여 점의 소장품을 통해 서양 미술 전반을 소개하고 있다. 개관은 1959년에 했으며 본관 설계는 프랑스 건축가 르 코르뷔지에가 맡았다.
사진_제아라실

문 경우다. 이 다섯 도시를 엮어 보면, 일본의 현대 미술이 단지 작품을 생산하는 차원을 넘어, 도시를 설계하고 운영하는 새로운 언어로 기능하고 있다는 점이 분명해진다.

도쿄, 도시 전체가 작품이 되는 시간

도쿄는 실험실이자 쇼룸이다. 경제·기술·문화의 중심이 한데 얽힌 이 거대 도시는, 현대 미술에서도 예외가 아니다. 그러나 도쿄의 흥미로운 지점은 미술관·갤러리의 '개수' 자체보다는, 그것들이 도시 전체의 리듬과 어떻게 맞물리는가에 있다.

11월이면 '아트 위크 도쿄(Art Week Tokyo, AWT)'가 열린다. 처음에는 비교적 작은 규모의 파일럿 프로젝트처럼 보였지만, 이제는 도쿄의 현대 미술 생태계를 한눈에 드러내는 일종의 "도시형 미술 네트워크"로 자리잡았다. 이 행사는 특정 박람회장이나 거점 하나에 관람객을 모으기보다, 미술관·갤러리·대안 공간이 도시 곳곳에 흩어져 있다는 전제를 그대로 활용한다. 관람객은 지하철과 버스, 셔틀을 이용하거나 도보로 오가며 도시를 '작품 사이의 여백'이 아니라 '전시의 일부'로 경험하게 된다.

롯폰기 힐스 꼭대기에 자리한 모리미술관은 도쿄의 이 같은 예술 구조를 상징하는 장소다. 고층 복합 개발의 최상층에 현대 미술관을 올려놓는다는 발상은, 단지 새로운 시설 하나를 더한 수준이 아니다. 야경을 내려다보며 작품을 보는 경험, 늦은 밤까지 열려 있는 미술관, 전망대와 전시를 결합한 관람 방식은 '도시의 소비 시간표'를 바꿔 놓는다. 퇴근 후 쇼핑과 식사, 술자리로 이어지던 야간 동선에 '예술 감상'이라는 선택지를 자연스럽게 끼워 넣는 것이다. 민간 개발회사가 도시 재생·부가 가치 창출 전략으로 현대 미술을 택한 셈이고, 도쿄 시민은 그 전략을 통해 더 다양한 문화적 삶의 패턴을 누리게 된다.

팀랩(teamLab)의 디지털 아트 프로젝트는 또 다른 차원의 도시 실험이다. 오다이바에서 경험한 팀랩 플래닛에서는 맨발로 물에 들어가 디지털 잉어 떼 사이를 걷는다. 몸이 움직이는 방식에 따라 이미지가 반응하고, 관람객의 동선 자체가 작품의 일부가 된다. 2025년부터 아자부다이 힐스에 문을 연 팀랩 보더리스는 이 경험을 도심 한가운데로 끌고 들어왔다. 관람객은 더 이상 '작품을 보러 가는 손님'이 아니라, 빛과 소리, 움직임으로 이루어진 하나의 세계 안을 '살아 보는'

사람이 된다.

도쿄의 사례는 현대 미술이 단지 전시 기획의 차원에 머무르지 않고, 민간 개발, 야간 경제, 관광, 도시 이미지 전략이 서로 교차하는 접점이 될 수 있음을 보여 준다. 예술이 도시를 덮어씌우는 장식이 아니라, 도시가 자신을 운영하는 방식의 일부가 되는 순간이다.

가나자와, 전통과 미래가 투명하게 만나는 도시

가나자와는 처음 방문하는 사람에게도 '예술에 익숙한 도시'라는 인상을 준다. 전통 공예, 차 문화, 정원, 목조 건축이 자연스럽게 어우러진 이 도시에서, 현대 미술은 이질적인 요소라기보다 기존 문화의 연장선에 놓인 듯한 느낌을 준다. 이 흐름을 결정적으로 끌어올린 것이 바로 '가나자와 21세기 미술관'이다.

렌조 피아노가 설계한 이 미술관은 둥근 유리 건물이다. 담장이나 경계가 뚜렷하지 않고, 광장과 길, 잔디와 내부 공간이 자연스레 이어진다. 도시 한복판에서 시민들이 건물 주변을 거닐다가 스르르 유리문을 밀고 들어갈 수 있는 구조. 도시 계획 관점에서 보면, 이는 '문화 시설을 도시의 열린 노드로 설계한 것'이고, 미술관 운영 관점에서 보면 '예술에 대한 진입 장벽을 물리적으로 낮춘 것'이다.

내부에서 만나는 레안드로 에를리히(Leandro Erlich)의 '스위밍 풀(Swimming Pool)'은 공간 체험의 방식을 바꿔 놓는 대표적인 작품이다. 수면 위에서 내려다본 사람과 수면 아래에서 올려다보는 사람이 서로를 향해 손을 흔들면, 물속과 바깥의 경계가 흔들린다. 관람객은 작품을 먼저 이해하려 애쓰기보다 자신의 몸이 놓인 위치, 시선의 차이, 타인과의 관계를 자연스럽게 느끼게 된다.

렌조 피아노가 설계한 '가나자와 21세기 미술관'은 유리와 곡선으로 이루어진 원형 건물로, 누구나 쉽게 드나들 수 있는 열린 공간이다. 사진_고은정

가나자와의 중요한 지점은 이 미술관이 도시 전체의 리듬과 연결되어 있다는 점이다. 전통 공예 작업장, 작은 갤러리, 공연장, 찻집에서 이루어지는 문화 활동들과 21세기 미술관의 프로그램이 서로 엮이며, 도시는 "유산을 보존하는 곳"을 넘어 새로운 감각을 실험하는 창의 도시로 기능한다. 예술이 과거와 단절되지 않고, 과거의 층위 위에서 투명하게 미래를 겹쳐 보이는 도시. 가나자와는 현대 미술이 어떻게 '전통 도시의 리노베이션 언어'가 될 수 있는지를 잘 보여 준다.

교토, 시간과 장소를 다시 읽는 사진 도시

교토는 원래부터 '예술의 도시'다. 수백 년 동안 축적된 사찰, 정원,

목조 주택, 골목이 만드는 풍경만으로도 이미 하나의 거대한 미술관을 이루지만, 그 위에 현대 예술, 그중에서도 사진 예술이 더해지면서 전혀 다른 차원의 도시 이미지가 형성되고 있다.

'교토그래피(KYOTOGRAPHIE, 교토 국제 사진제)'는 교토의 이중적인 시간 구조를 잘 활용하는 예다. 전시장은 대부분 '그냥 전시를 하기에는 너무 아까운 장소'들이다. 니조성의 주방, 폐쇄된 인쇄 공장, 전통 가옥의 다다미방, 오래된 창고까지. 관람객은 사진을 보기 위해 교토를 찾지만, 실제로는 사진을 통해 교토라는 도시의 물리적·역사적 층위를 다시 체험하게 된다.

사진은 도시의 과거와 현재를 동시에 호출한다. 흑백 사진이 걸린 전통 가옥에서는 이미지와 장소 모두 과거를 이야기하지만, 그 둘이 만나면서 오히려 '현재 이 도시를 어떻게 살아갈 것인가'라는 질문이 떠오른다. 세계의 동시대 작가들이 교토의 오래된 구조물 속에서 전시를 펼치는 방식은, 역사 도시가 현대 예술을 거부하지 않고 자기 언어로 소화해 내는 섬세한 방식이다.

교토의 강점은 현대 예술이 도시의 상징물을 교체하는 방식이 아니라, 기존 도시 구조를 섬세하게 재해석하는 도구로 사용된다는 점이다. 도시 계획·보존 논의에서 늘 부딪히는 '변화 vs 보존'의 이분법을, 교토는 사진 예술과 장소 특정적 전시를 통해 "겹쳐 보기, 다시 읽기"라는 제3의 방식으로 풀어 낸다.

가루이자와, 자연과 건축이 빚어 내는 감각의 도시

가루이자와는 일본인에게도 특별한 이미지가 있다. 여름 휴양지이자 별장지, '세련된 피서지'라는 인상이 강하지만, 조금만 깊이 들어가 보면 이 도시는 자연·종교·교육·건축이 뒤섞인 독특한 예술 환경을 갖추고 있다.

숲길을 따라 걷다 만나게 되는 '가루이자와 고원교회'와 '돌의 교회'는 그 자체로 현대 건축이자 환경 예술 작품이다. 가루이자와 고원교회는 선교사와 문인들이 모여 "예술과 자유 교육"을 논하던 자리에서 시작되었고, 지금도 그 분위기가 교회와 주변 마을의 공기에 남아 있다. 호시노 유학당의 이름이 여전히 건물 정면에 걸려 있는 풍경은, 이곳이 단지 종교 시설이 아니라 교육·문화 운동의 기억을 품은 장소임을 알려 준다.

돌의 교회는 프랭크 로이드 라이트(Frank Lloyd Wright)의 제자인 켄드릭 뱅스 켈로그(Kendrick Bangs Kellogg)가 설계한 건축물로, 유기적인 곡선과 돌·유리의 조합이 숲과 어우러져 있다. 천장은 태양의 궤도에 따라 빛이 드나들도록 구성되고, 내부 벽을 타고 흐르는 물소리는 건축과 자연, 사람의 감각을 매끄럽게 이어 준다.

가루이자와의 중요한 포인트는 여기서 '미술관'이라는 단어가 거의 등장하지 않는다는 점이다. 대신 건축과 자연이 곧 예술의 매체가 된다. 작은 갤러리와 미술관이 있긴 하지만, 이 도시를 예술 도시로 만드는 힘은 숲과 집, 교회와 길, 빛과 그림자가 만들어 내는 물리적 경험에서 나온다.

도시 디자인의 관점에서 보자면, 가루이자와는 '경관 그 자체를 예술적 자원으로 삼고, 건축을 통해 그 자원을 증폭시키는 모델'이다. 예술이 도시를 덮어 씌우는 것이 아니라, 자연과 사람 사이의 감각을 섬세하게 조율하는 방식으로 작동한다.

선교사와 문인들이 모여 아이의 개성을 소중히 하는 교육 운동을 키워 '호시노 아이회'라고 하는 아이들의 모임도 생겼다. 후에 '가루이자와교회'로 개명되었다. 104년이 지난 지금도 호시노 유학당의 이름이 정면에 걸려 있다. 사진_고은정

가루이자와 돌의 교회는 '유기농 건축'이라는 표현이 맞춤일 정도로 건물이 자연의 일부가 된다. 겹겹이 쌓은 천장은 태양의 궤도에 맞춰 동쪽에서 서쪽으로 호를 그리고 있고, 항상 많은 빛이 들어가도록 남쪽으로 세웠다. 조용한 교회 내부에는 벽면도 같은 돌을 쌓아서 마감했고, 기분 좋은 물소리가 희미하게 울리도록 석벽을 따라 물이 흐른다. 사진_고은정

재개발된 구마모토역 동쪽 출구 광장. 구름 모양에서 영감을 받은 유기적인 캐노피와 구멍이 있는 지붕이 공간 전체를 감싸며 독특한 광장을 형성한다. 사진_고은정

구마모토, 정책이 만든 살아 있는 건축

구마모토는 예술과 도시가 만나는 장면을 가장 정책적이면서도 가장 구조적으로 보여 주는 도시이다. 1988년 시작된 '구마모토 아트폴리스(Kumamoto Artpolis)'는 공공 건축 정책의 패러다임을 바꾸려는 실험이었다.

도시 곳곳의 병원, 도서관, 다리, 주택, 터널, 심지어 화장장까지—기존이라면 일반적인 설계로 처리되었을 시설들에 이르기까지 일본을 대표하는 건축가들을 참여시켰다. 안도 다다오, 이토 도요오, 구마 켄고 등 이름만 들어도 알 수 있는 건축가들이 참여하면서 구마모토는 도시 전체를 하나의 건축·예술 실험장으로 바꿔 나갔다.

다카노병원 이전 신축 프로젝트는 아트폴리스의 방향성을 잘 보여 준다. 병원을 단지 '치료 기능을 수행하는 상자'로 보지 않고, 광장과 마당, 사람의 동선을 고려한 열린 구조로 설계함으로써 이 공간은 지역 커뮤니티의 모임터이자 도시의 공적 공간 역할까지 수행한다. 구마모토역 동쪽 광장의 유기적인 캐노피 역시, "역 앞 광장을 어떻게 도시의 얼굴로 만들 것인가"라는 질문에 대한 건축적 답이다.

구마모토는 예술을 도시의 상징물 몇 개에만 집중시키지 않고, 일상 인프라 전반에 미적·공공적 가치를 심는 방식을 택했다. 이는 도시 정책 측면에서 보면 디자인을 '공공 서비스의 기본 품질'로 끌어올린 시도이기도 하다. 결과적으로 구마모토는 '살아 있는 건축 박물관'이라는 별칭을 얻었고, 시민은 일상 동선 속에서 자연스럽게 예술적 공간 경험을 누릴 수 있게 되었다.

도시 계획·정책의 언어로 번역하자면, 구마모토는 예술을 인프라 차원에서 통합한 도시이다. 이때 예술은 도시를 미화하는 장식이 아니라, 사용성과 공공성이 높은 공간을 만드는 원리로 활용된다.

예술, 도시를 다시 짓는 언어가 되다

도쿄·가나자와·교토·가루이자와·구마모토를 나란히 놓고 보면 공통점이 선명해진다. 이 도시들은 모두 '예술을 잘 소비하는 도시'가 아니라 예술을 통해 도시의 구조와 이미지를 재구성한 도시라는 점이다.

도쿄는 민간 개발과 디지털 아트를 통해 대도시의 시간과 야경, 소

1982년에 개원한 다카노병원(高野病院)의 이전 신축 프로젝트로, 아트폴리스의 첫 병원 건축이다. 자연을 받아들여 사람과의 교류를 촉진하는 공공성 높은 광장과 같은 병원 만들기가 콘셉트이다. 사진_고은정

비 패턴을 재설계하고 있다. 가나자와는 21세기 미술관을 중심으로 전통 도시의 정체성과 현대 미술의 실험성을 투명하게 겹쳐 보는 법을 보여 준다. 교토는 역사 도시가 사진 예술을 통해 장소의 기억을 다시 읽어 내는 섬세한 방식을 구축했고, 가루이자와는 자연과 건축을 매개로 예술적 감각을 일상 속으로 부드럽게 녹여 넣는다. 구마모토는 정책과 공공 건축을 통해 예술을 도시 인프라의 언어로 끌어올렸다.

이 도시들의 사례는 결국 하나의 질문으로 모인다. '예술은 도시 안에서 어디까지 갈 수 있는가?' 답은 생각보다 넓다. 예술은 박물관 안에서도, 광장에서도, 숲과 논, 병원과 역, 교회와 골목에서도 기능할 수 있다. 중요한 것은 형식이 아니라 도시가 예술을 어떻게 받아들이고, 어떤 구조로 엮어 내는가이다. 일본의 여러 도시에서 보이는 공통된 흐름은 예술을 단발성 이벤트나 관광 자원에 머물게 두지 않고 공간·정책·일상·기억을 다시 짜는 언어로 사용하고 있다는 점이다.

이 흐름을 한국의 도시와 연결해 본다면 더 많은 질문이 가능해진다. 우리에게 필요한 것은 새로운 미술관 한 동이 아니라 도시를 예술적으로 읽고 쓰는 방식, 즉 '예술 기반 도시 운영 문법'일지도 모른다. 예술이 도시를 바꾸는 것은 거창한 선언이 아니라 작은 공간 하나, 건축 한 동, 골목 하나를 다르게 설계하고 해석하는 일에서 시작된다. 현대 미술의 언어로 도시를 다시 짓는 실험은 아직 진행 중이다. 그리고 그 실험은 일본의 몇몇 도시에서만 볼 수 있는 특별한 사례가 아니라 마음먹으면 우리의 도시에서도 시작할 수 있는 일이다. 예술을 '관람의 대상'에서 도시를 설계하고 운영하는 하나의 문법으로 받아들이는 순간 어느 도시에서든 예술의 도시가 될 준비는 이미 절반쯤 끝난 셈이다.

함께 볼 작품들

* **팀랩 보더리스**(teamLab Borderless) _ 수많은 디지털 잉어가 사는 호수이다. 무릎 높이까지 미온수가 차 있어 바지를 걷어 올려야 한다. 잉어에 가까이 닿으면 이미지가 흩어진다. 2025년 아자부다이 힐스에서 문을 열었다. 또다른 체험형 전시로 거울과 움직이는 수많은 작은 불빛이 환상적인 공간을 연출하기도 한다. 다음 전시를 찾아 바삐

움직이던 사람들이 약속이나 한 듯 모두 자리에 앉거나 누워 공간을 즐긴다.

* **스위밍 풀**(Swimming Pool) _ 가나자와 21세기 미술관 안에서 만나는 레안드로 에를리히(Leandro Erlich, 아르헨티나)의 1999년 작품이다. 수면 아래에도 동선이 있어서 물 아래 사람과 물 위에 서 있는 사람이 서로 착시를 보이며 예술과 현실의 경계를 흔든다.

* **교토그래피** _ 2024년 주제는 "다리를 건너"였다. www.kyotographie.jp

26 지역 사회와 문화 활성화를 **성공시킨 요인들**

세토우치 트리엔날레는 2010년에 처음 시작되었으며, 세계적으로 유명한 현대 미술가들이 참여해 지역의 자연과 역사적 배경을 반영한 현대 미술 작품을 선보였다. 예술제는 미술을 통해 지역 사회의 경제와 문화 활성화에 영향을 미쳤는데, 기획자들은 이러한 효과를 기대했다. 여기서는 기획한 전문가와 지역 사회가 예술제에 걸었던 기대가 잘 이뤄졌는지 주관적인 짤막한 평가를 하고자 한다.

예술제가 바다 자원의 복원에도 힘쓰길

세토우치 트리엔날레는 단순한 예술 축제가 아니라, 지역 경제, 문화, 자연, 사회를 전반적으로 활성화하겠다고 하는 의도와 의지가 담긴 행사이다. 예술제의 테마가 '바다의 복권(Restoration of Sea)'이라는 데에서도 알 수 있듯이 예술제를 통해서 침체하고 있는 지역(특히 12개 도서)에 경제가 활성화되고 인구도 늘어나길 바란 것이었다. 예술제 관련 자료에는 분명하게 명시하지는 않았지만, 주민들의 생계와 밀접한 관계가 있는 해양 환경의 복원을 통해 수산 자원이 부활하기를 바라는 꿈까지 엿보였다. 저자들이 기획자의 처지에서 바라본다면, 수자원의 복원 없이는 섬의 실질적인 재생은 애초에 불가능해 보였기 때문이었다. 12개 섬 가운데 동떨어져 있는 이부키지마를 제외하고는 '문어(주꾸미) 어업권'으로 보았다. 그래서 우리 평가는, 예술제의 성과가 환경에까지 영향을 미치기는 어렵지만 '바다의 복권'이라고 한 이상, 나중에라도 자원의 복원에도 신경을 써서 예술제의 궁극적인 목표에 다가갈 것을 희망해 본다.

예술제 18년의 성과들

예술제는 지난 18년 동안 6회를 거치며 국제적으로 저명한 행사가 되었고, 활발한 국내외 문화적 교류를 촉진하며 일본 지역 예술제의 역량과 성과를 크게 드러냈다. 이미 해안 지역 사회와 문화 활성화 면에서 세계적으로도 중요한 성공 사례로 평가된다. 현재 예술제의 중심 섬인 나오시마는 괄목할 만한 발전을 거듭하고 있다. 하지만 이러한 성공 속에서도 가려진 몇 가지 문제들도 있다. 이 글에서는 우선 성과를 간략하게 정리하고, 다음 장에서 한계와 문제점을 짚은 뒤, 지속이 가능한 예술제가 되기 위해 바라는 몇 가지를 제언하고자 한다. 예술제의 주요 성과를 정리하면 다음과 같다.

방문객이 늘어, 지역 경제가 활성화되다

첫째는 지역의 경제 활성화이다. 2010년 이후 예술제가 열리는 곳에서는 행사가 있는 해뿐만 아니라 보통 해에도 이전보다는 많은 관람객이 방문하고 있다. 숙식과 관광 안내와 해설, 교통 등 다양한 산업에 경제적 성과를 가져다줬다. 특히 일부 섬에서는 숙소는 물론이고, 카페와 식당 그리고 기념품점이 생기고, 방문객들의 현지 소비가 늘어나면서 공동체에 활기가 돌자 섬에 경제적인 활력까지 기대할 수 있는 상황이 되었다. 오기지마에서는 폐교된 학교가 재개교까지 하는 사례도 나왔다. 2016년 3회 예술제에는 약 99만 명의 방문객이

오기지마 마을 언덕길에 자리한 작은 카페, '다몽떼 가게(Damonte & Co.)'. 이곳에서 마시는 차 한 잔은 섬에서의 삶을 꿈꾸게 만든다. 사진_제종길

노을이 진 후 바다에서 바라본 다카마쓰항. 인위적인 건축물이 많지만, 경관을 아름답게 꾸미려는 세심한 노력이 엿보인다. 사진_박진한

찾았고, 2019년에는 약 117만 명의 방문객을 기록해 지역의 관광 산업에 활력을 불어넣었다. 2022년에는 코로나의 여파로 다소 줄었지만, 2025년에는 약 108만 명의 방문객을 끌어들여 다시 큰 규모의 관광 수요를 창출했다.

지역 주민 간 결속이 단단해지고 새로운 직업이 생기다

둘째는 지역 주민 공동체의 활성화다. 예술제는 단순한 예술 행사가 아니라, 지역 주민들의 참여와 협력이 꼭 필요한 이벤트가 많이 포함되었다. 이 점이 이 예술제의 강점이자 지속 가능성을 담보하는 부분이다. 예술 작품들이 지역의 풍경과 자연 그리고 역사를 고려하여 설치되며, 지역 주민들도 작품 제작 과정에 직접 참여하거나 자원봉사자로 활동한다. 이는 지역 주민들에게 자신의 지역과 문화를 자랑스럽게 여길 기회를 제공하고, 지역 공동체의 결속력을 높이는 데 이바지한다.

예술가들이 섬의 자연, 역사, 문화를 반영한 작품을 창작하고, 이를 통해 지역 주민들이 자신들의 문화적 유산에 대해 다시 바라볼 기회를 얻게 했다. 즉, 기존의 버려진 공간이나 낡은 건물들을 재활용하여 새로운 문화적 공간으로 탈바꿈하는 과정에서 수익을 창출할 기회까지 만들어졌다. 예술과 문화 그리고 서비스 산업에 관심이 있는 청년층과 인재들이 유입되는 섬도 있었다. 또한 지역 주민들에게도 새로운 직업을 선택할 기회가 조금씩 열리기도 했다.

세계인이 방문하는 지역이 되다

셋째는 문화 교류를 통한 지역 인지도의 상승이다. 예술제는 일본 전국, 더 나아가 전 세계 여러 나라에서 온 예술가들과 관람객들이 세토우치 해안 지방까지 찾아와 펼치는 문화 축제의 장이다. 이런 행사를 통해 일본인뿐만 아니라 다양한 문화적 배경을 가진 사람들과 상호 작용을 하면서 예술뿐만 아니라 지역의 문화적 성과가 증대했을 것이다. 예술제가 단순한 현대 미술품 전시 행사가 아니라, 새로운 문화를 만들어 내는 행사로서 성공할 가능성이 보이자 국제적인 명성을 얻었다.

자신들이 사는 섬의 자연환경, 문화, 역사를 새롭게 알게 되다

넷째는 섬 지역의 재생과 환경과 문화 인식 제고이다. 예술제의 작

다카미지마에 남아 있는 빈집. 많은 작품이 이런 오래된 집 안에 펼쳐져 있다. 사진_제종길

데시마(豊島)의 마을 중심부 작은 광장에 자리한 포장마차. 시원한 음료수와 아이스크림이 인기 있다. 자세히 보면 데시마에서 나는 재료로 만든 메뉴가 많다. 사진_제종길

품들은 대체로 지역의 자연환경과 문화 그리고 역사적 배경을 반영하도록 기획된다. 지역 주민들은 행사를 통해 자신이 사는 섬과 주민들의 생활 그리고 자연환경에 대해 다시 한번 더 생각하게 되고, 지역의 자원 보호와 환경 보전에 대한 인식이 높아진다. 또한, 예술 작품들이 섬의 자연과 어우러져 설치되면서 관광객들에게 환경 보호의 중요성을 알리는 역할도 한다. 더 나아가 지역 주민들이 작품 활동에 참여하면서 자연과 문화가 예술을 매개로 경제 활성화와 연계될 수 있음을 체험하게 된다. 지속할 수 있는 지역 발전 모델로서 예술제는 단기적인 이벤트가 아닌, 지역과 함께 성장하는 모델이자 장기 프로젝트임을 확인하게 되었다.

지역 전통문화와 현대 미술의 조화

다섯째는 전통문화와 현대 미술의 융합이다. 세토우치 지방은 오랜 역사와 전통을 가지고 있으며, 예술제에서는 이를 현대 미술과 결합하려고 시도했다. 예술 작품은 종종 고택이나 지역의 문화와 역사적 의미가 있는 장소에 설치된다. 전통문화와 현대 미술을 융합한 작품들은 관람객에게 색다른 감동과 아름다운 추억을 제공한다. 그러다 보면 지역 역사와 문화를 재발견하게 되고, 주민들이 자긍심을 느낄 수 있는 계기가 되기를 기대한다.

세토나이카이의 자연을 즐기는 생태 문화 관광

여섯째는 생태 문화 관광의 촉진이다. 예술제는 그 자체로 강력한 관광 자원이다. 예술제의 작품들은 세토나이카이의 자연환경과도 긴밀하게 연결되어 있어서 더 그렇다. 예술가들은 아름다운 바다 풍경을 배경으로 작업하며, 작품은 환경과 문화적 맥락을 동시에 반영한다. 예술 작품을 보러 오는 관람객들은 지역의 자연 경관과 전통 마을, 오래된 건축 등을 탐방하면서 생태·문화 관광의 기회를 얻는다. 이를 통해 지역 섬과 해안의 관광 산업이 활성화되고, 세토우치 지방은 독특한 매력을 가진 관광지로 널리 알려지게 된다.

결과적으로, '세토우치 트리엔날레'는 단순한 미술 행사에 그치지 않고, 지역 사회의 경제적, 문화적, 사회적 재생에 크게 기여하는 중요한 문화 프로젝트로 자리 잡았다.

다카미지마의 경사면 고택의 마당에서 바라본 세토나이카이. 비록 사람은 떠났지만 생활 도구가 아직 남아 있는 마당 너머 바다는 여전히 아름답다. 사진_제종길

뛰어난 기획과 디자인, 그리고 자연 경관

앞에서 설명이 되었지만, 예술제가 성공하게 된 요인을 네 가지로 다시 한번 정리해 보자.

하나, 훌륭한 기획과 디자인이 있어서다. 뭐니 뭐니 해도 예술제는 멋진 기획과 디자인의 산물이다. 그것에 하나를 더한다면 행정과의

네시마미술관이 있는 언덕에서 바라본 풍광. 미술관 주변 잔디밭에 앉아서 바다를 내려보자면 세상이 온통 평화롭게 보이고 마음까지 차분해져 최고의 힐링 장소가 된다. 사진_제종길

협력 체계를 잘 구축한 지역의 역량이다. 예술제는 뛰어난 전문가와 투자를 아끼지 않은 사업가 그리고 지방 정부의 지원이 있어서 가능한 거대한 프로젝트인 점을 인정해야 한다.

둘, 세토나이카이가 가진 고유하고 뛰어난 자연 경관이 큰 몫을 했다. 예술제에서는 이러한 특성을 반영해, 예술 작품을 자연환경과 조화를 이루도록 배치해서 더 큰 효과를 만들어 냈다. 섬들과 항구를 포함해서 대략 12개 지역에서 섬과 항구마다 적어도 몇 작품은 자연 경관과 어우러져 독특한 정서적인 경험을 방문객에게 제공했다.

다카미지마에 있는 기념품 가게인 '다카미지마 인사이드 갤러리'. 전시 작가들의 작품을 비롯해 작지만 수준 높은 작품들이 많이 있었다. 사진_제종길

섬들의 전통 유산, 그리고 지역 주민들과의 공동 창작

셋, 세토우치의 전통 유산 덕분이다. 버려지고 망가진 집과 생활용품들이 작가들에 의해 새로운 예술로 부활했다. 학교 등 공공건물 그리고 창고와 주택 등 오래된 건축물을 예술 공간으로 재활용하며 문화 재생을 실현했고, 이를 통해 지역의 역사와 문화를 보호하는 동시에 새로운 문화적 가치를 창출했다. 문화 재생이 여러 섬마을에서 빛을 발했다.

넷, 지역 공동체와의 공동 창작이다. 예술제의 많은 작품은 예술가의 작품 전시가 아니라, 지역 공동체(또는 주민)가 함께 참여해 만든 공동 창작의 결과이다. 주민들은 예술 작품의 제작 과정에 직접 참여하거나, 지역의 역사와 문화를 작가에게 전하며 작품에 생명을 불어넣었다.

이러한 성공 요인을 다 갖추기도 어렵지만, 비록 갖추었다 하더라도 의미와 가치가 있도록 실현하기는 더 어렵다. 그렇기 때문에 어려움을 극복하고 실천한 세토우치 트리엔날레는 성공한 예술제로 돋보이는 것이다.

함께 볼 작품들

* **하이샤**(はいしゃ), na16-B _ 버려진 건축 자재, 간판, 네온관 등을 아무렇게나 덧대어 만든 집으로 보인다. 현대 미술 작품이라고 하니 일반인들은 놀라곤 한다. 이러한 시도가 예술제 곳곳에서 발견되는데, 보다 보면 창의력이 솟는 걸 느낀다. 오타케 신로(大竹伸朗) 작가가 과거 치과 겸 가옥이었던 건물을 통째로 작품화한 곳이다.

27 예술에 헌신하는 자원봉사대, **고에비타이**

세토우치 트리엔날레의 성공 뒤에는 예술가만이 아니라 '고에비타이'라는 자원봉사 네트워크의 지속적이고 헌신적인 활동이 있었다. 이들은 예술제 기간뿐 아니라 일상 속에서 지역과 관계를 맺으며 예술제를 지역 문화 산업의 기반으로 확장시켰다. 고에비타이의 사례는 축제를 '행사'가 아닌 '지속 가능한 지역 자산'으로 바라보아야 함을 보여 준다.

한 자원봉사자와의 만남, '고에비타이'를 떠올리다

세토우치 트리엔날레가 열리는 섬과 항구 등을 오가다 보면 자원봉사자를 곳곳에서 만날 수 있다. 2025년 가을 회기(10월 3일~11월 9일)의 11월 여행에서도 다카마쓰항 예술제 안내소에서 한 봉사자를 만났다. 다음 날 아침 나오시마로 가는 첫 고속 선박을 타려고 한다니까, 출발이 7시라 해도 최소 한 시간 전에 나와야 한다며 승선 위치와 이유를 차근차근 설명해 주었다. 그 봉사자가 아니었다면 하루 일정이 크게 어그러질 뻔했다. 그들이 '고에비타이(こえび隊)', 우리말로 하면 '작은새우대'라 불리는 봉사 단체의 대원이다. 존재는 진작 알았었지만, 그들이 실제로 어떤 역할을 하는지 구체적으로 알 기회는 없었다. 이 책을 출판하기 전 세토우치 트리엔날레 마지막 방문의 마지막 날에, 다카마쓰에서 제일 큰 서점에서 '고에비타이(こえび隊)'가 표지에 크게 쓰인 책을 발견하고 너무 반가웠다. 망설임 없이 한 권을 샀다.

귀국하자마자 바로 나는 이응철 교수에게 그 책과 관련 자료들을 참고해 내용을 정리해 달라고 부탁했다. 그 중에는 '대형 예술 프로젝트를 지원하는 자원봉사의 메커니즘: 세토우치 국제예술제 서포터(瀬戸内国際芸術祭サポーター) 고에비타이(https://www.nettam.jp/kaizen-file/1/)'와 같은 자료도 있었다. 그렇게 나는 여행길에서 무심히 마주쳤던 그들의 정체와 역할을 조금 더 이해하게 되었다.

세토우치의 재발견과 예술제의 탄생 배경

일본 중의원 의원이었던 고니시 가나우(小西 和)가 1911년에 집필한 『세토나이카이론(瀬戸内海論)』은 세토우치의 아름다운 다도해를 다각도로 관찰하고 분석한 중요한 고전으로 평가받는다. 이는 에도(江戸) 말기에 일본을 방문한 독일 박물학자 '필리프 프란츠 폰 지볼트(Philipp Franz von Siebold, 이하 지볼트)'가 세토나이카이를 새롭게 주목한 이후 약 100년이 지난 시점의 일이었다. 그리고 다시 100여 년이 흐른 지금, 세토우치의 매력을 세계에 알리려는 또 하나의 움직임이 나타났는데, 그것이 바로 세토우치 트리엔날레이다.

2010년부터 3년마다 열리는 이 국제 예술 축제는 단순히 작품을 전시하는 행사가 아니다. 그 지역의 특징과 매력을 예술가(건축가 포함)가 발견하고, 지역 사람들과 전 세계에서 모인 서포터들이 함께 작품을 만들어 간다. 방문객들은 시간을 내어 섬으로 이동하며, 골목을 걷고, 마을이나 해안에 놓인 작품을 찾아다닌다. 작품까지 가는 길에 강한 바람을 만나기도 하고, 숲과 논밭, 어부들이 사용하는 도구를 신기하게 여기고, 식당에 들어가서는 신선한 채소와 생선을 먹고 기뻐하며, 좁은 골목에서 지역 사람들과 인사를 나눈다. 그것이야말로 시볼트나 고니시가 말했던, 자연과 사람의 생활이 공존하는 세토우치의 매력을 몸으로 체감하는 그 자체다.

그러나 이 아름다운 풍경 뒤에는 지난 100년간의 상처도 함께 자리하고 있다. 고도 경제 성장의 그늘에서 제련소의 아황산가스에 의한 공해, 폐수에 의한 적조 피해, 바다 자갈 채취에 의한 환경 파괴, 1947년대부터 시작된 약 100만 톤의 산업 폐기물의 불법 투기, 국가 법률에 따른 한센병 환자의 강제 격리 등의 무대가 세토우치의 섬들이었다. 성장기가 지나가며 자연 자원이 고갈되고, 섬마을은 고령화와 인구 감소로 섬의 학교까지 모두 문을 닫았다. 그래서 예술제는 이러한 현실 속에서, 섬들에 다시 활기를 불어넣기 위해 '바다의 복권'을 목표로 내걸었다.

고에비타이 회원들은 일정기간 동안 각 섬에 배치되어 일한다. 일부 사람들은 왜 섬의 주민들을 활용하지 않는가? 하는 의문도 갖는다. 사진의 장면은 오기지마에서 마지막 여객선이 떠날 때 고에비타이 회원들이 나와 방문객들을 환송하는 장면이다. 사진_박진한

物販所
男丸

예술제를 떠받치는 힘, '고에비타이'

세토우치 트리엔날레 2022년 제5회까지의 누적 방문객은 약 370만 명, 회당 평균 약 74만 명이라는 기록을 세웠다. 2025년에는 봄·여름·가을의 107일 동안 무려 108만 명이 방문했다. 이 거대한 예술제가 어떻게 성공에 이르렀는지 살펴보면, 2010년에서 발족한 자원봉사 서포터 조직인 '고에비타이'의 존재를 빼놓을 수 없다.

우선 '고에비타이'라는 단어를 보면 '고에비(こえび, 작은새우)'와 '타이(隊대, 집단)'가 합쳐진 말로, 그대로 옮기면 '작은새우대'이다. 이 이름의 탄생 배경은 2008년으로 거슬러 올라간다. 가가와현이 중심이 되어 세토우치 국제예술제 실행 위원회를 구성했을 때, 그 위원회에는 농업인과 어업인의 협동조합, 호텔업, 시군의 지자체, 노인단체, 여성단체, 가가와대학교 명예교수가 주재하는 사누키세토주쿠(さぬき瀬戸塾, 사누키세토학원) 등 지역을 대표하는 다양한 단체들의 인사가 참여했다.

이들은 예술제 준비를 위해 여러 차례 니가타현을 방문했다. 니가타현 에치고 쓰마리에서 2000년부터 시작된 '다이치 예술제(大地の芸術祭, 대지 예술제)'의 운영 방식을 배우기 위해서였다. 그곳에는 예술제를 지원하는 자원봉사 서포터 조직인 '고헤비타이(こへび隊)'가 있었다. '고헤비'는 '작은 뱀'을 뜻하는데, 탈피하며 성장하는 뱀의 생태를 상징으로 삼아 만들어진 이름이다. 다이치 예술제가 열리는 에치고 쓰마리 지역이 사토야마(里山), 즉 산촌 지역이기에 '뱀'이라는 상징이 어울렸다. 연수에 참여한 가가와현의 시민들은 이 사례에서 착안했다. 세토우치는 사토야마가 아니라 사토우미(里海), '마을 바다'의 풍경을 가진 곳이니, 뱀 대신 바다와 어울리는 '새우'를 상징으로 삼으면 어떻겠냐는 아이디어가 자연스럽게 퍼졌다. 그렇게 해서 '고에비타이'라는 이름이 만들어졌다.

책 『고에비타이, 하네루!(こえび隊, 跳ねる!, 고에비타이, 튀어올라!)』의 감수자인 기타가와 프람은 "세토우치 국제예술제가 압도적 인기를 얻고 많은 사람에게 지지받으며, 많은 서포터가 참여하게 된 큰 이유 중 하나가 바로 '고에비타이'의 존재"라고 말한다. 그만큼 이 조직은 세토우치 트리엔날레의 핵심적인 역할을 맡고 있다.

고에비타이의 활동은 크게 '예술제가 시작될 때까지(회기 전)'와 예술제가 열리고 있는 '회기 중'의 일로 나뉜다. 예술제 회기가 시작되기 전, 이들은 작가와 소통하며 작품을 만들기 위한 일과 메일 등으로 대원 모집 활동을 한다. 고에비타이의 개인들은 매주 돌아다니며 작품 제작을 돕는다. 돌아다니는 과정에서 자연스럽게 현지인과의 관계도 쌓아간다. 예술제가 열리기도 전에 고에비타이는 작가와 현지 주민들과의 연결 고리 역할을 하고 있는 셈이다. 예술제 기간이 되면, 이들은 작가와 현지와의 네트워크에 참여하여, 주로 예술제 섬의 최전선에서 작품의 당번을 맡는다. 관람객을 직접 만나 안내하고 때로는 그들의 목소리를 듣는다. 물론 매일 바뀌는 자원봉사자도 있지만, 모두 '고에비타이'라고 하는 이름 아래 책임감을 갖고 활동한다. 그렇게 관람객과 예술제, 작품, 그리고 섬이 서로 이어진다. 이제는 고에비타이 없이는 예술제가 제대로 운영되기 어렵다고 말할 정도가 되었다.

현재 '고에비타이' 네트워크 사무국장인 아마리 아야코(甘利彩子)는 이러한 자원봉사 활동을 '엔노시타노 치카라모치(縁の下の力持ち, 표면에 나서지 않고 그늘에서 활동하는 사람)'라고 표현한다. 즉, 개인 이름은 보이지 않지만, 어떤 이는 엄마와 아이가 주 1회 한 시간만 참여하기도 하고, 어

떤 이는 먼 곳에서 와 3일 동안만 참여하기도 한다. 그렇게 모인 작은 힘들이 쌓여 하루 30~50명 정도의 고에비타이가 한 섬에 들어가 예술제를 움직인다. 불특정 다수이지만 집단이 되어 자원봉사를 한다는 것이 매우 보람되고 재미있다고 하면서, 하루하루가 절차탁마(切磋琢磨)의 시간이라고 했다.

예술제 밖의 1,000일: 지역과 함께하는 지속적인 활동

예술제의 회기는 3년에 한 번, 약 100일 남짓에 불과하다. 그러나 고에비타이의 시간은 그 100일이 아니라, 그 사이에 놓인 약 1,000일의 일상에 더 가깝다. 이들은 예술제가 없는 시간에도 섬을 드나들며 사람들과 인사를 나누고, 섬의 길을 정비하고, 풀을 베고, 문화제와 운동회, 방재 훈련, 축제와 봉오도리(盆踊り, 일본에서 추석 시기에 조상을 공양하는 행사나 그 행사 내에서 행해지는 춤을 말한다. 일본에서 추석을 오봉お盆이라 한다.)에 참가한다. 데시마와 같은 섬에서는 섬식당을 운영하기도 하고, 그곳에서 '새의 생일 모임(鳥のお誕生会, 새집과 같은 바구니 안에 메추리 또는 감자를 삶아 넣어서 생일을 축하하는 것, 주로 어린이 생일 때 함)'이라 불리는 독특한 행사도 연다. 때로는 도시락을 만들어 배달하기까지 한다. 또한 어린이와 학생을 위한 여름학교도 개최한다. 조금 과장해서 말하면 예술가가 할 수 없는 거의 모든 것을 이들이 다 해내고 있다.

예술제가 점차 연속성을 가진 대규모 프로젝트로 자리 잡으면서, 이를 체계적으로 지원할 조직의 필요성이 커졌고, 그 결과 2012년 2월 'NPO 법인 세토우치 고에비 네트워크'가 설립되었다. NPO(Non-Profit Organization)란 정부로부터 독립해서 자발적으로 활동하는 비영리 민간 조직을 뜻한다. 고에비 네트워크 정관에 명시된 설립 목적에는

예술제의 오카야마현 관문인 우노항에 있는 안내소. 예술제 기간 중 제일 바쁜 곳으로 방문객들의 궁금증을 일차로 풀어 준다. 사진_제종길

데시마에서 옛집을 개조해 만든 '시마식당'. 고에비타이 회원들은 식당을 운영하기도 한다. 사진에서 왼쪽의 여행객들이 예약 주문한 도시락을 받기 위해 기다리고 있고, 오른쪽은 고에비타이 회원들이 도시락을 배급하려고 준비 중이다. 사진_제종길

이러한 문장이 담겨 있다. "이 법인은 세토우치 국제예술제 2010에서 발족한 자원봉사 서포터 '고에비타이'의 운영 기능을 그대로 이어받고, 세토우치 국제예술제를 포함한 'ART SETOUCHI' 전반을 지지하기 위해서 활동하는 것과 동시에, 섬과 섬들 및 그것을 둘러싼 서포터 네트워크, 행정, 민간 기관 등의 매개자로서의 기능을 목적으로 한다." 여기서 'ART SETOUCHI'란, 3년에 한 번 열리는 세토우치 국제예술제와 그 기간 동안 예술을 매개로 추진되는 지역 활성화 활동 전체를 일컫는 말이다.

이 문장의 의미를 잘 생각해 보면, 고에비타이가 단순한 자원봉사 조직이 아니라 예술과 지역, 사람과 행정, 섬과 외부 세계를 연결하는 윤활유와 같은 존재임을 알 수 있다. 예술 작품이라는 '사물'이 잘 움직이도록 돕는 역할을 넘어, 예술제를 지지하기 위해 모였던 사람들이 오히려 일 년 내내, 그리고 앞으로 수십 년 동안 이어질 기반을 만들어 가고 있는 것이다. 그 과정은 책 『고에비타이, 하네루!』에 기적과도 같은 이야기로 담겨 있다.

예술제의 성공적인 성과와 지속성에서 빼놓을 수 없는 고에비타이의 활동은 우리에게도 많은 시사점을 준다. 우리나라 축제의 문제점으로 많은 전문가들이 지적하는 내용을 떠올려 보면 더욱 그렇다. 정체성(identity)의 부족, 행사 중심 운영으로 인한 주민 소외, 일회성 또는 단발성 행사 구조, 전문성 부족과 용역 중심의 운영 구조, 성과 측정 방식의 한계, 지속 가능성(sustainability)의 결여, 지역 자원과 축제와의 약한 연결 고리 등이 그것이다.

이러한 현실과 비교해 볼 때, 세토우치 트리엔날레에서 고에비타이가 수행하는 역할과 기능은 축제를 '행사'가 아니라 지역 문화 산업의 한 축으로 인식해야 한다는 사실을 분명하게 보여 준다. 예술을 매개로 하는 예술제이지만, 그 목적은 예술에만 있지 않다. 예술 분야 외의 지역의 어려운 사회 현상을 극복하고, 지역 경제와 연계된 지속 가능한 비즈니스 모델을 만들며, 축제가 끝나도 지역에 남는 경제적·문화적 자산을 축적하는 데까지 나아간다. 바로 이 지점에서 고에비타이와 같은 자원봉사 단체의 존재가 얼마나 소중한지 깨닫게 된다.

함께 볼 작품들

* **세토우치 국제예술제 서포터**(瀬戸内国際芸術祭サポーター) **고에비타이**_ www.koebi.jp.

* **『고에비타이, 하네루!**(こえび隊, 跳ねる!)**』**_ 편저자는 '고에비타이'이고, 감수는 '기타가와 프람'이 한 이 책은 2024년에 발간되었다. 아사히신문(朝日新聞)은 이 책을 "6회째로 개최중인 세토우치 트리엔날레의 뒷이야기가 담긴 가이드북"이라고도 하면서 "지역과의 관계를 소중히 걸어온 고에비타이의 15년은, 다양한 '기적'을 섬에 낳았다."라고 했다.

28 **실질적 '바다의 복권'** 없이는 예술제 목표 달성도 어렵다

세토우치 트리엔날레의 목표는 '희망의 바다'를 만드는 것이었지만, 실질적인 바다 복권 없이는 지역 문제 해결이 어려운 것으로 나타났다. 이번 장은 지금까지 이야기의 결론이자 앞으로 한국, 특히 해안에서 예술 문화 도시를 추구할 때 필요한 내용을 정리하려고 한다. 앞의 내용들이 예술제의 성공 요인을 부각했다면 이 글에서는 비판적 시각에서 지적하고자 한다.

열병처럼, 400여 개 지역 예술제

먼저 '영 틴 수이(Yeung Tin Shui)'의 칼럼 「열병처럼: 사회 참여 예술인가?, 일본의 '예술 프로젝트'를 둘러싼 논쟁(Is it socially engaged art?: the debate over "Art Project" in Japan)」(2019)을 살펴보자. 이 칼럼은 일본에는 연중 400여 개 지역 예술제가 개최되는데 이러한 과도한 문화 현상을 '열병(fever)'으로 바라보고 예술사적 시각에서 논쟁 의제를 펼쳐 놓았다. 칼럼에서는 '사회 참여 예술'로 보기에는 사회적 정치적 비판이나 저항 의식이 없고, 예술 프로젝트로 보기에는 예술적인 공감대나 철학적인 고민이 부족하고, '공공 예술(public art)'로 보기에는 지역의 여러 공간을 활용했어도 지역 사회와 충분한 결합이 이뤄지지 않았다고 지적한다. 그럼에도 불구하고 칼럼은 ST가 일본 사회에서 실현이 가능한 형태의 국제 예술제를 선택했다고 보았다.

실제로 일본 가이드(Japan Guide, 2025)는 ST를 다음과 같이 소개한다. "ST는 최근 20여 년 동안 '베네세 코퍼레이션(Benesse Corporation)'이 나오시마, 이누지마, 데시마 등에서 진행한 다양한 예술 프로젝트 덕분에 이 지역에서 두드러진 위상을 차지하게 되었다. 현대 미술의 선두 주자로서 이 지역의 입지를 더욱 강화하고 더 많은 섬으로 예술을 전파하는 것을 목적으로 한다."

'희망의 바다'를 만들었는가

그러나 실제로 이 예술제의 목표는 크고, 예술뿐 아니라 전체 지역의 주민과 환경까지 포괄했다. 공식 자료에 따르면 ST의 목표는 "예술을 통해 세토나이카이의 섬들에 활력을 불어넣고, 모든 나이와 배경의 사람들이 지역 사회와 함께 예술 작품을 창작하도록 함으로써

예술제를 찾는 방문객들은 아름다운 자연과 독특한 예술 세계를 경험하러 오기 때문에, 섬을 일종의 낙원이나 힐링 공간으로만 인식하는 경우가 많다. 따라서 섬 주민들의 삶이나 자원 감소 등 지역 사회의 문제와 고민에 대한 성찰이 있을 수 없다. 사진_제종길

문어는 예술제가 열리는 섬 공동체와 주민 생계가 달린 자원이었다. 문어 자원의 감소는 인구 감소와 노령화와 이어진다. 그래서 예술로만 섬 공동체를 활성화하고 인구를 늘릴 수만은 없다. 이 집에 그려진 문어 그림은 '희망의 바다'를 꿈꾸나 보다. 사진_제종길

'희망의 바다'를 만드는 것"이었다. 목표와 잘 어울리게 예술제의 핵심 주제는 '바다의 복권(Restoration of Sea)'으로, 지역 사회와 공동체에 활력을 불어넣는 데 중점을 두고 있다.

전시가 열리는 해안 지방의 공통 문제는 경제 침체에 따른 인구 감소와 고령화였다. 따라서 예술제가 지역의 현안을 잘 해결하고 있는가를 바라보았다. 많은 섬 지역이 고유한 특징과 문화적 정체성을 잃어 가고 일부는 소멸할 위기에 놓여, '주변 마을(marginal village)'로 전락할 위기에 처해 있었다. 예술제는 인구 감소와 고령화로 어려움을 겪고 있는 12개의 섬에 현대 미술품 전시 등을 통하여 관광 활성화를 도모하고 이어서 공동체 활성화와 인구 증가까지 내다 보았다.

이러한 관점에서 보면, 예술제는 과연 성과만 있는 행사인지에 대해서 의문이 생긴다. '바다의 복권'이 핵심 주제였지만, 예술제 기획 어디에서도 바다 자체의 복원에 대한 시도는 없어서이다. 예술제가 경제적 성공이나 관광 수익의 증대만이 아니라, 예술 행사를 통해서 사회적 문제를 해결하려는 접근이 충분했는가는 매우 중요한 질문이다. 결국 핵심은 지역 사회가 진짜 원하는 것에 예술이 접근하고 있는가이다.

비거주자의 역할, 공동체의 장기적 생존에 기여하는가

멩 쿠(Meng Qu)(2021)의 심층 연구「세토우치 트리엔날레를 통한 지방 예술제 관광이 세토나이카이의 섬 활성화에 미치는 영향(The Influence of Setouchi Triennale's Rural Art Festival Tourism on the Revitalization of Islands in the Seto Inland Sea)」의 결과에 따르면, 예술제에서 선보이는 하향식 엘리트 예술은 관광객 유치에는 효과적이지만, 지역 주민들의 삶의 방식에 깊이 뿌리내린 섬 문화의 뿌리에는 닿지 못했다고 했다. 특히 지역 주민들은 예술제가 하는 예술 행위에 대한 문화적 갈등을 경험하고 있음을 발견했다. 이 연구에서 예술제의 예술적 개입이 지역 사회 기반과 연결되지 않은 얕은 뿌리를 가진 관광 중심의 장소 브랜딩에 그칠 수 있다는 지적도 했다.

또 '시우 홍 사이먼 투(Shiu Hong Simon Tu)'는 2022년의 논문「섬 활성화와 세토우치 트리엔날레: 세 가지 지역 행사에 대한 민족지학적 성찰(Island Revitalization and the Setouchi Triennale: Ethnographic Reflection on Three Local Events)」에서 비거주자의 역할에 주목할 필요성이 있다고 이야기했다. 그는 외부 참여자들이 공동체 기능을 향상시키는 데 중요한 역할을 한다는 점을 확인했지만, 동시에 "그들이 공동체의 장기적 생존에 어떻게 기여하는가?"라는 질문이 남아 있어, 보다 깊이 있는 연구와 검토가 필요하다고 했다.

일하던 외부 인력이 일몰 시간에 섬에서 퇴근한다

또한 멩 쿠(2021)는 외부에서 일시적으로 투입된 예술가와 외부인들이 주민들과의 동화가 일어나지 않음을 지적했다. 우리가 방문했을 때도, 일몰 시간이 다가오면 섬에서 일하던 다수의 인력이 퇴근하는 (또는 교대하는) 모습을 볼 수 있었다. 여러 지역이 함께 참여하는 예술 축제가 지역 공동체의 활성화를 촉진할 잠재력을 가지고 있지만, 현장에서 발생하는 고유한 과제는 외부 기획자나 자원봉사자들이 해결하기 어렵거나 불가능하다. 지역 사회의 목표를 달성하려면 기반 시설의 확보와 지역의 지도력이 둘 다 필수적이다. 멩 쿠(2021)는 이에 대해 "예술계에 참여하는 의사 결정권자들이 예술 활성화의 다양한

아와시마에서 임무 교대하는 예술제 스텝들과 자원봉사자들. 이 섬은 인구가 약 200명으로 다른 섬보다 많지만, 고령화 비율이 약 83%에 달해 예술제 관련 업무를 볼 인력이 크게 부족했을 것으로 보인다. 다카미지마의 경우 인구가 고작 25명이고 고령화 비율은 약 80%였다. 사진_제종길

가능성이 지역 사회에 미치는 긍정적, 부정적 영향을 명확히 이해하고, 지역 사회의 문화를 기반으로 그에 상응하는 계획을 수립하고 지속할 수 있게 발전시켜야 함을 시사한다."라고 강조했다.

다카마쓰항에서 동쪽 해역의 섬들에 방문객 수가 많았다

예술제 기간에 방문한 관광객 수는 2010년 약 93만 명, 2013년에 약 92만 명, 2016년(108일간)에 약 104만 명, 2019년(107일간) 제4회 예술제에서 약 118만 명으로 최고 기록을 세웠다. 2022년은 코로나로 주춤해서 약 72만 명, 그리고 2025년에는 약 108만 명이 방문했다.

2019년까지 네 차례의 예술제 동안 12개 섬 방문객의 추이는 연도별 차이가 있었다.

다카마쓰항에서 출발하는 여객선이 가는 동쪽 해역에서 오시마를 제외한 섬들에 방문객 수가 상대적으로 많았고, 연육된 샤미지마를

제외한 서쪽 섬들에서는 확연히 적었다. 예술제의 중심 섬인 나오시마가 압도적으로 많아 격리된 서쪽 네 개 섬 합의 10배나 되었다. 관광객이 많았던 세 섬—나오시마, 쇼도시마, 데시마는 2016년에 각각 전체 방문객의 24.8%, 15.0%, 14.9%였으며, 2019년에 25.7%, 15.8%, 12.2%였다. 반면에 이부키지마는 두 해 모두 1.6%에 불과했다. 이런 결과는 교통의 편이성과 예술제의 인프라와 작품 수와 질의 비중에 따른 것으로 보인다. 출품 작품 수만으로 볼 때 가장 큰 섬인 쇼도시마가 가장 많았다. 그러나 나오시마 베네세 뮤지엄과 나오시마 신뮤지엄 등의 예술품과 함께 비교해 보면 쇼도시마도 나오시마와는 작품의 질이나 수에서 비교가 되지 않는다.

정주 인구 증가, 고령화 해소는 부족했다

예술제 전체 기간 동안 모든 섬에서 인구가 감소했다. 오기지마에서 예술제 이후 약 50명의 젊은 신규 이주자가 유입되어 인구가 일시적으로 늘어 폐교했던 학교를 2014년 재개교했지만, 이후 인구는 꾸준히 늘지는 않았다. 관광객이 가장 많이 찾는 나오시마조차도 2010년 이후 2022년까지 인구가 약 300명 감소했다. 따라서 예술제가 섬을 문화적·관광적으로 부각시키는 데는 성공했지만, 정주 인구 증가나 고령화 해소에는 실질적인 성과가 많이 부족했다. 많은 보고서와 전문가들은 "궁극적으로 인구 문제 해결을 위해서는 장기적인 이주 유인 정책과 지역 주민과의 연계 프로그램 강화, 예술제 이후의 지속이 가능한 생활 경제 모델 구축이 동반되어야 진정한 의미의 '지역 재생'이 가능하다."고들 하지만 교과서적인 지적일 뿐, 현장의 상황과는 거리가 있다. 우리 네 명의 저자들이 볼 때 도서 지방에서는 실제로 고령화와 수산 자원의 소실이 제일 심각한 문제였다. 나오시마, 쇼도시마, 샤미지마를 제외한 10개 섬은 65세 이상의 고령자가 절반 이상을 차지하고 있으며, 이누지마, 다카미지마, 아와시마는 70%를 넘어선다. 그러니 일부 유입 인구가 있다고 하더라도 사망 인구를 넘어서지 못하는 것이 현실이다.

수산 자원, 특히 문어 자원의 복구가 병행되어야 한다

예술제가 "바다의 복권(復權)"이라는 주제로 열렸음에도 불구하고, 실제로 바다의 수산 자원 복구가 충분히 이루어지지 않았다. 세토우치 지역은 오랜 기간 조선업, 제철소 등 산업 활동과 관광지 개발로 인해 해양 오염이 누적된 곳이다. 그런데 관광 활성화를 위한 인프라 확충이 해양 생태계에 오히려 부담을 가중했을 가능성도 제기되고 있다. 예술제는 3년에 한 번 열리는 행사로, 지속적인 환경 복원 활동과는 성격이 다르다. 몇 달간의 전시와 행사로는 수십 년간 훼손된 생태계를 회복시키기는 역부족이라는 지적도 있다. 아니, 현장을 둘러보며 느낀 바로는 상관이 거의 없는 것으로 보였다. 그럼에도 불구하고 '바다의 복권'이라는 주제의 완성과 동시에 인구 증가와 섬 공동체 활성화를 이루기 위해서는 오랫동안 섬 경제를 지탱해 왔던 수자원, 특히 문어 자원의 복구가 반드시 병행되어야 한다.

예술제가 열리는 세토나이카이 해역은 전통적으로 문어 어업권이 형성된 곳으로, 지역의 경제와 해양 문화가 밀접하게 연결되어 있다. 하지만 문어 자원의 감소는 어업 수익성 저하와 어민 이탈로 이어지고, 자연스럽게 지역 공동체가 약화되며 인구도 줄어든다. 이는 다시 어업 후계자 부족으로 이어지고, 결국 어업인 감소는 어업 자체의 지

다카마쓰공항 식당의 모습. 메뉴 윗부분에서 오른쪽 두 개가 다코메시이다. 현재처럼 세토나이카이에서 문어 자원이 줄어든다면, 앞으로는 수입한 문어로 음식을 만들어야 할지도 모른다. 사진_제종길

다케미지마에서 맛본 '다코메시(문어밥) 정식'. 이부키지마를 제외한 다른 섬들 주변 해역은 문어 어업권이라고 할 정도로 문어잡이가 주요 어업이었다. 가가와현 해역은 과거 문어 생산량이 전국 3위에 이를 정도였다. 이웃한 섬이라도 다코메시를 만드는 방식은 조금씩 다를 정도로 섬의 개성이 밥상 위에 드러났다. 하지만 다케미지마의 문어 생산량은 전성기 대비 100분의 1 수준으로 줄었다. 자원이 고갈되면 문화 다양성도 함께 사라진다. 사진_제종길

그래도 예술제가 열리는 섬에서 작은 규모의 사업체가 어느 정도 지속성을 유지하고 있어 지역 비지니스의 미래라는 글을 보았다. 이 책방은 나오시마에 있는 책방으로 주인 부부는 지역과 예술 관련 서적을 팔면서 주민들에게 미술을 가르친다고 했다. 또 개인이 주도하는 투어인 '오하나투어(Ohana Tour)'가 성장하고 있다는 소식도 있다. 사진_제종길

속 가능성을 위협하며, 마지막에는 어업과 문화 기반이 붕괴하는 악순환의 고리를 형성한다. 현재 세토나이카이의 상황은 그 마지막 단계로 이런 예술제 행사로 극복하기에는 한계를 노정하고 있다. 그래서 우리는 예술제를 개최하려는 지방 자치 단체에서는 지역의 문제를 정확하게 진단하고, 실현할 수 있는 목표를 설정해야 한다는 것을 이 예술제로부터 배웠다.

위와 같은 결론은 나오시마, 데시마, 쇼도시마 등 일부 중심 섬과 다카마쓰 일대만 둘러보는 것만으로는 알 수가 없다. 겉으로 보이는 예술 문화적 관광 성과가 실제 지역 문제 해결과 연결되는지는 별개

의 문제이며, 이 성과를 과장된 착시 현상으로 받아들일 수도 있다.

함께 볼 작품들

* **후나모노카타리**(舟物語, 배의 이야기), sd48 _ 쇼도시마에 설치된 아르헨티나/일본 작가인 훌리오 고야(Julio Goya)의 작품으로, 어민의 고령화로 더 이상 사용하지 않은 배를 재생했다. 휴식을 취할 의자와 책상은 실용적인 재생이고, 배에 날개를 달고 새 머리와 꼬리를 만든 것은 예술적 디자인이다. 이 예술제에는 현대 미술의 한계와 범위를 가늠하기 어려울 정도로 아주 다양한 형태의 작품들이 있었다. 사진_제종길

* **세토우치 트리엔날레 홈페이지**, setouchi-artfest.jp _ 예술적 관점에서 과연 예술가는 예술제가 무엇을 하려는 것이고, 그 일련의 행위에 대해서 어떻게 제단해야 할지 고민을 하게 된다. 그들에게도 자원 부족에 따른 지역 공동체의 붕괴는 논외였을지도 모른다.

참고문헌

염혜원, 『나오시마 삼인삼색(여행과 예술을 사랑하는 3인 예술의 섬 나오시마를 가다)』, 웅진리빙하우스, 2010, 365쪽.

정희정, 『나오시마 디자인 여행』, 안그라픽스, 2013, 291쪽.

차현호, 『나오시마에 대체 뭐가 있는데요? 어느 건축가의 예술 섬 순례기』, 아트북스, 2017, 304쪽.

후쿠타케 소이치로·안도 다다오, 박누리 번역, 『예술의 섬 나오시마 아트 프로젝트 예술의 재탄생』, 마로니에북스, 2013, 272쪽.

기타가와 프람·북알프스 국제예술제 실행 위원회 감수, 北川 フラム(監) / 北アルプス国際芸術祭実行委員会(監), Northern Alps Art Festival(北アルプス国際芸術祭) 公式ガイドブック (Official Guide Book), 2024, 152pp.

기타가와 프람(감수), 고에비타이(편저), 北川フラム(監修), こえび隊(編著), 「こえび隊, 跳ねる!」,『瀬戸内国際芸術祭外伝』, 現代企画室, 2025, 8~21pp.

나오시마 신미술관 直島新美術館(Naoshima New Museum of Art), 『開館記念展展示「原点から未来へ」(Inaugural Exhibition From The Origin To The Future)』, 2025, 112pp.

나오시마 인사이트 가이드 제작 위원회 直島インサイトガイド制作委員会, 『Naoshima Insight Guide: 直島を知る50のキーワード(Insight Guide 3)』, 講談社, 2013, 263pp.

니시나리 노리히사 西成典久, 『高松 海城町の物語: 瀬戸内の海城が開いた都市デザイン』, 株式会社瀬戸内人, 2024, 175pp.

세토우치 국제예술제 瀬戸内国際芸術祭, 『高見島の記録 2013秋』. 京都精華大学, 2013, 53pp.

세토우치 국제예술제 실행 위원회(감수)·기타가와 프람(감수) 瀬戸内国際芸術祭実行委員会(監)·北川 フラム(監), 『SETOUCHI TRIENNALE 2016-瀬戸内国際芸術祭2016』, 現代企劃室, 2017, 295pp.

세토우치 국제예술제 실행 위원회 瀬戸内国際芸術祭実行委員会, 『瀬戸内国際芸術祭2025公式ガイドブック - Seouchi Triennale 2025 Official Guidebook』, 美術出版社, 2025, 268pp.

세토우치 국제예술제 서포터 "고에비타이" 瀬戸内国際芸術祭サポーター「こえび隊」, 大型アートプロジェクトを支えるボランティアの仕組み, https://www.nettam.jp/kaizen-file/1/

시마마 히사미코 狹間惠三子, 『瀨戶内国際芸術祭と地域創生 現代アートと交流がひらく未来』, 学芸出版社, 2023, 254pp.
안도 다다오, 『청춘(Youth)』, 뮤지엄 산, 2013, 284쪽.
오오타니 다카시(편저) 奥谷喬司(編著), 『日本のタコ学』, 東京大学出版会, 2013, 271pp.
요시야마 야수히코 吉山安彦, 『月の記憶』, 吉山安彦畫集, 2019, 119pp.
히라노 코코와 도민 여러분 平野公子と島民のみなさん, 『おいでよ, 小豆島』, 晶文社, 2016.

Benesse Art Site Naoshima, *Becoming*(3刷), 2018, 257pp.
International EMECS Center, *Environmental Conservation of the Seto Inland Sea*, 2007, 120pp.
Matatsuda, Osamu, *The Seto Inland Sea,* 2017, 4pp.
Kitagawa, Fram, *Art Place Japan: The Echigo-Tsumari Art Triennale and the Vision to Reconnect Art and Nature*. Princeton Architectural Press, New York, 2015, 304 pp.

사진과 지도

* 각각의 사진 설명에 촬영자나 출처를 밝혀 놓았다.

* 책에 나오는 지도는 일본 국토지리원의 '지리원지도'(maps.gsi.go.jp)를 활용했다.

오카야마현
혼지마
샤미지마
다카미지마
아와시마
이부키지마

이누지마
쇼도시마
데시마
나오시마
오기지마
오시마
메기지마
다카마쓰항
가가와현